JN080762
逞しい片腕に腰かけるような形で抱き上げられた琥珀は、慌てて高彪の肩に掴まった。
「……っ、高彪さん！？」
「暴れると危ないから、おとなしくしていてくれ」　（本文より）

白虎と政略結婚

櫛野ゆい

イラスト／笹原亜美

この物語はフィクションであり、実際の人物・団体・事件等とは、一切関係ありません。

CONTENTS

白虎と政略結婚

小さな朱塗りの盃に、酒が注がれる。

隣に正座した紋付き袴姿の男が、大きな手でその盃を三度傾けるのを横目でそっと見やって、琥珀は力なく俯いた。畳に敷かれた緋毛氈をじっと見つめながら、白無垢の袖の中で冷たくなった指先をぎゅっと握りしめる。

（……これからどうなるんだろう……）

人生でただ一度の晴れの日だというのに、琥珀の心は暗く淀んでいる。男なのにこんな花嫁衣装を着せられ、化粧まで施されて居心地が悪くて仕方ないし、この先のことを思うと憂鬱でしかない。

けれど、だからといって逃げ出すことは許されない。

これは家同士の結婚、いわゆる政略結婚なのだから――……。

す、と男が盃を返し、琥珀の前に盃台が運ばれてくる。緊張に身を強ばらせながら手を伸ばした琥珀だったが、一番上の盃を取った次の瞬間、指先からつるりと盃が滑り落ちてしまった。

「っ！」

「なんと……」

緋毛氈の上にぽとりと落ちた盃に、並んで座していた一同がざわつく。琥珀のすぐそばに座っていた義父の六輔が、眉を吊り上げて呻いた。

「琥珀、お前……！」

（……っ）

憤怒の表情を浮かべる義父に、琥珀は真っ青になってうろたえてしまう。しかしその時、長い腕が隣から伸びてきて盃を拾い上げ――、ぽとりと再度、緋毛氈の上に落とした。

「え……」

「……すまない。緊張していたようだ」

低く深い声で詫びた男を見やって、琥珀は目を丸くしてしまう。

（今の……）

サッと膝を進めた男が、流れるように美しい所作で盃を拾い上げ、差し出してくる。こちらをじっと見つめてくる瞳の強さに、琥珀は思わずたじろいでしまった。

うららかな春の日差しに煌(きら)めく漆黒の瞳には、金色の虹彩が浮かんでいる。まるで暗闇に花が咲いているかのようなその瞳は、男が常人とは異なる血を引いていることを示していた。

瞳だけではなく、彼はその容貌も他の者とは異なっていた。肌は浅黒く、短い髪は銀糸のように白く光り輝いている。

着物を着ていても分かる鍛(きた)え上げられた長躯(ちょうく)は、琥珀がこれまで見てきた誰よりも大柄で逞(たくま)しい。ごつごつとした指は長く節くれ立っていて、大きなその手は見るからに力強そうだ。

血管の浮いた太い首に、がっしりとした顎(あご)。精悍(せいかん)で整った顔立ちは目も鼻も口も大きく、鋭い眼光と相まって近寄りがたさを感じずにはいられない。

威風堂々とした、まさに偉丈夫。その少し厚めの唇が、ふっと解けて――。

「琥珀？」

「っ、あ……、は、はい」

呼びかけられてようやく、琥珀は自分が彼を不(ぶ)躾(しつけ)にじっと見つめたままだったことに気づいた。慌てて手を伸ばし、ためらいつつも小さくお礼を言う。

「あの……、ありがとうございます」

彼が先ほど盃を落としたのは、どう考えてもわざとだろう。口では緊張していると言っていたが、その態度は落ち着き払っているし、彼のような人がこんな失敗をするとは思えない。彼は琥珀の失敗を帳消しにするため、自分も故意に盃を取り落としたのではないだろうか。

おずおずと両手で盃を受け取りつつお礼を言った琥珀に、彼が一瞬大きく目を瞠(みは)る。そして――。

「……いや、礼は必要ない」

「……っ」

ふ、と表情をやわらげた彼が、微笑みを浮かべて頭を振る。

細めた瞳から光が零（こぼ）れるような穏やかで優しいその微笑みに、琥珀は思わず息を呑み、慌てて盃を受け取った。

（……あんな顔も、するんだ）

彼と会うのは、今日が初めてだ。しかも大柄な彼が怖くて、今までまともに目を合わせられずにいたから、まさかあんなに優しく微笑みかけられるとは思ってもみなくて驚いてしまう。

（今も助けてくれたし、案外いい人なのかもしれない……）

ちくん、と胸の奥が痛んで、琥珀は俯いた。

相手がいい人だと分かっても、込み上げてくるのは安堵感ではなく、罪悪感だ。

自分は彼に、嘘をついている。

それどころか、これから一生、彼を騙（だま）し続けなければならないのだ――……。

胸の痛みから逃げるように俯き続ける琥珀に、男がゆったりと告げる。

「酒が呑めなければ、口をつけるだけで構わない。飲み干さなければならないという決まりはないから、無理はするな」

「……はい」

安心させるような穏やかな声に、じくじくと胸の痛みが増す。琥珀はぎこちなく差し出した盃に酒を受けた。

（ごめんなさい……。僕、本当は……）

口には出せないその言葉を飲み込むように、琥珀はきゅっと唇を引き結んだ。覚悟を決めて、酒を零さないよう慎重に盃を口元へ運ぶ。

（……仕方ないんだ。僕にはこうすることしかできないんだから）

やりきれない思いを振り切るように、琥珀は小さな盃に口をつけた。今まで酒など呑んだことはなかったが、緊張のせいか唇を湿らす酒の味も香りもまるで分からない。く、く、くっと三度傾けて、ほと

んど減っていない盃を返す。

　小中大、三つの盃で三回ずつ、三度に分けて酒を交わした後、男が朗々と誓詞を述べた。

「私共はこの佳き日に、大神の御前で夫婦の神盃を取り交わしました。今後御神徳を頂きまして、相敬い、相和し、終生苦楽を共に致しますことを謹んで御誓い申し上げます。新郎、白秋高彪」

「……新婦、藤堂琥珀」

　隣に立つ男に続いて名を名乗り、琥珀はそっと視線を落とす。

　今日から自分は、彼の伴侶となるのだ。

　四神の一族、白秋高彪の妻に――。

◆◆◆

――ことの起こりは、ひと月前だった。

『拝啓
　春寒の候、兄さんはお元気でお過ごしですか？

　こちらでは庭の梅が咲き、いい香りがし始めています。

　珠子は先日五歳になり、最近では着物も髪飾りも自分で選んでいるようです。お気に入りは蝶々の髪留めで、花柄の振り袖と合わせるとまるで花畑のようで……』

　ホー……、と聞こえてきた声に、琥珀は筆を走らせていた手をとめ、顔を上げた。開け放した障子から見える庭の梅の木に、小さなウグイスがとまっている。

　まだ若鳥なのだろう。ホー……、と途中まで鳴いては小首を傾げるばかりのウグイスに、琥珀は微笑んだ。

「……頑張れ」

　ホケキョだよ、と呟きつつ目を細める。自分の名前の由来でもある琥珀色の瞳は、亡き父譲りのものだそうだ。だが、それを教えてくれた母も、十三年前、琥珀が五歳の時に病で亡くなっている。

琥珀の両親は下町で小さな洋食屋を営む、ごく普通の庶民だった。琥珀が生まれてすぐに父が病で亡くなり、母は女手一つで洋食屋を切り盛りして琥珀を育ててくれた。

おっとりとした性格ながら芯の強い人だった母は、実は他の人にはない、特別な力を持っていた。

未来に起きることが見える、予知能力だ。

とはいえ、見えるのはごく断片的な場面や一部分だけで、見たいものが見られるわけではなかったらしい。見える時も唐突で、夜寝ている時に夢の中で見たり、昼間突然光景が見えたりと、制御できるものではないようだった。

優しかった母はそれでも、自分の見た予知夢の中で危険が迫っていた人には忠告をしたり、物価が上がる時には近所の人に教えたりして、自分の力を人のために役立てようとしていた。

『お母さんの力は神様から授かったものだから、それで周りの人を幸せにしなくちゃね』

いつもそう言っていた母と同じ力に琥珀が目覚めたのは、琥珀が三歳の時だった。

『おかあさん、このおじさんのおよめさんになるよ』

後になって人づてに聞いた話だが、その時琥珀が見たのは、近所の人が母の再婚相手にと持ってきた釣り書きの男が、母を娶る未来だったらしい。

男の名は、藤堂六輔。丁稚から成り上がった貿易商人で、その名を聞いたことのない者はいないほどの大金持ちだ。六輔は前妻と数年前に死別しており、母を後妻に望んでいるということだった。

六輔の狙いが自分の予知能力にあることに、母はすぐに気づいた。あまりにも釣り合いの取れない縁談だったし、昔から母の力を利用しようと近づいてくる人間は跡を絶たなかったからだ。

亡き夫への思いもあり、はじめは縁談を断ろうとしていた母だったが、琥珀が未来を予知したことで考えを変えた。琥珀の話を何度も聞いた母は、息子が自分よりも予知能力が強いことに気づき、それが確定した未来だと確信した。同時に、強い力を持った我が子をこのまま市井で一人で育てていくことは難しいと判断したのだ。

　母自身、これまで何度も予知能力を狙われ、危険な目に遭ってきたのだろう。大金持ちの六輔のもとならば、琥珀を守ることができる。そう思った母は、店を畳んで六輔のもとに嫁入りした。

　六輔は、最初は母と琥珀を厚遇した。だが、琥珀の方が母よりも強い能力を持っていると知ると、母を蔑ろにし、琥珀に予知を迫るようになった。

　後から分かったことだが、六輔は実は黒い噂の絶えない人物だった。表の世界にいた母は知らなかったが、彼は犯罪まがいの手段で同業者を容赦なく排除し、数え切れないほどの者を駒のように使い捨てていたのだ。

　琥珀を守るため、母は幾度も六輔に抗った。しかし心労もあってか病がちになり、琥珀が五歳の時、ついに亡くなってしまった。

　母が亡くなってから、琥珀はまったく予知ができなくなった。だが、すでに藤堂家の事業が琥珀の予知能力でうまく行っていることは周知の事実となっており、琥珀は六輔に恨みを持つ者からその命を狙われるようになっていた。

『この穀潰しが……！　予知のできないお前など、なんの役にも立たないではないか』

　忌々しげに言いつつも六輔が琥珀を手放さなかったのは、いつか琥珀の能力が戻るかもしれないという思惑があったからだ。万が一戻らなくても、藤堂家には未来を見通せる子供がいると世間に思わせておいた方が、なにかと都合がいい。

　そのため六輔は、屋敷の奥にある離れに琥珀を閉じこめた。琥珀の身の回りの世話をする女中も数人のみに絞り、琥珀が能力を失ったことを徹底的に隠したのだ。

　幽閉状態の琥珀を助けようとしてくれた者もいた。義理の兄の祐一郎だ。六輔と前妻の間の子で、琥珀とは一回り年が離れている彼は、何度も六輔を諫めようとしてくれた。

『こんなこと、間違ってる！　父さんは琥珀を自由にすべきだ！　琥珀はあなたの道具じゃない！』

憤る祐一郎は、以前から六輔の行き過ぎた経営方針に異を唱えており、折り合いが悪かった。琥珀の件でも相当六輔の怒りを買ってしまった彼は、それからすぐ勘当同然に海外へ留学させられ、以来一度も帰国を許されていない。

顔の広い六輔が入国管理の役人に鼻薬を嗅がせているらしいが、祐一郎はそんな状況を逆手に取り、今では海外で知人の会社の実質的な経営者となって辣腕を振るっている。

琥珀は六輔には黙って、祐一郎と手紙のやりとりを続けていた。

十三年もの長い月日を、屋敷の外はおろか、この離れからもほぼ出られずに過ごしてきた琥珀にとって、兄との手紙のやりとりは唯一の楽しみだった。

兄はいつも琥珀のことを気遣う手紙をくれ、時にはお菓子や玩具などを手紙と一緒に送ってくれた。

最初の贈り物は、宝石の琥珀で作られている万年筆だった。兄はインクを贈ってはくれず、琥珀もねだるようなことはできなかったため眺めるだけになってしまっているが、陽に透かすと美しい飴色に輝くその万年筆は、今でも琥珀の大切な宝物だ。

兄は他にも、学校に通うことができない琥珀のために、たくさんの書物を贈ってくれた。物語や地図、歴史書や図鑑など、琥珀の修学度合いに合わせて少しずつ難しくなっていく本はどれも面白く、琥珀は夢中になって本を読み耽った。狭く小さなこの離れの中で、兄がくれる本の世界だけが、琥珀が唯一自由になれる世界だった。

そんな状況で育ったためか、十八歳となった琥珀は標準よりも小柄で、華奢な体つきをしている。日焼けしたことのない肌はまるで雪のように真っ白で、青白く見えるほどだ。食も細いためあまり背丈も伸びず、成長期を過ぎた今は着物を新調せずとも事足りるほどだった。

夜を溶かしたようにまっすぐな黒髪は、定期的に女中の菊が鋏を入れてくれている。母がいた時から身の回りの世話をしてくれている菊は、琥珀にとって祖母のような存在だ。

他の女中たちは義父を恐れて琥珀には必要最低限しか関わらず、ほとんど会話をすることもないが、菊だけはなにくれとなく琥珀を気遣い、生前の母の話などもよく聞かせてくれている。兄からの手紙や贈り物も、菊がいつも琥珀に届け、返事もこっそり出してくれていた。

『琥珀坊ちゃんは、近頃ますますお母様に似てきましたねえ』

お優しいお顔つきがそっくり、と菊に言われる度、琥珀は嬉しく、そして少し悲しくなる。

最初から自分に予知能力がなければ、母はもっと長生きできたのではないだろうか。自分が母の再婚を予知しなければ、今頃二人で助け合いながら慎ましく暮らせていたのではないだろうか――。

――ケキョ、と今度は後半だけをさえずり、小首を傾げるウグイスに、琥珀は苦笑を浮かべた。

「そうじゃなくって。ホー……」

鳴き方を教えてあげようと鳴き真似をしかけた琥珀だったが、それより早くウグイスが飛び立つ。

「あ……」

小さく声を上げて、琥珀はあっという間に木々の合間を抜け、高い塀を越えていく小鳥を見送った。

「……いいな」

あの塀の外の世界が知りたくて、何度もここから逃げ出そうとした。けれどその度に捕まり、仕置きとして折檻されたり、何日も食事を与えられなかったりして、いつしか抗うことを諦めてしまった。

十三年間、眺め続けることしかできなかったあの塀を、いとも簡単に越えていく小鳥を、うらやましく思わずにはいられない。

自分にも翼があったなら、――予知能力など最初からなかったなら、今とは違う未来を望めただろうか――……。

と、その時だった。

「……っ！」

母屋の方から響いてきた荒々しい足音に、琥珀は目を見開く。

（あの足音は……！）

琥珀は慌てて文机の引き出しを開けると、出しっぱなしだった便箋と万年筆をしまった。間一髪、引き出しを閉めたところで、勢いよく襖が開かれる。

「おい、琥珀！」

予想した通り、大声を上げて現れたのは義父の六輔だった。ずかずかと部屋に入ってくる六輔に、琥珀は逃げ腰になりながらも尋ねる。

「な……、なにかご用ですか……？」

六輔が琥珀を訪ねてくるのは、決まって事業がうまく行っていない時だ。なにか予知はしていないのか、していたとしたら包み隠さず言えと、まるで鷲のように鋭い目で睨まれ、時には手を上げられる。

今日もそうだろうかと、緊張しながら聞いた琥珀だったが、六輔は意外にも上機嫌な様子で告げた。

「喜べ。お前の縁談が決まったぞ」

「え……？」

唐突な一言に、琥珀はすぐには理解が追いつかず混乱してしまう。

（今、なんて？　縁談？　……僕の？）

一体どういうことなのか。

そもそも縁談があること自体、寝耳に水だ。

「縁談って……、け、結婚、ですか？　僕が？」

「そう言っているだろう。相変わらず愚鈍だな、お前は」

一瞬呆れ顔になった六輔だったが、すぐに気を取り直したようで、その場にどっかりとあぐらをかく。身を強ばらせた琥珀に構わず、六輔は一方的に話を続けた。

「まあいい。相手はあの白秋家だ」

「白秋家って……」

縁談という話自体に驚いていた琥珀は、更に大きく目を見開いた。

世間知らずの琥珀だが、それでもその名を聞いたことくらいはある。

――この国には、帝を守護する四神と呼ばれる一族がいる。

青龍、朱雀、白虎、玄武の四家がそれで、白秋家は聖獣白虎の血を引くと言われている一族だ。四神家は政や祭祀など、様々な面から帝を支えており、白秋家は主に国防や帝の警護を担っているという話だった。

（四神の白秋家なんて、名家中の名家のはず……）

いくら藤堂家が大店とはいえ、所詮は六輔が一代で築き上げた商家に過ぎない。四神の一族との縁談など、母と六輔の時以上に不釣り合いだ。

「どうして……」

何故そんな縁談が舞い込んだのか、本当に自分は結婚させられるのかと混乱する琥珀に、六輔がフンと鼻を鳴らして言う。

「元々、お前が十八になったら結婚させようと思っていたのだ。予知をしないお前など厄介者でしかないからな。どうせなら今後こちらの利になる相手を探していたところ、新しく知り合った商売相手から白秋家を紹介されたのだ。政略結婚の相手として、これ以上いい条件の相手もおるまい」

「……っ、政略結婚……」

義父の言葉に、琥珀は息を呑んだ。

この国では、十八歳の成人を迎えなければ結婚はできないと定められている。琥珀はひと月前に十八歳になったばかりだった。六輔は、予知能力を失った自分を厄介払いしようと、この時を待っていたということだろう。

子供の結婚相手を親が決めるのはよくある話だし、自分は六輔とは血の繋がりもない。能力を失った自分が政略結婚の道具として使われるのは、仕方のないことかもしれない。

　だが、まさか義父がそんなつもりだったなんて思ってもいなかった琥珀は、ただただ茫然としてしまう。唐突に結婚しろと言われても、どう受けとめていいか分からない。

「僕が、婿入り……？」

　十三年間、ずっとこの離れで過ごしてきた琥珀は、当然ながら恋も知らない。自分はきっとこのまま一生この離れに軟禁されているのだろうと、人並みに誰かを愛することなんてないのだろうと思って生きてきたのだ。

　それが、まさか白秋家に婿入りすることになるなんて――。

　愕然とする琥珀だったが、六輔は琥珀の言葉を聞くなり嘲笑を浮かべて言う。

「誰が婿入りだと言った？　お前は嫁入りするんだ。白秋家の当主、白秋高彪のもとにな」

「……嫁入り？」

　大きく目を瞠って、琥珀は言葉を失った。

　嫁入り？　自分が？　――白秋家の、当主のもとに？

（そ、んな……）

　あまりの衝撃に、目の前が真っ暗になるような錯覚に襲われる。

　まさか、自分の結婚相手は男なのか。

　確かに、この国では同性同士での結婚は禁じられていないし、家同士の結婚ならば尚更、当人たちの性別にはこだわらないのだろう。

　けれど、まさか自分が同性と結婚させられるなんて。

（しかも、当主って……）

「あ……、跡継ぎは……？」

　白秋高彪がどんな人なのかは知らないが、当主というからには普通、跡継ぎを産む女性を妻に迎えるものだろう。男の自分は当然子供は産めないし、この国で重婚は認められていない。

跡継ぎはどうするつもりなのかと混乱しながらも聞いた琥珀に、六輔が肩をすくめて言う。

「そんなもの、どうとでもなるだろう。なにせ相手はあの化け物一族なんだからな」

「え……」

（化け物……？）

嘲りを孕んだ六輔の言葉に、どういう意味かと首を傾げかけた琥珀だったが、六輔はまるで意に介す様子もなく話を変えた。

「そんなことより、お前の能力のことだ」

「……っ」

避けては通れないその一言に、琥珀はびくっと肩を震わせた。じろりと琥珀を睨んで、六輔が言う。

「分かっているとは思うが、お前が能力を失っていることを向こうに気づかれるんじゃないぞ。お前はあくまでも予知能力があるように振る舞え」

「そんな……」

六輔の命令に、琥珀は俯いた。

（……やっぱり、そうなんだ）

先ほどは混乱していてすぐには思い当たらなかったが、白秋家ほどの名家が藤堂と縁戚関係を結ぼうとする理由など、一つしかない。――琥珀の、予知能力だ。

白秋家はおそらく、琥珀の予知能力を目当てにこの縁談を進めようとしているのだろう。でなければ、一商家の、しかも男を、当主の嫁に迎えようなどと考えるはずがない。

当然六輔もそれを承知だろうし、琥珀がすでに予知能力を失っていることを明かすわけはない。義父が自分の不利になることを徹底的に隠す人だということは、十三年間この離れに閉じこめられていた琥珀が一番よく分かっている。

六輔は自分の利益のため、琥珀に詐欺の片棒を担がせようとしているのだ――。

（そんなの、嫌だ）

顔を上げた琥珀は、身を強ばらせながらも六輔を見つめて言った。

「……できません」

声を震わせた琥珀に、六輔がぴく、と眉を動かす。心臓が恐怖にぎゅっと縮こまるのを感じながらも、琥珀は義父がなにか言う前にと急いで続けた。

「っ、僕にはそんな嘘、つけません。相手を騙すようなことはしたくないし、僕に予知能力がないことなんてすぐに気づかれるに決まってます……！」

そもそも琥珀に予知能力があったのは、幼い頃のごくわずかな期間だけだ。予知能力がある振りをしろと言われてもどうしたらいいか分からないし、自分にそんな演技ができるとも思えない。

義父の眉間に、深い皺（しわ）が刻まれていく。カッとなりやすい六輔を知る琥珀は、緊張と恐怖に指先が白くなるほど強く拳を握りしめながら、それでも懸命に言葉を重ねた。

「仮にあなたの考え通りにこの縁談を進めたとして、騙していたことに気づかれたら？　それこそ大変なことになるんじゃないですか？」

白秋家との繋がりを得ることで、義父が事業の拡大をもくろんでいることは、火を見るより明らかだ。だが、相手を騙して縁談を進めるなんて、いくらなんでも危険が大きすぎる。商売人の義父には、失敗した時の損失を訴えるのが一番説得力があるはずだ。

（ここで拒否しないと、僕は無理矢理結婚させられてしまう。その高彪という人のことを、一生騙さなきゃならなくなる）

相手がどんな人で、どんな考えの持ち主なのかは分からないが、それでも結婚が一生を左右する一大事ということは、誰にとっても変わらないはずだ。そんな大事なことを、こんな騙し討ちのような形で進めていいわけがない。

「僕は嘘なんてつけませんし、つきたくありません。どうか、この話はなかったことに……」

震えそうになる声を必死に振り絞った琥珀だった

が、皆まで言い終わる前にパンッと六輔に頬を張られる。熱い衝撃に思わず目を見開き、ヒュッと喉を鳴らした琥珀を睨み据えて、六輔が怒号を上げた。

「誰がお前の意見を聞くと言った？　できないじゃない、やるんだ！　私がやれと言ったら、お前はただ、はいと頷けばいいいんだ！」

選択肢など最初から与えていないと、傲岸に言い放つ義父に、カッと腹の底が熱くなる。だが、ここで逆上しても義父の考えは変えられない。

琥珀は懸命に呼吸を整え、爆発しそうになる感情を堪えて告げた。

「……できないものは、できません。そんな嘘、すぐ見破られるに決まってます」

「生意気な……！」

カッと目を見開いた六輔が、琥珀の胸ぐらを摑んで吐き捨てるように言う。

「気づかれたらその時は、契ったから能力を失ったとでも言い訳すればよかろう！」

「契ったからって……」

義父の言葉に、琥珀は大きく目を見開き、サッと顔を青ざめさせた。

夫婦となるからには、当然相手とそういうことをする可能性がある。つまり自分は、同性と同衾しなければならないかもしれないのだ。

もちろん、政略結婚であり、なにより同性同士である以上、相手が琥珀と本当の夫婦になるつもりがあるかどうかは分からない。だが、もし先方に求められたら、自分に拒否権などない。

しかも、嫁入りと言うからにはおそらく、自分が男に抱かれなければならないのだ――。

（そんな……）

急に生々しさを帯びた話に、琥珀は愕然としてしまった。六輔はそんな琥珀の胸ぐらを摑んだまま、忌々しそうに舌打ちをして呟く。

「あの取引さえうまくいっていれば、私とてこんな危ない橋は渡らなかったものを……」

「……っ」

思いがけない義父のその一言に、琥珀は打ちのめされてしまった。

常に自分の利益を追い求める義父だからこそ、失敗した時の損失を訴えれば説得できるはずと、そう思っていた。

だが義父には、すでにその損失を天秤にかけるだけの余裕がなかったのだ。先ほどの言葉から察するに、おそらくなにか大きな取引に失敗し、白秋家との政略結婚で事業の盛り返しを図るしかない状態なのだろう。

(藤堂の事業がそこまで傾いてたなんて……)

少し前に菊から、藤堂の主軸事業である貿易業に翳りがあると聞いた覚えはあるが、そこまでとは思っていなかった。

改めて自分が籠の鳥であることを思い知らされた琥珀だったが、だからといってこの縁談を承諾するわけにはいかない。

「……っ、なら尚更、嘘が分かったら取り返しがつかなくなるんじゃないですか？」

なんとかして思いとどまらせようと、琥珀は懸命に六輔に訴えた。

「危ない橋だと分かっているのなら、この縁談は断って、僕をどこか遠くへやって下さい。それで、取引がうまくいかなかったのは僕がいなくなったせいだって、そう触れ回ればいい。全部僕のせいに……、っ、あなたが今までそうしてきたように、全部僕のせいにすればいい……っ」

しかし、言葉を重ねるうちに、これまで溜めに溜めてきた感情が膨れ上がってしまう。

琥珀は胸ぐらを掴む六輔から目を逸らして、どうにか自分を落ち着けようとした。だが、抑えようと思えば思うほど、義父への怒りが込み上げてくる。

——思えばこの十三年間、六輔の前では息をひそめるようにして生きてきた。

義父がその気になれば、自分一人どうとでも処分できてしまう。最悪の場合、病死と偽って殺されてしまうかもしれない。

だから、暴力を振るわれても、罵倒されても、抗うことなくじっと耐えてきた。

けれど今回は、今回だけは、容易に頷いてはいけない。諦めてはいけない。

今抗わなければ、たとえこの離れから出られても、一生義父に利用され続けることになる。この身が自由になれたとしても、心は籠の鳥のままになってしまう。

自分の人生を、これ以上この男に滅茶苦茶にされたくない――……！

「僕は……っ、僕はもう、あなたのいいようにはならない……！」

一度溢れてしまった長年の怒りを、恨みを、苦しみを、抑えることなどできるはずがなくて、琥珀は膨れ上がった感情のまま、目の前の六輔を見据えて叫んだ。

「僕をもう、解放して下さい……！」

ずっと堪えてきた、ずっと言いたかった一言をようやく声にした琥珀に、六輔がカッと目を見開き、再び手を振りかざす。

「なにを言い出すかと思えば……！」

「……っ！」

バシンッと頬に先ほど以上の衝撃が走って、琥珀は畳の上に倒れ込んだ。目の前が一瞬真っ暗になるほどの打擲に、口の中にじわっと血の味が広がる。

ジンジンと痛む頬に構わず、強い眼差しで六輔を見上げた琥珀だったが、義父はフンと鼻を鳴らして言う。

「解放しろ、だと？　役立たずのお前をこれまで養ってやったのは誰だと思っている……！　予知能力のないお前など、なにもできない、ただの穀潰しではないか！」

「それは……！　……っ」

反論しようとして、琥珀は唇を噛んだ。

養ってやったなんて、そんな恩着せがましいことを言われる覚えはない。

　義理とはいえ親である六輔だが、琥珀はこの男から親らしいことなど、今までなに一つされたことはない。この男はただ、自分の利益のために琥珀を生かしていただけだ。

　ありもしない予知能力を利用するために、自分を十三年間も軟禁していた男を憎みこそすれ、感謝するいわれなどない。

（……でも、僕がなにもできないのは、本当のことだ）

　予知能力のない自分が、なんの役にも立たない人間だということは、琥珀自身が一番よく分かっている。どこか遠くへやってくれなどと頼んだところで、一人でどうやって生きていけばいいかも分からないのだ。

（結局僕自身も、ありもしない予知能力を利用して、ここまで生きてきたんだ。『僕』を利用していたのは、僕も同じだ）

　これまで何度も、逃げ出そうとはした。けれどいつしか、どうせ逃げられないから、痛い思いをしたくないからと、抗うことを諦めてしまった。

だが、その時点で自分は、義父と同じになってしまっていたのだ。

　自分がなにもできないのは、ほかならぬ琥珀自身のせいだ――。

「……っ」

　俯いた琥珀を睥睨(へいげい)して、六輔がせせら笑う。

「身のほどを知れ、この役立たずが。そもそも、お前が力を失わなければ、うちの事業はもっとうまく行っていたんだ。お前たち親子のような疫病神さえいなければ……」

「っ、母さんは疫病神なんかじゃない……！」

　亡くなった母を蔑(さげす)まれて、琥珀はとっさに叫んでいた。

　自分のことは、なんと言われてもいい。けれど、母を悪く言われるのだけは許せない。

　母の力を利用することしか考えていなかったこの男に、疫病神だなんて言わせない――……！

「母さんは、あなたのせいで苦しんだんだ……！　あなたが……っ、あなたが母さんを殺したようなものじゃないか……！」

「黙れ！」

　激昂した琥珀を、六輔が足蹴にする。ドッと腹部に走った衝撃に、琥珀はぐうっと呻き声を上げた。

「言うに事欠いて、私が殺しただと!?　お前たち親子のせいで、私がどれだけ振り回されたと思っている！」

「……っ、そんなの、ありもしない予知能力なんかに頼ろうとするからじゃないか……！」

「なんだと……！」

　カッと目を剝いた六輔が、荒々しく琥珀に歩み寄る。琥珀の胸ぐらを乱暴にわし摑んで引き寄せた六輔が、二度手を振り上げた、その時だった。

「坊ちゃん！　旦那様……！」

　廊下の方で、菊が悲鳴を上げる。

　おそらく騒ぎを聞いて、駆けつけてくれたのだろう。菊は二人に駆け寄ると、その場で六輔に向かって土下座した。

「旦那様、どうかお許し下さい……！　どうか、どうか坊ちゃんをお離し下さい……！」

「菊さん……」

　ぜいぜいと息を切らしながら声を上げた琥珀の足元で、菊が畳に額を擦りつける。

「坊ちゃんには私がよく言って聞かせます……！　ですからどうか、これ以上は……！」

「……フン」

　老女中の必死の懇願に、気がそがれたのだろう。六輔がきつく琥珀を睨みつけながらも手を離す。

　ドッと畳に倒れるなり咳き込んだ琥珀を冷ややかに見下ろして、六輔が告げた。

「お前がこの縁談を大人しく受けないというのなら、

致し方あるまい。珠子を先方に差し出す」

「な……」

幼い義妹の名を出されて、琥珀は言葉を失ってしまう。サッと顔色を変えた琥珀を見据えて、六輔が嘲るように畳みかけた。

「お前が強情を張るのなら、そうするほかないだろう。だが、お前目当てで縁談を承知した白秋家が、代わりに嫁いできた珠子をどう扱うか……」

「っ、珠子はあなたの娘じゃないですか……！」

五歳の珠子は、琥珀の母が亡くなった後に再婚した六輔の娘だ。連れ子で血の繋がりのない琥珀と違い、六輔の実子である。その珠子を盾にする六輔に、琥珀は食ってかかった。

「あなたは珠子をなんだと思っているんですか!?　血を分けた自分の娘を……っ」

「使えるものを使うことの、なにが悪い！」

「使えるものって……！」

開き直った六輔の言葉に、なおも言い返そうとした琥珀だったが、それより早く、坊ちゃん、とか細い声を上げた菊が腕に取り縋ってくる。必死に自分を押しとどめようとする菊を振り払うことなどできなくて、琥珀は懸命に怒りを堪えた。

黙り込んだ琥珀を睨みつけて、六輔が告げる。

「祝言はひと月後だ。いいか、少しでもおかしな真似をしたり、先方に予知能力のことを嗅ぎつけられたら、お前でなく珠子に仕置きを受けさせるからな」

「……っ」

一方的に言い捨てた六輔が、荒々しい足音を立てて去っていく。

身を起こした琥珀の背を、菊がすかさず支えてくれた。

「ああ、坊ちゃん、大丈夫ですか？　今、氷をお持ちしますからね」

「菊さん……、ありがとうございます」

赤くなった頬を見た菊が、急いで氷を持ってきてくれる。手拭いに巻かれた氷を受け取って、琥珀はもう一度礼を言った。

「ありがとう、菊さん。迷惑ばかりかけて、すみません」

「なにを仰るんですか。私こそ、おそばを離れて申し訳ありません。坊ちゃんのことは、亡くなった奥様からよくよく頼まれていましたのに……」

　このようにお怪我をさせるなんて奥様に顔向けできませんと、菊が眉根を寄せる。

「口の中は？　切れたりしていませんか？」

「……少しだけ」

　先ほどは無我夢中で気にとめていなかったが、そういえば頬の内側が切れて痛い。見せて下さい、と琥珀の口の中を確かめた菊が、痛ましそうな表情で言った。

「後で蜂蜜をお持ちしますね。たくさん舐めれば、すぐに治りますとも」

「……うん」

　背をさする菊のあたたかい手に、琥珀の唇からようやくほっと息が零れ出る。表情をやわらげた菊が、そっと声をかけてきた。

「ご縁談の件、お聞きになったのですね」

「うん。菊さんも知ってたんだ？」

　問いかけた琥珀に、菊が頷く。

「ええ、私も先ほど伺いました。お相手は、白秋家の高彪様だとか……」

「……びっくりだよね。僕が嫁入りなんて……」

　ひんやりとした氷を頬に押し当てて、琥珀は俯いた。

　唐突な縁談に、まだ頭が茫然としてしまっていて、どこか他人事のような心地さえする。けれどこれはまぎれもない現実で、自分はひと月後には見も知らない男と結婚させられてしまうのだ。

（結婚なんて、したくない……。でも、僕が拒めば珠子が……）

　六輔の言葉が甦って、琥珀は唇を引き結んだ。

　まだ幼い珠子を自分の代わりに政略結婚させるな

んて、もってのほかだ。琥珀の予知能力が目当てであろう白秋家が珠子を大事にするとは思えないし、自分のように厄介者扱いされて、軟禁されてしまう可能性だってある。なにも分からないまま自由を奪われ、将来を決められてしまうのは、自分だけでたくさんだ。

もちろん、白秋家が代わりの花嫁を拒んで、この縁談自体を破談にする可能性もある。しかし、それで一件落着とはならないだろう。

六輔は去り際、なにかおかしな真似をしたり、予知能力のことが先方に露見したら、琥珀ではなく珠子に仕置きを受けさせると言っていた。破談ともなれば、義父は自分だけでなく、珠子にまでその責を負わせようとするに違いない。

(僕がその高彪という人と結婚して、相手を騙さなければ、珠子が傷つく)

珠子を盾に取られている以上、逃げることも、抗うこともできない。

自分はこのまま、あの男の言いなりになるしかないのだ——。

「琥珀坊ちゃん……」

黙り込んだ琥珀に、菊がそっと声をかけてくる。

「どうか、気を落とさないで下さいませ。実は……」

と、その時だった。

「兄様!」

廊下の方で、鈴を転がすような声が上がる。

振り返った琥珀は、駆け寄ってくる幼い妹の姿にほっと笑みを浮かべた。

「珠子」

お気に入りの蝶々の髪飾りを付けた珠子が、畳に正座している琥珀の胸に飛び込んでくる。小さなその体を優しく受けとめて、琥珀は首を傾げた。

「どうしたの、珠子。一人で遊びに来たの?」

六輔はいい顔をしないが、琥珀に懐いてくれている珠子は、こうして父の目を盗んで度々会いに来てくれる。いつもはお付きの若い女中が一緒だが、今日はその姿が見あたらないと不思議に思っていると、琥珀の膝に座った珠子が元気よく答えた。

「ううん、菊といっしょに来たのよ！」

「先ほど母屋で珠子お嬢様に、琥珀坊ちゃんのところに行きたいとねだられまして……。お連れしたのですが、旦那様がおいでだったのでいったん別室で『かくれんぼ』してもらっていたのです」

苦笑して説明した菊に、珠子がぷうっと頬を膨らませる。

「菊ったらぜんぜん探しに来ないんだもの！　待ちくたびれちゃった」

「申し訳ありません、珠子お嬢様」

謝る菊に、ありがとうと目配せをして、琥珀は珠子に微笑みかけた。

「よし、じゃあ今度は兄様とかくれんぼしようか、珠子」

「うん！　でも兄様、ほっぺ真っ赤っ赤よ？」

そっと小さな手で琥珀の頬を包み込んで、珠子が顔をしかめる。

「とっても痛そう……。そうだ、珠子、おまじないしてあげる」

「おまじない？」

首を傾げる琥珀に大きく頷いて、珠子がにこにこと言う。

「この前、母様に教えてもらったの！　ちちんぷいぷい、痛いの痛いの、遠くのお山にとんでいけー」

「あ……」

珠子の唱えたおまじないに懐かしい記憶が思い起こされて、琥珀は目を見開いた。

『痛いの痛いの、飛んでけー！　ね、もう痛くないでしょ、琥珀』

そう言って優しく笑う母に、痛いもんと拗ねたのはいつだっただろう。

あの時母は、じゃあ効くまで唱えなきゃねと、何度も何度も琥珀におまじないをしてくれた――。

「兄様？」

「ん……、あ、ああ、ごめん」

珠子に呼ばれて、琥珀はハッと我に返った。

「おまじないしてくれてありがとう、珠子。おかげですっかり痛くなくなったよ」

「ほんとう？」

琥珀にお礼を言われた珠子が、嬉しそうに顔を輝かせる。

「珠子もね、母様におまじないしてもらうと、いつもすぐに痛いのなくなるの。兄様には珠子がやってあげるからね」

「うん。その時はお願いするね、珠子」

小さな妹の優しい気遣いに、琥珀は精一杯明るい微笑みを浮かべてみせた。

（……珠子のことは、僕が守る）

男と結婚する事も、嘘をつく事も、自分には到底無理だとしか思えない。

けれど、自分のせいで珠子が不幸な目に遭うなんて、そんなこと決してあってはいけない。長い軟禁生活の中、無邪気に自分に懐いてくれる珠子に、これまでどれだけ救われてきたか。

その珠子を守るためなら、たとえどんな無理難題でもやるしかないし、憎い義父にも従うしかない。

相手が誰だろうと、嘘をつかなければならなかろうと、結婚するしかない——。

にこにこと嬉しそうに笑う妹の小さな頭を撫でた琥珀は、ぐっと込み上げてくるものを堪えて珠子に優しく笑いかけた。

「よし、じゃあ珠子、かくれんぼしようか。最初は僕が鬼になるから、珠子が隠れるんだよ」

ひと月後には、珠子と別れなければならない。

あの義父のもとに妹を残していくのは心配だが、幸い珠子には母がいる。珠子の母は気の強いしっかり者で、六輔にも怯(ひる)まず言い返すような人だから、義父から珠子を守ってくれるだろう。

（……お別れまでにたくさん、たくさん思い出を作っておきたい）

切なさを押し殺して微笑む琥珀に、珠子がパッと顔を明るくして頷く。

「うん、分かった！　兄様、ちゃんと十まで数えてね！　ずるしちゃダメよ！」

琥珀の膝からピョンと飛び降りた珠子が、部屋から駆け出す。いーち、にーい、と十まで数を数えてから、琥珀は菊に向き直って告げた。

「……僕がいなくなっても珠子のこと、よろしくお願いします、菊さん」

あの義父が自分に女中を付けて送り出すとは思えないから、菊ともあとひと月でお別れだろう。幼い頃からずっと親代わりだった菊と離れるのは心細いが、義父から睨まれても自分を庇い続けてくれていた菊を思うと、彼女にもうその苦労をかけずに済むのだと、少しほっとする気持ちもある。

別れまでにきちんと菊に今までの礼を伝えたいと思いながら言った琥珀に、菊が頷く。

「琥珀坊ちゃん……。ええ、もちろんですとも」

大きく頷いてくれた菊に頼みますと頭を下げて、琥珀は珠子を見つけるべく部屋を出る。

遠くから聞こえてくるウグイスの声が、春を告げていた。

◆◆◆

拭い終えた口紅にほっと息をついて、琥珀は手早く襦袢を身につけた。着慣れた藍染めの着物の帯を締め、部屋を出る。

「こちらです」

廊下に控えていた案内の女中に続いて、出口へと向かう。今日は祝言のために貸し切られている料亭は他に客もなく、静まりかえっていた。

――六輔から結婚を命じられた琥珀は、今日この料亭で、白秋高彪と祝言を挙げた。式も披露宴も恙なく終わり、ようやく男の姿に戻れて人心地ついた琥珀だが、この後は高彪と共に彼の屋敷へ帰らなければならない。

（本当に大丈夫かな……）

　これからの生活を思って、琥珀はそっとため息を零した。

　高彪の人となりについて、事前に菊に町で噂などを聞いてきてもらおうと思っていた琥珀だったが、そのもくろみは大きく外れてしまった。六輔から縁談を命じられたすぐ後、菊は琥珀付きを外されてしまったのだ。

　琥珀が素直に従わなかったことや、それを菊が庇ったことが癇（かん）に障（さわ）ったのだろう。六輔の命令で珠子付きとなった菊とはまったく会えなくなり、書いていた兄への手紙も出せずじまいだった。

（菊さんが珠子付きになってよかったけど……、結局ちゃんとお別れも言えなかったな）

　会えなくなったのは珠子も同じで、どうやら六輔は琥珀のもとを訪れることを禁じたらしい。屋敷で過ごす最後のひと月はとても静かで、そしてとても寂しい毎日だった。

　誰よりも長くそばにいてくれた菊や、せめてたくさん思い出を作ろうと思っていた珠子と、こんな形で離ればなれになるとは思いもしなかった。

　これからどんな暮らしになるのか見当もつかないが、もしかしたら彼女たちとはこのままもう二度と会えないかもしれない。

（……駄目だ、悪い方にばかり考えちゃ）

　どうしても暗くなりがちな思考を奮い立たせて、琥珀は懸命に顔を上げた。

　六輔に脅されての結婚とはいえ、自分は覚悟を決めたのだ。

　たとえどんなことになっても、珠子を守れればそれでいい——。

「お待たせしました」

　料亭の入り口まで案内された琥珀は、そこで待っていた高彪に声をかけた。どうやら彼も着替えたらしく、紋付き袴から軍服姿に変わっている。

白秋家は主に軍務や帝の護衛を担っているというから、これが彼の普段の姿なのだろう。堂々とした体軀の彼は、純白の軍服の上に外套を羽織り、揃いの軍帽を被っていて、とてもよく似合っていた。

「ああ、琥珀。すまない、先に君の荷物を運ばせようとしたんだが……」

「お預かりしているのはこちらだけです」

高彪のそばに立っていた料亭の主人が、困ったように小さな風呂敷包みを差し出す。琥珀は慌てて主人に走り寄った。

「はい、これだけです。僕が持っていきます」

ありがとうございます、と受け取った包みを、琥珀は胸にぎゅっと抱え込んだ。

簞笥や着物などのいわゆる嫁入り道具は、六輔が体裁を取り繕う程度に揃え、すでに高彪の屋敷に運び込まれていると聞いている。だが、琥珀自身の私物は、この小さな風呂敷包み一つだった。

本当は兄が送ってくれた本を持っていきたかったのだが、荷物をまとめる際、そんなものを持っていってどうすると六輔に一蹴されてしまったのだ。そればかりか、子供の頃にもらった玩具や置物なども、みすぼらしいものを持っていくなと取り上げられ、すべて処分されてしまった。

幸い、兄からの手紙はいつも菊に預けていたため無事だったが、それもいつ菊から受け取れるかは分からない。結局琥珀は、これだけはと懇願した数冊の本の他には、隠し持っていたあの万年筆しか持っていくものがなかった。

(少なすぎて、変に思われるかな……)

彼を騙さなければならないという意識があるせいか、自分のすることがおかしいのではないかといちいち気になってしまう。

高彪の表情をこっそり窺う琥珀だったが、彼は少し戸惑った様子ながらも頷き、傍らにいた燕尾服姿の男を琥珀に紹介した。

「そうか。……彼は柏木と言う。うちの執事だ」

「お初にお目にかかります。柏木と申します」

年齢は高彪より少し若く、二十代後半くらいだろうか。黒髪を丁寧に後ろに撫でつけており、白手袋を着けている。

かけていた眼鏡を押し上げ、きっちりとお辞儀をした彼に、琥珀は慌てて頭を下げた。

「琥珀です。よろしくお願いします」

「こちらこそ。高彪様、私は先に」

「ああ、頼む」

頷いた高彪に一礼し、柏木が先に料亭を出ていく。三和土(たたき)に用意されていた自分の草履(ぞうり)に足を通した琥珀に、高彪が手を差し伸べてきた。

「表に馬車を待たせてある。行こう」

「……っ、はい」

初対面の人と手を繋ぐなんてと躊躇(ちゅうちょ)しかけて、琥珀はぐっとそれを呑み込んだ。

彼とは夫婦になったのだ。こんなことくらいで戸惑っていたら、この先とてもやっていけない。

（手を繋ぐくらい、珠子ともしてたし……）

幼い妹の小さな手を思い出しながら、おっかなびっくり高彪の手を取る。しかし当然ながら、高彪の手は珠子はもとより自分のそれよりもずっと大きくて、琥珀は戸惑いに目を伏せた。

（珠子とぜんぜん違う……）

思えば母と死別してから、手を繋いだりぎゅっと抱きしめ合うなんて、珠子を除いて他にしたことがない。小さい頃に兄とは手を繋いだ記憶があるが、それももう朧気(おぼろげ)でよく思い出せないし、とどぎまぎしている琥珀をよそに、高彪が引き戸を開ける。

――次の瞬間。

「……っ」

いくつもの白い光が、目の前で弾ける。驚いて息を呑んだ琥珀の耳に、先ほど外に出た柏木のものと思(おぼ)しき声が飛び込んできた。

「下がって！　道をあけて下さい！　下がって！」

「な……、なに……？」

一体なにごとかと瞬きを繰り返す琥珀に、大勢の人間が詰め寄ってくる。

「ご結婚おめでとうございます！　今のお気持ちを一言お願いします！」

「こちらに目線をいただけますか!?」

爛々と目を光らせた彼らの向こうで、またいくつも閃光が走る。

どうやら彼らは記者で、自分は写真を撮られているらしいと遅まきながら琥珀が気づいたその時、記者の一人が興奮気味に問いかけてきた。

「藤堂氏のお話では、この未来も予知したものだということですが、それは本当ですか!?」

「……っ」

下がって、と柏木の叫び声を無視して、記者がずいっと前に出てくる。

間近に迫る記者にも、答えようのない質問にも怯んでしまった琥珀だったが、その時、繋いだ手をいったん解いた高彪が、琥珀の肩をぐっと抱いて記者を遮った。

「すまないが、妻への質問は遠慮願おう」

（っ、妻って……）

大きく目を瞠った琥珀には構わず、高彪が記者たちに鋭い眼光を向ける。

「話は後日、私が聞く。道をあけてくれ」

金色の虹彩を光らせる高彪に、記者たちが気圧されたように静まりかえる。たじろいだ彼らが後ずさったのを見て、高彪が琥珀を促した。

「行こう」

「あ……」

ぐいっと肩を抱き寄せられ、抱え込まれるようにして歩き出す。記者たちの視線から守るような力強い腕に、琥珀はどぎまぎしながら高彪を見上げた。

（庇って、くれた）

険しい顔つきで記者たちを威圧している高彪だが、自分に触れるその手は頼もしく、優しい。

（やっぱりこの人、いい人だ……）

ちくん、とまた胸の奥が罪悪感に痛んで、琥珀は俯いた。

いくら珠子を守るためとはいえ、自分はこの人を騙して結婚してしまった。そしてこれから先も、騙し続けなければならないのだ。

離縁でもされない限り、一生――……。

「ごめんなさい……」

小さな呟きを、高彪は周囲の記者から庇ったことへの謝辞だと思ったらしい。優しい低い声が、上から降ってくる。

「君が謝る必要はない。……こっちだ」

「高彪様、どうぞ」

二人を先導してくれた柏木が、サッと馬車の扉を開けてくれる。段差に注意するよう促されて、琥珀は頷きながら馬車のタラップを上がった。

琥珀に続いて革張りの椅子に高彪が座り、外から扉が閉められる。参ります、と前方から声がして、馬車がカラカラと走り出した。

「……よかった。どうやら追いかけてくる者はいないようだな」

後ろの小窓から外の様子を見た高彪が、ふっと肩の強ばりを解いて微笑みかけてくる。

「驚いただろう？　君は知らないだろうが、巷(ちまた)では君は相当な有名人なんだ。なにせその姿を見た者はいない、藤堂家の生き神だからな」

「僕が？」

とても自分のことを言っているとは思えない、大仰(おおぎょう)な呼び名に、琥珀は驚いてしまう。

確かに自分は長年ずっとあの屋敷の奥に閉じこめられていたから、姿を見た者がいないというのは納得できる。だが、生き神なんて呼ばれるようなことをした覚えはない。

（きっと、義父さんだ）

思い当たって、琥珀はきゅっと唇を引き結んだ。

義父の六輔が、琥珀が予知したことだと偽って市場を操(あやつ)っているのではないかということは、菊とのやりとりからなんとなく感じていた。菊は自分を傷つけまいとはっきりとは言わなかったが、そうでなければ六輔がいつまでも役立たずの自分を養っているはずはない。

次はこれが値上がりすると琥珀が予知したと告げれば、人はそれを買い求め、結果本当に値上がりが起きる。六輔はそうして、自分の事業に有利になるよう、琥珀の名前を利用していたのだろう。

「………」

俯いたまま黙り込んだ琥珀が、まだ先ほどの動揺を引きずっていると思ったのか、高彪が言う。

「心配しなくても、もう大丈夫だ。いろいろと戸惑うこともあるだろうが……、これからは俺が、君のことを守る」

「……高彪、様」

力強い言葉に、琥珀は思わず顔を上げていた。

(どうして……)

いくら夫婦になったとはいえ、どうして今日会ったばかりの自分にそこまで言ってくれるのか。

どうして、政略結婚の相手である自分に、こんなに優しくしてくれるのか——。

戸惑う琥珀の手に、高彪がそっと手を重ねてくる。大きくあたたかい手は優しかったけれど、これまで誰にもそんな触れ方をされたことのなかった琥珀は、びくっと肩を震わせてしまった。

「……っ」

「高彪、でいい。俺たちは夫婦になったんだから、様付けはやめてくれ」

「で……、でも……」

高彪は自分より一回りも年上だし、藤堂家と白秋家では身分が違う。そもそも、自分は藤堂の血筋でもないのだ。とても呼び捨てになんてできない。

重ねられた手が落ち着かず、そわそわとしながらためらう琥珀に、高彪は苦笑して言った。

「それならせめて、高彪さん、と」

どうしても俯きがちになる琥珀の顔をそっと覗き

込むようにして、高彪が囁く。狭い馬車の中、すぐ近くで響く低い声は、まるでふわふわの真綿で琥珀を包み込むようにやわらかかった。

「少しずつでいい。お互い慣れていこう」

「あ……」

高彪のその言葉に、琥珀は小さく息を呑んだ。

自分もまだ戸惑っているのだと言外に滲ませた高彪だが、それはきっと彼の優しさだ。お互い様なのだと伝えることで、彼は自分の遠慮を取り除こうとしてくれている。

(本当に、優しい人なんだ)

ちくり、と先ほどよりも強い痛みを覚えて、琥珀は膝の上できゅっと手を握りしめた。

彼に嘘をつかなければならないことはもうどうしようもないけれど、せめて、彼が歩み寄ってくれる気持ちに応えたい。

「分かりました。高彪、さん」

ぎこちなく名前を呼ぶと、高彪が嬉しそうに微笑んでくれる。

「ああ。これからよろしく頼む、琥珀」

「……っ」

その微笑みにますます罪悪感を覚えた琥珀だったが、その時、高彪が表情を改めて問いかけてくる。

「……それで、琥珀。まずはじめに、君に聞いておかなければならないことがあるんだが……」

真剣な面もちで切り出した彼に、なんだろうと琥珀が身構えかけた、——その時だった。

「……っ!?」

突如、馬の嘶きと共に馬車が大きく揺れる。衝撃で椅子から落ちかけた琥珀の腰を、高彪がその力強い腕でぐいっと支えてくれた。

「っ、大丈夫か、琥珀……!」

「あ……、は、はい……っ」

大きな声に、反射的にびくっと身を震わせながらも、琥珀はどうにか頷いた。揺れが収まり、馬車が停車したところで高彪が琥珀から手を離し、御者に声をかけようとする。

「おい、一体なにが……」

しかし、高彪が皆まで言うより早く、馬車の外で大声が上がった。

「出てこい、この似非予言者！」

「オレたちはお前の予言のせいで、奉公先を失ったんだぞ！　勝手なことばかり言って、人の人生を滅茶苦茶にしやがって！」

そうだそうだ、と複数の男たちの怒号が聞こえてくる。琥珀は彼らの言葉に、思わず目を見開いた。

「え……、ぼ、僕……？」

出てこい、殺してやる、と物騒な喚き声は、どう考えても自分に向けられている。

どうやらこの馬車は暴漢に取り囲まれてしまったらしい。外から、退け、道をあけろ、と怒鳴る柏木の声が聞こえてくる。前後左右、どの方向からも聞こえてくる罵声に、琥珀は茫然とした。

「どう、して……」

考えるまでもない。

彼らは、六輔が琥珀の予知だと偽って流した情報で、職を失ったのだ。そしてその怒りの矛先を、琥珀に向けているのだろう。

もちろん、琥珀は予知などしていない。だが、事実として彼らは職を失っており、それは『藤堂琥珀の予知』のせいなのだ。

自分のせいで、仕事を失くした人たちがいる。人生を狂わされた人たちが、いる――。

「……っ」

浴びせられる罵倒に、琥珀が俯いてぎゅっと目を瞑った、その時。

不意に、その場に低い唸り声が響き出した。

（え……？）

ウウウ……、と響く獣のような唸り声に、琥珀は驚いて顔を上げる。

まさか彼らは獣まで連れてきて、けしかけるつもりなのか。

サッと顔を青ざめさせた琥珀だったが、その獣の声は、男たちの罵声よりもっと近くから聞こえてくる気がする。馬車の中、琥珀のすぐそばで発せられているようで——。

「……っ、高彪さん!?」

唸り声のする方を見やって、琥珀は驚きに目を瞠った。

獣のようなその声は、傍らの高彪から発せられていたのだ。その顔は、先ほど記者たちを威圧していた時より更に険しく、憤怒に歪んでいる。

「似非予言者……? 殺してやる、だと……?」

低い声で唸った高彪の顔が、みるみるうちに変わり出す。

純白の帽子が落ち、なめらかな浅黒い肌が瞬く間に白銀の被毛に覆われていく。額と頬に走る黒い縞模様は、まるで空を切り裂く雷のようだ。

人間とはまったく異なる骨格と、ひと回り大きく膨れ上がった巨軀。大きな手も同じ白銀の被毛に覆われ、指先には黒く鋭い爪がギラリと光っている。

大きな口から覗く、真っ白な牙。ふ……っと開けられた瞳は、黄金に輝いていて——。

「許さん……! 俺の琥珀を侮辱するなど、何人たりとも許さん……!」

「ひ……っ」

響き渡った咆哮に、琥珀は目を見開いて震え上がった。

(なに……!? なん……っ、なに、これ!?)

一体なにが起きているのか。

真っ白な軍服を着たその白銀の獣は、確かについ数秒前まで高彪だった。

だった、はずだ。

けれど、今琥珀の前にいるのは、明らかに人間ではない。

人語を話してはいるが、猛々しいその顔は大きな、とても大きな虎で——。

(なん、で……)

愕然とする琥珀に、その白銀の虎がちらりと視線を向けてくる。

「……っ」

思わずびくっと肩を震わせた琥珀に、虎は苦い声で呟いた。

「……やはり覚えていない、か」

「え……、……っ」

大きな虎の口から高彪の声が聞こえてくることに戸惑う琥珀をよそに、虎は身を屈（かが）めて床に落ちた帽子を拾い上げる。

「すまないが、説明は後だ。君はここにいてくれ。決して外には出ないように」

そう言って、茫然としている琥珀にそっと帽子を預けるなり、虎は馬車の外に飛び出していった。

「っ、出てきたぞ！」

すぐに男たちの声が上がり、馬車を取り巻く空気が一気に緊迫したものになる。

琥珀は押しつけられた帽子を抱えたまま床に膝をつき、開け放たれた扉からおそるおそる外の様子を窺った。

（……っ）

扉のすぐそばには、先ほどの虎がこちらに背を向けて立っていた。その向こうには、手に棒や木刀を持った数人の男たちが見える。

「高彪様……！」

駆け寄ってきた柏木に、白銀の虎――、高彪が答える。

「お前は下がっていろ」

「……っ、お手を煩（わずら）わせ、申し訳ありません」

悔しそうに謝る柏木に、高彪は唸るような声で告げた。

「妻を守るのは夫の務めだ。彼の身も心も、俺が守る」

は、とかしこまった柏木が、一歩下がる。

高彪の言葉が聞こえたのだろう、暴漢たちが気色（けしき）ばんだ。

「その姿……！　お前が白秋高彪か……！」

「帝にお仕（つか）えする四神家でありながら、似非予言者と婚姻を結ぶなど、恥ずかしくないのか！」

　木刀を高彪に向けた男たちが、そうだそうだと口々に責め立てる。険のある男たちの言葉に思わず身を強ばらせた琥珀だったが、その時、目の前の高彪の姿が唐突に、――消えた。

「え……」

「ぐ……！」

　琥珀が驚いて目を瞠るのと、男たちの一人が呻き声を上げるのは、ほとんど同時だった。腹部を押さえ、どさっと地面に倒れたその男の傍らには、高彪が立っている。

　険しく眇（すが）められた金色の瞳が、ギラリと鋭く光った。

「……それ以上、俺の妻を侮辱することは許さん」

「ひ……！」

　悲鳴を上げた近くの男に、姿勢を低くした高彪が突っ込んでいく。目にもとまらぬ速さで地を蹴った彼は、その大きな手で男の頭をわし摑むなり、彼をブンと遠くへ放った。

「な……っ！」

「っ、この化け物め……！」

　どよめく暴漢たちをじろりと見渡し、高彪が咆哮を上げる。

「俺のことはなんと言おうが構わんが、琥珀を傷つけようとする者は、誰であろうが許さん……！　彼は俺の、妻だ！」

　地の底まで轟（とどろ）くような雄々しい叫びと共に、高彪が力強く地を蹴って跳躍（ちょうやく）する。逃げる暇すら与えず、圧倒的な膂力（りょりょく）で暴漢たちを叩きのめすその姿に、琥珀は茫然としてしまった。

（なに……、なに、これ……）

　一体なにが起きているのか。

　あの獣は本当に、高彪なのか。

　そうだとしたら、何故あんな姿をしているのか。

彼は一体、何者なのか——。

「……これですべてか」

琥珀が驚いて固まっている間に、高彪が暴漢たちを全員片づけ終える。ぐるりと辺りを見渡し、自分たち以外に立っている者がいないことを確認する白銀の虎に、琥珀はこくりと喉を鳴らした。

（人間じゃ、ない……）

だが、本物の獣とも違う。

彼は二本の足でしっかりと、地面に立っている。

頭部は獣、首から下は被毛に覆われた筋骨逞しい人間の男の姿をした彼、——高彪を茫然と見つめていた琥珀だったが、その時、高彪がくるりとこちらを振り返った。

「琥珀、さっき君に聞こうとしていたのは、このことだ。君はこの姿を……、獣人を目にするのは初めてだな？」

「獣、人……」

初めて聞く単語を繰り返した琥珀は、目の前の高彪の姿に戸惑いながらもぎこちなく頷く。そうか、と頷き返して、高彪は静かな声で告げた。

「俺は白虎の獣人だ。四神家の者は、神の血を引く獣人なんだ」

「……っ、神……」

息を呑んだ琥珀を、高彪がじっと見つめてくる。

その瞳は、暗闇を払う明けの明星（みょうじょう）のような金色に輝いていた——。


「おっかえりなさーい！」

「っ⁉」

馬車の扉が開くなり聞こえてきた元気のいい声に、琥珀は驚いてビクッと身を震わせた。隣に座っていた高彪が、苦笑してたしなめる。

「こら、茜（あかね）。琥珀が驚いているだろう。それに今日は、『ようこそ』じゃないのか？」

「あっ、そうだった！　ようこそー！」

にこにこにこと、満面の笑みを浮かべて言い直す少女に、琥珀はおずおずと答えた。

「あ……、は、はい。ありがとうございます……」

小袖の上からフリルのついた真っ白なエプロンとヘッドドレスを着けた彼女が、どうぞどうぞと馬車のタラップを用意してくれる。

琥珀はためらいつつも、高彪に続いて馬車から出た。目の前にそびえ立つ、大きな二階建ての洋風の屋敷を見上げる。

（ここが……）

これから暮らすことになる屋敷を前に、琥珀は緊張にこくりと喉を鳴らした。

——暴漢たちを倒した後、人間の姿に戻った高彪と共に、琥珀は彼の屋敷に向かった。

正直、目の前であんな変身をしたばかりの高彪と一緒の馬車に乗るのは、怖くてたまらなかった。

いくら人間の姿をしていても、彼は本当は人ならざる者なのだ。いつまたあの姿に戻るかもしれないし、もしも襲いかかられたら、自分などひとたまりもない。

彼の正体が分からないことも、恐怖を煽った。

獣人とは一体なんなのか。さっき見た光景は夢ではないのか。あの獣は本当に高彪なのか——。

頭の中は疑問だらけで、でも問いかけることすら怖くて黙ったまま身を強ばらせていた琥珀に、高彪は馬車の中で丁寧に説明をしてくれた。

——その昔、この地では争いが絶えなかった。

そんな折り、争いを治め、平和を築くべく、一人の男が立ち上がった。

男は天の神に助力を乞い、神は己に仕える聖獣を彼のもとに遣わした。

青龍、朱雀、白虎、玄武の四神と呼ばれる聖獣たちの助けを得て、男は争いを治め、人々を導く帝となった。

争いの後、聖獣たちはこの地の平和を見守るため、地上にとどまった。そしてそれぞれ人間を愛し、人間と交わって、子を成したのだ。

獣神の血を引く彼らは、獣と人が入り交じった姿をしており、獣人と呼ばれるようになった。

役目を果たした四神は天の神のもとに帰ったものの、子孫である獣人たちは帝を支える四神家として地上に残った。

天の神に仕える聖獣の血は、永い月日を経た今も、四神家に脈々と受け継がれている——。

（高彪さんは、四神の白虎の血を引いているって言ってた）

自分より先に馬車を降り、執事の柏木に警察に連絡するよう指示している高彪を見やって、琥珀はきゅっと唇を引き結んだ。

琥珀は知らなかったが、四神家の者が獣人であることは、高彪が語ってくれた伝承と共に広く世の中に知られているらしい。とはいえ、彼らは公(おおやけ)の場では基本的に人間に姿を変えており、本来の姿である獣と人が入り交じった姿を見たことがある者はごく限られているとのことだった。

先ほど馬車を襲った暴漢たちが、高彪の獣人姿に恐れをなしてはいたものの、琥珀のような驚き方はしていなかったのも、そのためだったらしい。

（だから義父さんも、あの時化け物なんて言ってたんだ……）

最初にこの縁談について話があった時、六輔は白秋家のことを化け物一族と言っていた。あの時はその意味がよく分からなかったが、おそらく獣人の血を引いていることを揶揄(やゆ)してのことだったのだろう。

（確かに、獣人姿の高彪さんは普通の人間とは全然違うし、怖かったけど……）

柏木が屋敷の方へと向かったところで、高彪が深く息をつき、その姿を獣人のものに変える。精悍な顔がサアッと白銀の被毛に覆われていく光景を、琥珀が息を呑んで見つめていると、気づいた高彪が決まり悪そうに詫びた。

「すまない。屋敷ではいつも、こちらの姿で過ごしていてな。習慣でつい、戻ってしまった。待ってくれ、すぐに人間の姿に……」

「あ……、そ、そのままでいいです」

高彪が再び人間に姿を変えようとしていることに気づいて、琥珀はとっさにそう言っていた。驚いたように目を見開く高彪を見て、自分がなにを言ったか自覚し、琥珀自身びっくりしてしまう。

(そのままでいいって……、僕今、なに言ったんだろう)

高彪の獣人姿を怖いと思っているはずなのに、どうしてそんな言葉が出てきたのか、自分でもよく分からない。——けれど。

(……高彪さんは、僕を助けてくれた)

馬車の中で彼が獣人に姿を変えた時は驚いたけれど、それは自分を守るためだ。それに、そもそも自分が獣人のことを知っていれば、そこまで驚くことはなかった。

(僕が知らなかったばかりにあんなに驚いて、そのせいで高彪さんに気を遣わせてしまってる……。高彪さんはなにも、悪くないのに)

まだ慣れないせいで少し怖くはあるけれど、それでも目の前の白銀の虎の獣人を化け物だなんて思えない。

人間とは異なる姿をしていても、彼は彼だ。

自分のことを守ってくれたこの人のことを、自分もちゃんと、受けとめたい——。

琥珀は顔を上げると、高彪を見つめて言った。

「さっきは驚いてしまって、すみませんでした。でももう、大丈夫です」

「……無理をすることはない」

琥珀を見つめ返して、高彪がそっと言う。

「俺のことなら、気にしないでいい。初めて獣人を見た者は誰しも、恐ろしいと思うのが普通だ。君が慣れるまでは、人間の姿で……」

「でも、高彪さんが人間の姿でいたら、いつまで経(た)

っても慣れないんじゃないでしょうか?」

首を傾げた琥珀に、高彪が言葉に窮(きゅう)して黙り込む。二人のやりとりを見守っていた先ほどの少女、茜が、ニパッと笑って言った。

「琥珀様の言う通りー!」

「それは……、だが……」

琥珀の言葉にも一理あると分かってはいるものの、ためらいが消えないのだろう。

呻く高彪に、琥珀は告げた。

「その……、正直まだちょっと、怖いとは思ってます。ごめんなさい。でも、早く慣れたいのも本当です。だってどんな姿をしていても、高彪さんは高彪さんだから」

「琥珀……」

琥珀の言葉に、高彪が大きく息を呑んで目を瞠る。ややあって、彼はその金色の瞳をふっと、やわらかく細めた。

「……そうか。俺は俺、か」

(あ……、もしかして今、喜んでる……?)

白虎の顔に浮かんだその表情に気づいて、琥珀は少なからず驚いた。

虎なんて、実物を見るのはもちろんこれが生まれて初めてだし、人間ではない生き物に表情があると感じたことも、今まで一度もない。けれど何故か、目の前の白虎が嬉しそうなことは分かる。

自分の言葉で、高彪が喜んでくれている。ほっと安堵したようなその表情は、彼が自分を怖がらせたくないと思ってくれているからこそのものだ——。

(やっぱりこの人は、化け物なんかじゃない。ちゃんと感情のある、優しい人だ)

改めてそう思った途端(とたん)、緊張していた心がふわっと軽くなる。表情をやわらげた琥珀に、高彪が目を細めて言った。

「分かった。なら、このままで過ごさせてもらおう。俺も君が早く慣れてくれると嬉しい」

「はい」

きっとそう時間はかからないだろうなと思いつつ頷いた琥珀を、高彪が手招きする。

「琥珀、こちらへ。うちの者たちを紹介しよう。まずは……」

「はいはいはい！　私、茜です！」

シュパッと手を挙げたのは、先ほど馬車の外から声をかけてきた少女だった。肩口で切り揃えたおかっぱを揺らしつつ、元気よく自己紹介する。

「白秋家には一年前から女中としてお勤めしてて、琥珀様の二つ下の十六歳です！　好きなものはお芋と栗と南瓜（かぼちゃ）！　あとあと……」

「好物はそれくらいでいいぞ」

放っておいたら延々と自分の好きな食べ物を挙げそうな茜に、高彪が苦笑を零す。

あまりに勢いよく喋（しゃべ）る茜にぽかんとしてしまった琥珀だったが、茜はまったく気にした様子もなく、にこにこと笑みを浮かべたまま琥珀の両手をぎゅっと握ってきた。

「琥珀様が来るの、みんなずっと楽しみにしてたんだよ！　よろしくね！」

「よ……、よろしくお願いします……」

ぶんぶんと握った手を上下に振られて、琥珀はますます面食らってしまう。

（げ……、元気だ……）

琥珀が勢いに呑まれてたじろいでいると、茜の背後から髪の長い女性が微笑みかけてきた。

「次は私かしら。桔梗（ききょう）と申します。……茜がごめんなさいね」

「い、いえ」

落ち着いた声で謝ってきた彼女もまた、小袖に白いエプロンとヘッドドレスを着けている。口元には小さな黒子（ほくろ）がぽつんとあり、大人っぽい雰囲気の女性だった。

「私も茜と同じく、女中としてこちらにお勤めさせていただいてます。年齢は……、秘密にさせていただこうかしら」

ふふ、と口元を手で隠しつつ悪戯っぽく笑う彼女に、琥珀は頭を下げた。

「琥珀です、よろしくお願いします」

「こちらこそ。琥珀様が来て下さって、お屋敷に仕える一同、本当に嬉しく思っております。私はここでは古株ですから、なにか分からないことがあれば遠慮なく仰って下さいね」

にっこりと笑った桔梗に、茜が勢いよく抱きついて言う。

「桔梗さんはね、お酒がすっごく強いんだよ！　高彪様と飲み比べして張り合えるの、桔梗さんだけなんだから！」

「……俺も桔梗に勝てる自信はないな」

苦笑した高彪に、桔梗がご謙遜をと微笑む。

（の、飲み比べ……？）

おっとりとした雰囲気の彼女の意外な一面にも、女中が主人と飲み比べをするということにも驚いた琥珀が言葉を失っていると、最後に残っていた大柄な男性が進み出てきた。

「最後は俺だな！　俺は大文字、この屋敷の料理番だ！　よろしくな！」

「……っ、よ、よろしくお願いします」

割れんばかりの大声、というのはまさしくこのことだろう。大音量に怯みつつどうにか答えた琥珀に、大文字がニカッと笑って言う。

「おう！　しかし奥方は随分細っこいな！　よし、俺が栄養たっぷりの食事を作ってやるからな！」

「は……、はい……」

思わず、お手やわらかにお願いしますと言ってしまいたくなるのを堪えて、琥珀はおずおずと頷く。すると、桔梗にくっついたままの茜がまたシュパッと手を挙げて言った。

「はいはいはい、大文字さん！　芋栗南瓜尽くし、お願いします！」

「残念だが秋はまだ先だ！　もう少し待て！」

旬は大事だからな！　と大声で返した大文字に、

茜がそっかー！　と大声で叫び返す。

元気のいい二人に、ただただ圧倒されるばかりの琥珀だったが、そこで二人の肩越しに屋敷の方から執事の柏木が猛然と駆けてくるのが見えた。

「お前たち……！」

燕尾服の裾を翻し、鬼のような形相で駆け寄ってくる彼を見るなり、高彪が苦い顔つきになる。

「先に謝っておく。……すまない」

短くそう告げた高彪は、その大きな手をサッと伸ばすなり、琥珀の両耳をそっと覆ってきた。

「え……」

ふわっと触れたやわらかな被毛の感触に琥珀が動揺した、その時。

「うるさいぞ、お前たち!!　琥珀様が驚いてらっしゃるだろうが!!」

「……っ」

誰よりも大きな声で、柏木が怒鳴る。高彪に耳を塞がれたままでも聞こえてきたその大声に目を丸くした琥珀の前で、しっかり耳を覆った三人が口々に文句を言った。

「柏木さん、うるさーい」

「はっはっは、まったくだな！」

「今の柏木くんの大声が、一番驚いた顔をされてたわよ？」

呆れたように言った桔梗が、ちらりと琥珀の方を見て笑みを零す。

「あらあら、高彪様ったら」

「…………あっ」

桔梗の一言にハッとして、琥珀は慌てて高彪を見上げる。自分の耳を覆ってくれたということは、高彪自身は――。

「……琥珀の耳の方が大事だからな」

そっと琥珀から手を引きつつ、苦笑混じりに呻く高彪は、当然ながら自分の耳を覆うことができなかったらしく、顔をしかめていた。

ぶるるっと頭を振った高彪を見て、茜がじろっと柏木を睨む。

「……柏木さん」

「高彪様は、俺たち人間よりずっと感覚が優れてるってのになあ」

「それであんな大声出されたら、たまったものじゃないわよねぇ」

同調した大文字に続いて、桔梗もふうとため息をついてみせる。

三人の冷たい視線にたじろいだ柏木が、おろおろと謝ってきた。

「す……っ、すみません、琥珀様、高彪様。私はそんなつもりでは……」

「ああ、いい、分かっている。今後はもう少し抑えめの声量で頼む」

慌てる柏木に頷き、やんわりと釘を刺した高彪が、琥珀にそっと謝ってくる。

「急に触ったりしてすまなかった、琥珀。驚いただろう？」

こちらを見つめる金色の瞳は、心配そうに陰っている。琥珀は思わず高彪の手を取った。

「っ、琥珀？」

戸惑ったような声を上げる高彪を見上げて、ぎゅっとその大きな手を握る。

「確かに驚いたけど……、でも、庇って下さって嬉しかったです。……ありがとうございました」

「琥珀……」

おずおずとお礼を言った琥珀に目を見開いた高彪が、ふわっと破顔する。

「……ああ」

嬉しそうに頷いた高虎の背後で、二人のやりとりを見守っていた一同が笑みを浮かべる。

「こういうの、怪我の功名って言うんだよねー」

「だな！」

「だからって次もやっていいわけじゃないからね、柏木くん」

「肝に銘じます……」

桔梗に釘を刺された柏木に、高彪が表情を改めて問いかける。

「それで、警察への連絡は？」

「はい、滞りなく。捕縛が済み次第、こちらに事情を聞きに来るそうです」

「そうか、分かった。来たら通してくれ、俺が対応する」

「かしこまりました」

頷く柏木に、茜が興味津々な顔で聞く。

「なになに？　なにかあったの？」

「……後でな」

すました顔で答える柏木に、茜が不満そうに、えー、と頬を膨らませる。あら可愛い、と微笑んだ桔梗が、茜の膨らんだ頬を指先でツンとつついた。

先ほど高彪が返り討ちにした暴漢たちは、柏木と高彪が道の脇に文字通り積み上げていた。気を失っている様子だったから、警察が駆けつけるまでおそらくあのままだろう。

(……高彪さん、すごかったな)

彼の獣人姿にも驚いたけれど、あっという間に暴漢たちを倒した圧倒的な強さにも驚いた。力も速さも人間離れしていたけれど、それはやはり彼が獣人だからなのだろうか。

(獣人は、聖獣である四神の血を引いているって話だった……。高彪さんは、人間よりも神様に近い存在なのかもしれない……)

自分はなんという人に嫁いだのだろうと、改めて少し緊張した琥珀だったが、そこで高彪が四人を振り返って言う。

「琥珀、うちで働いてくれているのは、主にこの四人になる。俺は昼間は仕事で家を空けることが多いから、なにかあればこの四人に声をかけてくれ」

「はい」

よろしく、と口々に声をかけてくれる四人に、よろしくお願いしますと頭を下げつつも、琥珀は戸惑いを隠せなかった。

（……藤堂の人たちとは、全然違う）

誰が琥珀様から一番に頼まれごとされるか競争だからね、などと楽しそうに談笑している彼らは、なんだかとても活き活きとしているように見える。それは、琥珀が今まで見てきた藤堂家の使用人たちとはまるで異なる姿だった。

藤堂家の使用人たちは、常に六輔から監視されており、大声で叫ぶどころか、無駄口を叩くことすら一切なかった。

感情を殺し、表情を消して、黙々と命じられた仕事をこなす彼らは、琥珀に深く関わらないように六輔から命じられており、いつも琥珀を遠巻きにしていた。琥珀に笑いかけたり、ましてや握手を求めてくる者などいなかったのだ。

（菊さんだけは違ってたけど……、でも、使用人さんはそういうものだって思ってたのに）

和気藹々と話す彼らを、主人である高彪はたしなめる様子も、仕事に戻れと注意する様子もない。黄金の瞳を優しく細めた彼は、鷹揚に微笑みながら四人を見守り、時々やんわりと口を挟むのみだ。

（……高彪さんがそういう人だから、なんだ）

その場を包み込むあたたかい雰囲気を肌で感じ取って、琥珀は納得した。

高彪は、最初に琥珀に四人を紹介する時も、『うちの者を紹介する』と言っていた。使用人という言い方はせず、『うちで働いてくれている』と感謝の気持ちをにじませていたのは、彼の本心からの言葉だろう。

六輔ならきっとそんな親しみを込めた言い方はしないだろうし、屋敷で働く人たちへの感謝の気持ちなど微塵もないだろう。そもそも、たとえ新しく妻を迎えたとしても、使用人を一人一人紹介しようなんて考えもしないに違いない。

茜たちがこんなに伸び伸びと働いているのは、高彪がそういう人だからなのだ。彼は六輔とは正反対の人なのかもしれない――……。

じっと高彪を見つめながらそんなことを思っていると、視線に気づいたらしい高彪がふっとこちらを振り向く。見つめていたことを知られてしまい、動揺した琥珀だったが、高彪はむしろ嬉しそうに目を細めると、落ち着いた声で話しかけてきた。

「少し騒がしいかもしれないが、四人ともとても信頼できるから、なんでも頼ってくれ。もちろん、俺も君の力になりたいから、俺を一番に頼ってくれると嬉しい」

「あっ、高彪様ずるーい！」

「抜け駆けは禁止ですよ、高彪様」

聞きつけた茜と桔梗が、高彪に文句を言う。分かった分かったと苦笑する高彪に、琥珀もふっと笑みを浮かべた、――その時だった。

クルルルルッと、転がるような高い獣の声が聞こえてくる。見ると、屋敷の玄関扉の陰から小さな白い生き物が二頭顔を覗かせ、こちらをじっと見つめていた。

「……仔虎？」

猫とも少し違う、けれど大人の虎よりもずっと小さいその二頭は、どうやら仔虎のようだった。この屋敷で飼われているのだろうかと首を傾げた琥珀につられるように、クルルッと鳴き交わした二頭もこてんと首を傾ける。

琥珀の隣に立った高彪が、愕然と呟いた。

「あれは……、まさか……」

「？」

なにを驚いているのだろうと不思議に思った琥珀だったが、高彪は目を見開いて立ち尽くすばかりで、それきり黙り込んでしまう。見れば、他の四人もあんぐりと口を開けたり、目を瞠ったまま固まっていた。

「あの……？」

一体どうしたのかと訝る琥珀をよそに、茜が茫然と呟く。

「ね……、ねえ。あれって、もしかして……」

「ああ。おそらく……」

唸った柏木の隣で、桔梗が感心したように言う。

「話には聞いていたけど、本当にいたのねぇ」

「俺も見るのは初めてだ」

大文字でさえ、先ほどまでの勢いが消え、神妙な顔つきになっている。

（初めて……？　ここで飼われてる仔たちじゃないのかな？）

しかし、だとしたらどうして、彼らは屋敷の中にいるのだろう。

ますます不思議に思った琥珀だったが、その時、仔虎たちが扉から飛び出し、一直線にこちらに駆けてくる。琥珀の前で脚をとめた彼らは、金色の瞳をキラキラと輝かせながら尻尾をピンと立てた。

「ミャウ！」

「ガウ！」

「うわ、可愛い……。こんにちは？」

なにかを訴えるように見上げてくる彼らの愛らしさに、琥珀は目を細めてしゃがみ込む。すぐに足元に寄ってきた仔虎たちは、琥珀の膝に前脚を乗せると、ふんふんと匂いを確かめ始めた。

「初めて見る人間だから確認してるのかな？　初めまして、僕は琥珀って言います」

虎だけあって仔猫よりも大きいし、脚も太い。着物越しに伝わってくるぷにぷにの肉球の感触にますます顔をほころばせて、琥珀はびっくりさせないよう、そっと仔虎たちに手を伸ばした。

「これからよろしくね」

丸めた指の背で、仔虎たちの頬や顎を優しく掻いてやる。以前、藤堂の屋敷に迷い込んできた猫をこっそり保護したことがあり、その時にこうして撫でてやると気持ちよさそうに目を細めていたのだ。

案の定、仔虎たちもうっとりと目を細め、ぐるぐると喉を鳴らし出す。遠目にはそっくりに見えた二頭は、よく見ると片方の額が旋風（つむじかぜ）のような毛並みをしており、もう片方の頬はまるで稲妻のような黒い模様をしていた。

「凛々しい顔してるし、どっちも男の子かな？　あの、この子たちの名前って……」

　名前はなんというのか、もしかして親の虎もいるのだろうかと、ひょいっと片方を抱き上げつつ聞いた琥珀だったが、その途端、茜が素っ頓狂な声を上げる。

「ひええ……！　神獣様を……！」

「抱き上げた、だと？」

　眼鏡の奥の瞳を丸くして呻いた柏木に、琥珀は慌てて問いかけた。

「だ、駄目でしたか？」

　もしかして、抱っこしてはいけない決まりでもあるのだろうか。けれど、琥珀に抱き上げられた仔虎は嬉しそうに顔を擦り寄せてきているし、もう片方も次は自分の番とばかりにじゃれついてきている。

（降ろした方がいいのかな……。でも、尻尾まで腕に巻きついてきてるんだけど）

　琥珀の腕にくるんと尻尾を巻きつけた仔虎は、ご満悦そうにごろろんと喉を鳴らしている。できたらもう少しこのままでいてあげたいし、もう片方も抱っこしてあげたい。

　戸惑いつつも高彪を見上げると、彼はまだ少し驚いた様子ながらも琥珀に告げてきた。

「……琥珀、その二頭はただの仔虎ではない。神獣だ」

「神獣？」

　聞き返した琥珀に頷いて、高彪が説明する。

「ああ。神獣は、四神に仕える霊獣だ。その昔、四神が地上を去る時に、自分たちの子孫を護るよう命じて残していったと伝わっている。普段は姿を消していて目には見えないが、昔からずっと四神家を守護している存在だ。それぞれの聖獣の仔の姿をしていると言われているが、ひどく気まぐれで滅多に姿を現さない。……俺も、会うのはこれが初めてだ」

「そうなんですか……!?」

腕の中でグルグルとご機嫌に喉を鳴らしている仔虎が、まさかそんな存在だとは思いもしなかった。

そうと知った途端、自分がとんでもないことをやらかしているのではと焦った琥珀だったが、うろたえる琥珀をよそに、待ち切れなかったらしいもう一頭が無理矢理琥珀の腕によじ登り出す。

片割れを押しのけるようにしてもぞもぞと琥珀の腕の中におさまり、満足気にフンスフンスと鼻を鳴らす仔虎に、琥珀は思わず呻いてしまった。

「お……、重い……」

「が、頑張って、琥珀様！」

応援してくれる茜の横で、桔梗が微笑む。

「あらあら、すっかり懐かれたみたいねえ」

「居座る気満々だな！」

調子を取り戻したらしい大文字が、大声で笑う。

（これ、笑い事じゃないんじゃ……）

道理で自分が仔虎を抱き上げた時に茜たちが戦い(おののい)ていたはずだし、今も柏木が真っ青な顔でこちらを見つめているはずだ。

知らなかったこととはいえこのままでいいのか、しかし抱っこをやめたら神獣たちの機嫌を損ねそうだし、と戸惑う琥珀に声をかけてきたのは、高彪だった。

「重いかもしれないが、よかったらそのまま抱いていてやってくれ。神獣は神の力を持っているが、性格は仔虎そのものだと伝わっている。満足したら元通り姿を消すだろうし、きっとこれまで以上にこの家を護ってくれることだろう」

「わ……、分かりました。そういうことなら、精一杯神獣様のお相手をします」

自分がなにか役に立てるのなら嬉しいし、甘えてくる仔虎たちは可愛らしい。

両腕に神獣を抱えて頷いた琥珀に、茜が怖々と近寄ってくる。

「ねえねえ琥珀様、私も触ってもいい？」

「う……、うん、大丈夫じゃないかな」

神獣とはいえ、見た目は愛らしい仔虎たちだ。優しく頭を撫でてあげて、と教えた琥珀に頷いて、茜がそっと仔虎たちの頭を撫でる。

「うわ、ふわふわ……！　可愛い……！」

「ふふ、私も混ぜてもらえるかしら？」

歩み寄ってきた桔梗が、琥珀の腕から片方を受け取る。きょとんとした仔虎がじっと桔梗を見つめた後、その頬をぺろんと舐めたのを見て、柏木が顔色を変えた。

「な……！　神獣とはいえ、桔梗さんの頬を舐めるなんて、なんという破廉恥な……！」

「おいおい柏木、そんな大声を上げたら神獣様たちが驚くだろう！」

負けず劣らずの大声で言った大文字が、ふむ、と思案気な顔つきになる。

「確か牛乳が余っていたな。飲むか？」

「ミャウ！」

「ガウ！」

元気よく吠えた仔虎たちに、いい返事だ！　とニカッと笑って、大文字が屋敷の方へと歩き出す。

騒がしい一同の輪の中、いつの間にか緊張も忘れて笑みを浮かべる琥珀を、高彪がその瞳を優しく細めて見つめていた――。

浴衣姿で髪を拭き終え、琥珀はふうと大きく息をついた。床に敷かれた絨毯の上に正座したまま、落ち着きなく何度も辺りを見回す。

（……今日からここで寝るんだ……）

入浴後、こちらがご夫婦の寝室です、と桔梗が案内してくれたのは、広い洋室だった。窓辺には小さなソファが置かれており、先ほど少し腰かけてみたものの、どうにも落ち着かなかったので、結局こうして絨毯の上に正座してしまっている。

昼間、屋敷の面々との挨拶を終えた琥珀は、その

まま広間に通され、彼らが用意してくれた歓迎の宴(うたげ)に招かれた。

改めておめでとうございますと結婚を祝われ、大文字が腕によりをかけて作ったご馳走を振る舞われた宴は、とても明るく賑(にぎ)やかなひとときで、この結婚に後ろ向きだった琥珀もいつの間にか笑っていたほど、楽しいものだった。

現れた二頭の神獣たちは、紐や鞠(まり)などでたっぷり遊んだ後、大文字からもらった牛乳をたらふく飲んでいた。小さなおなかをパンパンに膨らませて、すやすやと満足そうに寝入っていたから、もしかしたら明日の朝にはいなくなってしまっているかもしれない。

(ちょっと寂しいけど……、でも、満足してもらえたならよかったかな)

神獣たちは滅多に姿を現さないという話だったが、いつかまた会えたらと願わずにはいられないほど可愛らしかった。

会えただけで幸せにしてもらえた気がする、と微笑みかけた琥珀だったが、そこで視界に大きな天蓋(てんがい)付きのベッドが映る。すっかり整えられているベッドを見た琥珀は小さく息を呑み、身を強ばらせた。

夫婦の寝室、なのだから当然といえば当然なのだが、この部屋にはベッドが一つしかない。

大きなベッドは獣人姿の高彪の巨軀でも悠々と寝られるだけの広さがあるし、琥珀が一緒に寝たところで邪魔にはならないだろう。

(一緒に……)

思い浮かんだ途端に緊張が走って、琥珀は先ほどまで頭を拭いていた手拭いをぎゅっと握りしめた。

覚悟は、したはずだった。

それでも、政略結婚で、しかも男同士なのだから、形だけ夫婦になるということもあるかもしれないと、どこかで期待していた。

見も知らない同性と契るなんて、どうしても抵抗がある。好きな相手と結ばれることができないにしても、できれば好きでもない相手と床(とこ)を共にしたくはない、と。

――けれど。

(こうしてベッドが一つしかないってことは、高彪さんは僕とするつもり……、なんだ)

形だけの結婚なら、寝室は別々にするはずだ。一緒の寝室、一緒のベッドということは、彼は自分と本当に夫婦になるつもりなのだ。

そう思った途端、先ほどまで宴で浮き立っていた気持ちが急速にしぼんでいってしまう。緊張に顔を強ばらせて、琥珀は逃げるように俯いた。

琥珀を妻と呼んでいたことからも、高彪はおそらく自分を抱くつもりだろう。家柄も年齢も体格も彼の方が圧倒的に勝っているし、琥珀には彼の求めを拒むことはできない。

(高彪さんは悪い人じゃない……。……多分)

今日出会ったばかりだけれど、高彪はもう幾度も自分を助けてくれたし、守ってくれた。白秋家で働く人たちに慕われていることからも、彼がいい人だということは窺える。

だが彼は、人間ではない。

あの獣人姿の彼に抱かれるのだと思うと、どうしても不安が込み上げてくる。

行為そのものも怖くてたまらないのに、その上相手が人間ではないなんて、どうしたらいいか分からない――……。

頭の中に、ひと月前に義父から言われた言葉が甦る。

『分かっているとは思うが、お前が能力を失っていることを向こうに気づかれるんじゃないぞ』

『気づかれたらその時は、契ったから能力を失ったとでも言い訳すればよかろう！』

(予知能力のことを怪しまれる前に、僕は高彪さんと契らなきゃならない……。初夜で抱かれるのなら、それに越したことはない)

しかし、頭ではそうと分かっていても、こうしてそれが現実味を帯びてくるとどうしても体が強ばってしまう。

いくら高彪が優しい人だと分かっていても、どうしても不安と恐怖を感じずにはいられない。

(……っ、でも、それでも、するしかないんだ)

もし予知能力がないことに気づかれ、離縁などということにでもなったら、自分だけでなく珠子までひどい目に遭わされるかもしれない。

自分のとばっちりで幼い妹につらい思いをさせるなど、決してあってはならない。

(珠子を守るためなら、僕はどうなったって……)

俯いたまま、琥珀が緊張に冷たくなった手を再度ぎゅっと握りしめたその時、背後の扉が開く。

振り返った琥珀に、浴衣姿の高彪が少し驚いたように目を見開いた。

「……何故正座を?」

「……あっ」

彼の問いかけで、自分が絨毯の上に正座していたことを思い出して、琥珀は慌てて弁解する。

「あの、今までずっと和室で過ごしていたので、それで……」

やはりこんな洋室で正座していたら変だっただろうか。

焦る琥珀だったが、高彪は扉を閉めつつ鷹揚に頷いて言う。

「そうか。配慮が足りずすまない。俺はずっと洋室だったから、君が落ち着かないかもしれないと思い至らなかった」

「い……、いえ、そんな」

律儀に謝ってくれる高彪に動揺した琥珀だったが、高彪は歩み寄ってくるなり身を屈めて、腰を浮かせていた琥珀をひょいっと、――持ち上げた。

「……っ、な……!」

「いくら絨毯があるとはいえ、床は冷えただろう。……ああほら、やはり冷たい」

琥珀を軽々と片腕に乗せた高彪が、空いた方の手で琥珀の指先をそっと取る。冷え切った指先をあたためるように、なめらかな被毛に覆われた大きな手で包み込んだ高彪は、そのままベッドに向かって歩き出した。

「あ……っ、あの、高彪さん……っ」

「今度桔梗に、君が落ち着くように、手頃なクッションを用意してもらおう。家具も背の低いものに変えなければいけないな」

「いえ、そんな……！　そこまでしてもらわなくても……！」

自分のためにわざわざそんなことをする必要はないし、今はそれよりも降ろしてほしい。

まさかこのままベッドに連れ込まれるのだろうかと焦る琥珀をよそに、高彪がじっとこちらを見つめて微笑みかけてくる。

「遠慮することはない。この部屋はもう、君のものでもあるんだからな」

「え……」

優しく穏やかなその声と言葉に、琥珀は目を見開く。

「僕のものって……」

政略結婚で娶られた立場の自分に、まさかそんなことを言うなんて、と驚く琥珀だったが、そこで高彪が琥珀をベッドに降ろす。

ふっかりとやわらかな布団の上にそっと横たえられた琥珀は、思わず息を呑んだ。

「……っ」

「そんなに驚くことはないだろう？　俺たちはもう夫婦なんだから」

苦笑混じりに言った高彪が、琥珀に続いてベッドに上がってくる。大きな白虎に、覆い被さるようにしてじっと見つめられて、琥珀はもう指一本動かせなくなってしまった。

（夫婦なんだから驚くことはないって……）

迫るような体勢も相まって、それは一体、どちらの意味なのだろうかと考えずにはいられない。

夫婦なのだから、この部屋が二人のものなのは当然だという意味なのか。それとも——。

(夫婦なんだから、こういうことするのも当然って意味……？)

そう思い至った途端、今までの比ではない緊張感に、ばくんっと心臓が強く拍動する。不安と恐れ、羞恥と混乱に頭の中が真っ白になって、琥珀は一気に身を強ばらせてしまった。

(確かに……、確かにそうなんだけど、でも……！)

頭では分かっていても、どうしても待ってほしいと思わずにはいられない。

それが当然のことだと、しなければならないことだと分かっていても、それでもやはり、怖いと思ってしまう——。

なにも答えない琥珀に焦れたのか、高彪がこちらに手を伸ばしてくる。琥珀は思わずぎゅっと目を閉じ、息をひそめて身を固くした。

「……琥珀」

低い声に名前を呼ばれた途端、フッと閉じた瞼越しにも分かるほど目の前が暗くなる。

「……っ」

やはりこのままするのだ、さっきの驚くことはないというのはこっちの意味だったのだ、と琥珀がますます強く、固く目を閉じた、——次の刹那。

(え……？)

ふわりと、琥珀の体に布団がかけられる。

真っ白な思考のまま硬直した琥珀だったが、隣に体を横たえた高彪は、布団の中で琥珀の背にその逞しい腕を回して言った。

「……おやすみ、琥珀」

そっと抱き寄せられ、琥珀の顔がふかっとなにかに埋まる。サラサラとなめらかな絹糸のような感触のそのふかふかからは、シャボンの清潔な香りがしていて——。

(……僕、ひょっとして高彪さんの胸元に顔、埋めてる……？)

抱きしめられている体勢といい、ふかふか具合や香りといい、どう考えてもそうとしか思えない。が、何故こんなことになっているのか、どう考えても分からない。

（え……、え、なんで？　す、するんじゃなかった、の……？）

今日はいわゆる初夜ではないのか。

高彪は自分を抱くつもりではないのかと、静かに混乱した琥珀だったが、その時、頭上で高彪が苦笑する気配がした。

「……心配しなくても、君に無理強いするつもりはない」

やわらかな低い声に、おそるおそる顔を上げる。すると、窓から差し込む淡い月明かりに照らされた黄金の瞳が、優しく自分を見つめていた。

静かな光を浮かべるその瞳は包み込むように穏やかで、欲望や興奮といった荒々しい情動とは無縁そのものに見える。

彼は本当に、このまま強引に自分を抱くつもりはないのだ――。

「どうして……」

思わず零れた問いかけに、高彪が小さく笑う。

「いくら結婚したとはいえ、今日会ったばかりの男、しかも獣人にいきなり抱かれるなんて、抵抗があって当然だ。俺がもし君と同じ状況なら、絶対に嫌だ」

「ぜ……、絶対、とまでは……」

きっぱりと言い切る高彪に、琥珀はつい本音を話してしまう。

「高彪さん、いい人ですし……。そもそも僕はその、断れる、立場じゃ……」

もごもごと尻すぼみになってしまった琥珀に、高彪は目を細めた。

「琥珀は正直だな。……君にいい人だと思ってもらえたなら嬉しい。だが、立場なんてもう関係ないということは承知しておいてくれないか」

やんわりと、あくまでもこれは自分の願いなのだと高彪が言う。

「さっきも言ったように、俺たちはもう夫婦だ。この部屋が二人のものであるように、君と俺は対等な立場だ。少なくとも俺は、そのつもりでいる」

「で……、でも……、夫婦なら、その……」

夫婦だというのなら尚更、床を共にするにあたって、契りを交わすべきではないのか。

(高彪さんがしたくないならともかく……)

もしかしたらそうなのだろうか。彼だって同性で、しかも政略結婚の相手を抱く気にはなれないのではと思いかけた琥珀だったが、その考えはすぐに高彪に覆(くつがえ)される。

「夫婦だからこそ、俺は君の意思を尊重したいんだ。君の嫌なことはしたくないし、しない。……ああ、誤解のないように言っておくが、さっき絶対に嫌だと言ったのは、あくまでも君と同じ状況なら、という意味だ。俺は君を抱きたいと思っている」

「……っ」


びくっと震えた琥珀に、高彪が苦笑を零す。

「無理強いはしないと言っただろう。まあ、今日会ったばかりで、しかも普通の人間ではない俺の言葉を信じろというのも、無理があるかもしれないが」

「っ、そんなことないです……!」

高彪の言葉に、琥珀は反射的に叫んでいた。驚いたような顔をする高彪に、懸命に訴える。

「確かに、高彪さんには今日会ったばかりですけど、でも、高彪さんが嘘をつくような人じゃないことは分かります」

このひと月、ずっと不安だった。

予知能力がないことを隠さなければならないこともそうだが、それだけでなく、琥珀には相手のことを知る術(すべ)がまったくなかったのだ。

結婚相手はどんな人なんだろう。もし六輔のように冷酷な人だったらどうしよう。

一生を共にするその人を、自分は好きになれるだろうか。その人は、自分を好きになってくれるだろうか。

互いに助け合って生きていた、父と母のような夫婦になれるだろうか――。

（まさか相手が人間じゃないなんて思ってもみなかったからびっくりしたけど、……でも）

人ならざるその顔を、じっと見つめる。

大きな虎そのものの顔をしたこの獣人が、本当に生きて、存在していること自体、まだ少し信じられないような気持ちもある。

夢でも見ているのではないかと、まだどこかでそう思いもする。

――それでも。

「……僕、高彪さんのこと、信じます」

琥珀は高彪を見つめたまま、正直に告げた。

「高彪さんが獣人だって知って、確かに驚きました。でも、獣人だから信じられないなんて、そんなこと絶対にないです」

「…………」

「僕はまだ獣人のことをよく分かってないけど、でも、高彪さんがすごくいい人だっていうことは分かります。嘘をつくような人じゃないって」

まだ出会って一日も経っていないけれど、それでも一緒にいれば彼がどんな人なのかは分かる。

なにより彼は、自分たちは対等な立場なのだと言ってくれた。琥珀の嫌なことはしたくない、しないと、はっきりそう言ってくれた。

夫婦だからこそ琥珀の意思を尊重したいと言ってくれる彼のことを、獣人だから信じられないだなんて、思えるはずがない。

「……高彪さんが結婚相手で、よかった」

こんなにいい人を騙さなければならないという罪悪感はあるけれど、でも、一生を共にする相手が彼でよかったと、そう思う。

この人のことを、ちゃんと好きになりたい。できることならこの人にも、自分と結婚してよかったと思ってもらえるようになりたい――。

複雑な思いを抱きつつもそう告げた琥珀を、高彪はしばらくじっと見つめてきた。やがて、そっと琥珀を抱きしめて、呟く。

「……俺も、同じ気持ちだ。君をこうして迎えられて本当に、……本当に、よかった」

背に回された腕に、ぎゅっと力が籠もる。

まるでやっと手に入れた宝物を喜ぶような、そしてその宝物を失うことを恐れるような抱擁と言葉に、琥珀は戸惑って彼を見上げた。

「高彪さん？　どうか……」

どうかしたのか、なにか心配ごとでもあるのかと問いかけようとした琥珀だったが、それより早く、高彪が微笑んで頭を振る。

「いや、なんでもない。明日は屋敷の中を案内するから、今日はもう寝よう」

「……はい」

少し腑に落ちないものを感じつつも頷いた琥珀だったが、そこで高彪が思い出したように言う。

「ああ、それから、君は知らないかもしれないが、四神家の者は性別には関係なく、契った相手を孕ませることができる。相手が普通の人間で、男であっても、だ」

「え……!?」

高彪の言葉に、琥珀は大きく目を見開いた。

（男であっても、って……）

高彪が獣人であることも驚きだったが、更にそんな能力があるなんて、思ってもみなかった。

だが、言われてみればこの縁談があった時、跡継ぎはどうするのかと聞いた琥珀に、義父はそんなものどうとでもなるだろうと言っていた。今思えばあれは、獣人の彼が跡継ぎをもうけるのに、伴侶の性別は関係ないという意味だったのだ。

つまり、高彪と契れば、自分は彼の子を妊娠する可能性がある――。

「あ……、僕……」

うろたえる琥珀をじっと見つめながら、高彪がそっと告げる。

「俺は君に、いつか俺の子を産んでほしいと思っている」

「っ!」

「はは、真っ赤だな」

見る間に顔を赤くした琥珀に、高彪が目を細めて笑う。なんだか随分楽しげな彼に、琥珀はどうしていいか分からず視線をさ迷わせた。

「僕……、その……」

夫婦なのだから当然なのかもしれないが、それでも男の自分が子供を産むなんて考えてもいなかったから、どう答えたらいいか分からない。

そんなこと本当に可能なのかとか、そもそもそれは彼と子供ができるような行為をするということでとか、一瞬で様々な考えが目まぐるしく駆け巡って、それだけでもういっぱいいっぱいになってしまった琥珀だったが、高彪は慌てる琥珀に優しく笑って言った。

「ああ、混乱させてすまない。さっきも言ったが、俺は君の意思を尊重したいし、子作りはあくまでも君も同じように望んでくれたらの話だ。君が望んでくれるまで、俺はそういう意味で君に触れはしないし、いつまでても待つ。だから、子供のことはこれからゆっくり考えてほしい」

「……はい」

穏やかに微笑む高彪にほっとして、琥珀は頷いた。

突然のことで焦ったけれど、高彪は無理強いするような人ではない。彼はおそらく、待つと言ったらちゃんと、待ってくれる人だ。

目を細めた高彪が、頷き返して言う。

「慌てさせて悪かった。君があまりにも安心した匂いをさせているから、少し意識してほしくなってしまってな」

「匂い?」

安心した匂いとはどういうことかと首を傾げた琥珀に、高彪が言う。

「ああ。俺のような獣人は、人間よりも嗅覚が優れているからな。目の前の相手がなにを考えているか、匂いでだいたい分かるんだ」

「……すごい」

目を丸くした琥珀を見て、高彪が苦笑する。

「分かったところで、こうして君に少しでも自分を意識させようとしているあたり、器が小さいと呆れられても仕方ないがな」

ゆったりと笑った高彪は、琥珀の体を自分の方に引き寄せて言った。

「それでも、君にただ安心されるだけなのはどうしても嫌だったんだ。もちろん、君が俺のそばで安らいでくれるのは嬉しいが……、それ以上に俺は、君に番として認識されたい。結婚したからではなく、一人の男として君に愛されたい。俺が半分獣であることを、君にちゃんと知っていてほしい」

「……っ」

低く深い、包み込むような声で囁かれて、琥珀は思わず顔を赤くしながらも戸惑いを覚えずにはいられなかった。

「どうして……」

何故、高彪は今日会ったばかりの自分にそこまで言ってくれるのだろう。

優しい眼差しも、言葉も、恥ずかしいけれど嫌ではないし、嬉しい。けれど琥珀には、高彪がそこまで気に入ってくれるようなことをした覚えがない。

不思議に思った琥珀だったが、高彪は琥珀の問いかけに答えをくれはしなかった。

「……今はただ、俺が君の味方で、君の愛を得ようと必死だということだけ知っていてくれ」

複雑そうな笑みは、どうしてかどこか寂しげに見えた。その表情にそれ以上追求することもためらわれて、琥珀は小さく頷く。

すると高彪は嬉しそうに微笑み、琥珀のつむじにそっとくちづけを落としてきた。

「っ！」

やわらかな被毛に覆われた、人間よりも大きな口の感触に思わず息を呑んだ琥珀に、高彪が囁く。

「おやすみ、琥珀。いい夢を」

そのまま抱き寄せられ、広い胸元に深く包み込まれた琥珀は、赤い顔でうろたえてしまった。

（ね……、眠れるわけない、こんなの……）

誰かと寝床を共にするなんて初めてだし、相手は今日初めて会ったばかりだ。しかも彼は獣人で、自分の夫――。

（僕、本当にしたんだ、……結婚）

今更ながらにそう思って、琥珀はそっと目を閉じてみた。

とくとくと、緊張のせいで速い自分の心音とは別に、高彪の鼓動が聞こえてくる。自分のそれより少しゆっくり、力強く響く心臓の音に、琥珀はじっと耳を澄ませた。

（生きてる……）

動いて、喋っているのをこの目で見ているのだから当たり前なのだが、それでも、初めて知ったこの獣人という存在がちゃんと生きているのだと、本当にこれは夢ではないのだという実感が、ようやく込み上げてくる。

（……あったかい）

規則正しく上下する逞しい胸元は、豊かな白銀の被毛のおかげもあってかとてもあたたかい。

その温もりをもっと感じてみたくなって、琥珀はそろりと伸ばした手を高彪の胸元に置き、ふわふわのそこにそっと顔を埋めてみた。

（うわ……、ふっかふかだ……）

やわらかな被毛は、ふかっと厚みがあり、石鹸の清潔な香りがする。沈み込んだ指の間をくすぐるなめらかな被毛の感触に、琥珀は自然と笑みを浮かべていた。

（気持ちいい……）

さらさらと指通りのいい被毛が、琥珀の頬を、額を、鼻先を包み込む。まるで雲に包まれているかのような心地よさにうっとりとした琥珀だったが、その時、グルグルと低い音と共に、小さな振動が伝わってきた。

（これって……、高彪さん？）

どうやら高彪が喉を鳴らしているらしいと気づいた途端、胸の奥があたたかくなる。

（……猫みたい）

本当に人間ではないんだと思うと同時に、高彪が自分といてくつろいでくれているのだと分かって、なんだか嬉しくなる。

グルグルと続く喉鳴りが、くっついた手や頬からおなかの底まで響いて、低くて優しいその振動が心地よくて——。

（あれ……、僕……）

次第にとろとろとした眠気に包み込まれていきながら、琥珀は内心首を傾げた。

（なんだろう……、なんでかちょっと、懐かしい気がする……？）

そんなはずはないのに、自分はこの感覚を知っているような気がする。

この、全身を雲か綿菓子に包まれるような、心地いい感覚は——。

（あ……、そうだ、あれは……）

確かまだ母が生きていた頃、大きなぬいぐるみが藤堂の屋敷にあったのだ。真っ白でふわふわの虎のぬいぐるみで、自分はそのぬいぐるみに抱きついて何度か昼寝をした覚えがある。

（あれ……、でも、あの時のぬいぐるみって、結局どこにいったんだっけ……）

五歳の頃の記憶でもう曖昧だが、母が亡くなった時にはもう、ぬいぐるみは消えていた気がする。誰かが処分してしまったのか、それとも——。

（僕、あのぬいぐるみのこと、なんて呼んでたんだっけ……。確か……）

眠い頭で記憶を辿って、琥珀はそうだ、と思い出した。

「とら、さ……」

うとうとと、もうほとんど夢の中に入り込みながら、とろんとした声で呟く。すると、ふっとつむじで誰かの笑みが零れる気配がした。

「……ああ」

低い、穏やかなその声が夢か現か分からないまま、琥珀はふわふわとした心地いい眠りについたのだった――……。

◆◆◆

出会いは十三年前、高彪が十七歳の時だった。

「とら、さ……」

小さな手で自分の胸元の被毛にしがみついた幼子が、とろんとした声で呟いて、すうっと眠りに落ちる。そのまま寝入ってしまった子供に、高彪はうろたえ切った声を上げた。

「お……、おい、こんなところで寝たら、風邪をひくぞ」

「…………」

「おい……」

起こさなければと再度声をかけるが、くうくうと寝息を立てる子供は目を覚ます気配がまるでない。

肩を揺さぶろうとした高彪はしかし、触れる寸前でぴたりと手をとめ、困り果ててしまった。

(どうしたらいいんだ……)

自分の膝の上にちょこんと乗ったその子供は、あまりにも小さくて、繊細そうで、ちょんとつついただけでほろほろと崩れてしまいそうな気がする。ふくふくとした頬はいかにもやわらかそうで、鋭い爪のある自分の手では、どれだけ気をつけて触れても傷つけてしまいそうだ。

むっちりした小さな手で、ひっしと自分にしがみつく子供を引き剝がすのがどうしてもためらわれて、高彪はふわふわの黒髪のてっぺんにある小さなつむじを見つめたまま途方に暮れてしまった。

——この日、高彪は学友である藤堂祐一郎の招きで、彼の家を訪ねていた。一癖あるものの、自由闊達で聡明な祐一郎とは気が合い、もう幾度か互いの家を行き来している。

とはいえ、彼は実父と折り合いが悪く、この日は母屋に父がいるからと、後妻が連れ子と共に暮らす離れに初めて招かれていた。

「琥珀が初対面で懐くなんて、珍しいな。しかもこんなおっかない虎の膝で寝入るなんて。普段は人見知りなんだが、案外肝が据わっているところがあるのかもなあ」

からかうように笑いながら、祐一郎が縁側に座った高彪のところに膝掛けを持ってくる。高彪の胸元の被毛をしっかりと握りしめて眠る小さな義弟に目を細め、膝掛けをかけてやる祐一郎に、高彪は低い声で唸った。

「そういうお前こそ、獣人を見るのはこれが初めてだという割に、平然としているじゃないか」

「いやいや、さすがに驚いたって。ね、真珠さん」

祐一郎が振り返った先には、着物姿の女性がいた。今日は小春日和で、庭には穏やかな陽が降り注いでいるが、その肩には厚手のストールを羽織っている。

——祐一郎の義理の母であり、今高彪の膝の上で眠っている琥珀の母、真珠だった。

「ええ、とても。でも一番驚いたのは、祐一郎さんにこんないいお友達がいたことかしら」

青白い顔ながら、ふふ、と悪戯っぽく笑う真珠に、祐一郎がひどいなあと苦笑する。

どうやら祐一郎は、実の親である父よりも義母の彼女の方と打ち解けているらしい。誰にでも友好的だが、その実周囲に対してどこか一線を引いている親友の珍しい素の表情を垣間見て、高彪は少なからず驚いてしまった。

(……まあ、彼女ならあの祐一郎が気を許すのも分かるか)

さもありなんと内心唸って、高彪は朗らかに笑う真珠を見つめた。

今日この離れに着くなり、真珠は高彪が四神の一族であり、獣人であることを言い当てた——、というより、彼女は高彪の正体を『知っていた』のだ。

『初めまして。あなたは白秋高彪さん……、四神の白虎一族の方、よね？』

名乗るより前に真珠にそう言われて、高彪は噂は本当だったのかと舌を巻いた。

市井の学校に通うにあたって、高彪は騒動を避けるため、自分が四神家の者であることを公にせず、母方の姓を名乗っていた。祐一郎にもまだ正体を打ち明けていなかったため、真珠が彼から聞いたはずもない。

にもかかわらず、真珠が高彪の正体を知っていたのは、彼女に特殊な能力——、予知能力が備わっているからだ。

藤堂六輔の後妻とその連れ子は強力な予知能力者であり、藤堂家は二人の予知で数々の事業を成功させている、という噂は聞いて知っていたが、まさか自分の正体まで知られているとは思わなかった。

「驚いたといっても、真珠さんは今日こうして会う前から、俺が祐一郎の友人ということもご存じだったんでしょう？」

自分が祐一郎の友人だと知って驚いたと言う真珠だが、彼女は自分の正体を知っていたくらいだ。自分が祐一郎と友人関係であることも承知だったのではないかと聞いた高彪に、しかし真珠は苦笑して首を横に振った。

「いいえ、そこまでは。私が見られる未来は、とても限定的なの。あまり先の未来は見えないし、見たいと思って見られるものでもないのよ」

微笑む真珠に縁側に座るよう勧めながら、祐一郎が自慢気に言う。

「とはいえ、真珠さんはなんでもお見通しでな！　オレがおやつを盗み食いした時は必ず叱られる！」

「するな……」

それは予知能力云々（うんぬん）以前の問題だろうと呻いた高彪だったが、祐一郎は一向に構う様子はなく、にやにやと聞いてくる。

「しかし、高彪が四神の一族だったとはなあ。で、お前としてはいつオレに打ち明けるつもりだったんだ?」

会ってすぐに高彪の正体を言い当てた真珠だが、彼女は本人が打ち明けるつもりもないことを暴き立てるような人ではない。真珠が祐一郎の前で高彪の正体について言及したのは、高彪がいずれ祐一郎に打ち明けるつもりがあったからだ。

そう確信した上で、高彪があまり聞かれたくないことを確実に聞いてくる祐一郎に、高彪は唸らずにはいられなかった。

「そんなこと、今更どうでもいいだろう」

「おっ、なんだなんだ、照れてるのか?」

「うるさい……」

得難い友人と認識してはいるものの、この男のこういう妙に勘がよくて無遠慮なところは、とてつもなく厄介だと思わずにはいられない。ちょうど今日打ち明けようと思っていたなんて知られたら、この先ずっと話の種にされてからかわれること間違いなしだ。

絶対に言わないぞと仏頂面になった高彪に、ころころと真珠が笑う。

「高彪さんは本当にいい方なのね。琥珀が懐くのも納得だわ」

隣に腰かけた真珠が、高彪の胸元に顔を埋めてくうくうと眠る我が子の頭をそっと撫でる。優しい眼差しの彼女に、高彪は戸惑いながら尋ねた。

「あの……、俺のような獣人が息子さんにこんなに近づいていて、平気なんですか?」

先ほど祐一郎と真珠は自分の獣人姿にあまり驚いていなかったと言ったが、それはあくまでも普通の人間に比べたらという話だ。四神の一族であることを明かし、この獣人姿になった瞬間は、さしもの二人も驚きとわずかな恐怖の匂いを発していた。

　そんな中、唯一高彪の獣人姿を目にして歓喜の匂いをさせたのが、この琥珀だった。それまでずっと真珠の膝にしがみつき、後ろに隠れていた琥珀は、高彪が白虎の獣人に姿を変えるなり、目をキラキラさせ、『とらさん！』と歓声を上げて抱きついてきたのである。

　おかげで高彪は、祐一郎たちを驚かせてしまった以上に自分が動揺してしまい――、この有様だ。

（確かにこの子は俺のことを怖がってはいない様子だが、母親の彼女としては、息子をあまり俺に近づけたくはないんじゃないか？）

　自分はこの通り、明らかに人間ではないし、鋭い牙も爪もある。獣人など、普通の人間からしてみれば獣となんら変わりないだろう。

　それなのに真珠は、自分を警戒したり危険視する様子がまるでない。

　いくら未来が見えるといっても、幼い我が子に近づけさせるのは不安ではないのかと戸惑う高彪に、真珠が首を傾げる。

「あら、あなたに近づいたのはこの子の方よ？」

「それは、そうですが……」

　言い淀んだ高彪に、真珠は微笑んで告げた。

「琥珀は最近、虎が出てくる絵本がお気に入りでね。ちょうどあなたみたいな、白い虎さんなの」

「はあ……」

「そのせいか、よく『とらさん』の夢を見るみたいでね。夢の中でとても優しくしてもらってるらしくて、今日はとらさんと一緒に町にお出かけしたとか、美味しいものを食べたとか、いつも私に話して聞かせてくれるのよ」

　くすくすと悪戯っぽく笑う真珠に、高彪は曖昧に頷いた。要するに琥珀は、絵本や夢の中の『とらさん』と自分を混同しているらしい。

　だがそれは、彼が幼いが故に警戒心がないだけのことで、と思った高彪だったが、真珠はふっと目を伏せると琥珀を見つめて告げた。

「……この子はとても怖がりなの。それは、この子が私より遥かに強い予知能力を持っているからよ」

さらりとそう打ち明けて、真珠は高彪の手を取る。抱っこしてあげて、と躊躇なく自分の息子の背に高彪の手を添えさせて、真珠は言った。

「この子は私よりずっと遠くの未来を知っているけれど、まだその意味がちゃんと分かっていないの。だからとても臆病で、警戒心が強い。そんなこの子が自分からあなたに近づいたのは、あなたが優しい人だからよ。この子には、あなたが優しい人だってことがちゃんと分かってるの」

「……っ、俺が……」

小さな、あまりにも頼りなく小さな幼子を見下ろして、高彪は大きく目を見開いた。

幼い頃に両親を失くした高彪にとって、今まで自分のこの姿を怖がらないのは、ごくわずかな親族だけだった。普通の人間は誰もが皆、自分の姿を初めて見た時には必ず、その匂いに恐怖を滲ませた。

それが普通だと、思っていた。

仕方のないことだと、思っていたのに。

（この子は……、琥珀は、俺のことが怖くないのか。俺を優しいと、思ってくれているのか）

ふわふわとやわらかな温もりが、手のひら越しに伝わってくる。あたたかいのはしがみつかれている胸元も同じで、けれどそれ以上にもっと、触れていないはずの胸の奥が熱くなっていく。

自分の手で簡単にその背中を包み込めてしまう、この小さな生き物は、自分を見ても微塵も恐怖の匂いを発しなかった。

この子だけが、自分を怖がらないでいてくれた。

それどころか、こうして無防備にその身を自分に預けてくれている——……。

「…………」

胸の奥に生まれた熱が、高彪の戸惑いを溶かしていく。あとに残った感情は、まるで今まさに腕の中に抱いている存在のようにやわらかく、優しいものだった。

その感情ごと、そっと琥珀の背を抱きしめる。壊さないように、傷つけないように、そっと。

「んん……」

しかしその時、小さく身じろぎした琥珀が、ぼんやりと瞼を開ける。

「あ……、す、すまない、その……」

起こしてしまったかと焦った高彪だったが、琥珀は自分を抱きしめる白虎をとろんとした目で見つめるなり、ふにゃあっと笑みを浮かべて告げた。

「とらさん……、あのね、ぼく、とらさんとけっこんする……」

「……結婚？」

唐突なその一言に高彪がぽかんとすると、琥珀はうんと頷き、ぽふんと白銀の被毛に顔を埋めて、一層強くしがみついてきた。

「あのね、おててがね、きらきらひかってたの」

「………」

「だからぼく、とらさんとけっこん、する……」

もう一度そう呟くなり、またすうすうと寝入ってしまう。

なにがなにやら分からず茫然としたままの高彪に、ぶはっと祐一郎が吹き出した。

「まさか、琥珀が高彪に求婚するとはなあ！」

「あらあら、それじゃあ琥珀は高彪さんにお嫁入りすることになるのかしら？」

真珠までもが悪戯っぽくそう言って笑い出す。高彪は琥珀を抱きしめたまま、すっかりうろたえてしまった。

「いや、それは……」

「なんだよ、高彪。まさかお前、うちの可愛い琥珀じゃ不服だとでも言うつもりか？」

「祐一郎……。いくらなんでも、悪ふざけがすぎるぞ。真珠さんの前で……」

呻いた高彪だったが、その時、真珠が苦しげに顔を歪めて激しく咳き込み出す。

「……っ、大丈夫ですか？　祐一郎、医者を呼んだ方が……」

とても普通ではない様子に慌てた高彪だったが、真珠は口元を押さえて首を横に振ると、顔を上げて微笑んだ。

「っ、大丈夫……。……ごめんなさいね、びっくりさせて」

「……あの、よかったらうちで懇意にしている医者を紹介します。俺も昔から何度もお世話になっている先生で……」

以前祐一郎から、彼女は体が弱く病がちとは聞いていたが、もしかすると想像よりもずっと容態は悪いのかもしれない。

医者を紹介すると言った高彪に、けれど真珠は微笑んで告げた。

「ありがとう、高彪さん。でも、お気持ちだけで十分よ。私はもう、長くはないの。お医者様からもそう言われているし……、分かってしまっている」

「……っ」

未来が見える彼女は、『知っている』のだ。

自分の命が、あとわずかで尽きることを――。

おそらく前々からそのことを聞いていたのだろう。俯く真珠に、祐一郎が食い下がる。

「でも真珠さん、それは確定した未来じゃないはずだ……！　予知能力はあくまでも、そうなる可能性が高い未来が見えるだけだって、そう言ってたじゃないですか……！」

「……そうなのか？」

驚いて目を瞠った高彪に、真珠が頷く。

「ええ。未来は不確定なものなの。だから、自分や他人の行動次第で変わるし、変えることもできる」

「だったら……」

彼女が亡くなる未来も、変えられるのではないか。そう思った高彪だったが、真珠は苦しそうに息をつくと首を横に振って言った。

「この未来は、変えられない。不確かな未来ばかり見てきた私でも、それは分かるの。……こんなことばかり、嫌ね」

力なく笑って、真珠はそっと手を伸ばしてきた。すうすうと寝息を立てている息子の頭を撫でて、目を細める。

「高彪さん、あなたがここに来た時、私にはこの未来……、今この時が見えたの。あなたが琥珀のことを優しく抱きしめて、琥珀があなたの胸で安心して眠っている、今この時が」

「だから、息子さんが俺に近づいても心配なさらなかったんですね？　あなたはこの未来を、……今を、知っていたから」

琥珀が高彪に懐くことがあらかじめ分かっていたからこそ、彼女は獣人である高彪を受け入れてくれたのだろう。

納得した高彪に、真珠は頷いて言った。

「ええ。でも私には、自分がいなくなった後の未来までは分からない。これからこの子がどんな人と出会って、どんな人生を歩むのか……」

自分よりも強い予知能力を持っている息子のことを案じているのだろう。琥珀の頭から手を離した真珠は、高彪を見つめて言った。

「祐一郎さん。それに、高彪さんも。どうか琥珀のことを、よろしく頼みます」

祐一郎と高彪を交互に見据えて、真珠が続ける。

「私たちのような能力のある人間が普通に生きることは、とても難しい。私でさえそうだったのだから、琥珀はきっと、もっと……。そう思って藤堂と再婚したけれど、このままでは琥珀は藤堂にいいように利用されてしまう」

「……オレがそんなこと、させません」

強い口調で、祐一郎がきっぱりと言う。真珠は頷いて、微笑んだ。

「ええ、頼りにしてるわ。……どうか二人とも、琥珀のことを見守ってあげて。この子の力が、できる限り悪用されないように」

「……分かりました」

まっすぐに真珠を見つめ返して、高彪は頷いた。

他人の自分がどこまで関われるか、どこまで琥珀を守れるかは分からない。

けれどこの子は、自分を初めて怖がらず受け入れてくれた子だ。自分にもこれほど優しい気持ちがあったのだと、気づかせてくれた子だ。

彼女に頼まれなくても、自分はなにがあってもこの子のことを守り抜くだろう。

「俺も、琥珀くんを守るために全力を尽くします……だからどうぞ、安心して下さい」

「……ありがとう」

小さな温もりを抱きしめ、きっぱりと言い切った高彪に、真珠が微笑む。

と、その時、高彪の腕の中で琥珀がもぞもぞと身じろぎした。

「ん……、もう、たべれな……」

なにやらむにゃむにゃと呟いた後、高彪の白銀の被毛をはむはむと食べる仕草をする。高彪は慌ててその小さな口を手で覆って遠ざけた。

「こ……、こら、食べるな！」

「む……？」

ぽんやりと目を開けた琥珀が、眠そうに瞬きをする。横から覗き込んできた祐一郎が、そのぷにぷにの頬をつついて笑った。

「食べれないって言っておいてむしゃむしゃ食べるなんて、よっぽど高彪の毛が美味かったんだな。よし、オレも味見していいか？」

「駄目に決まってるだろう……」

なにが味見だ、と呻く高彪に、真珠がおかしそうに微笑む。

その中心で、琥珀は一人ぽわぽわとした表情で首を傾げていて――。

（……あの時の琥珀は、本当に可愛かった）

――十三年前のことを思い出しながら、高彪は腕の中で眠る琥珀をじっと見つめた。

すうすうと規則正しい寝息を立てる彼は、あの頃から変わらない、あどけない寝顔をしている。

ベッドに入った時は緊張していた様子だったが、今日はいろいろあったから疲れていたのだろう。

すっかり深い眠りについている彼をそっと抱きしめて、高彪はやわらかなその香りを胸いっぱいに吸い込んだ。

（……ようやくだ。ようやく、君をこうして抱きしめることができる）

十三年前、祐一郎と共に、真珠から琥珀を託された高彪は、その後も足繁く藤堂邸に通い、すっかり琥珀と打ち解けた。だが、真珠の体調はよくなることはなく、結局数ヶ月後、彼女は眠るように息を引き取った。

その後ほどなくして、祐一郎は父である六輔の命令で海外へ留学させられ、高彪もまた、琥珀を訪ねていっても追い返されるようになった。高彪が四神の一族であることは祐一郎と真珠しか知らなかったため、ただの祐一郎の学友である高彪は、琥珀に会わせてはもらえなかったのだ。

（あの時は随分歯がゆい思いをした。祐一郎がそばにいられない分、俺が一緒にいてやらなくてはと思ったのに、何度行っても門前払いで……）

琥珀は大丈夫なのか、六輔にひどい目に遭わされていないかと心配していた高彪だったが、そんな折り、琥珀付きの女中だという菊が自分を訪ねてきた。

そして、琥珀が兄に宛てた手紙を、六輔に内密で送ってくれないかと頼まれたのだ。

『なにかあれば白秋家の高彪様を頼るようにと、生前真珠様が仰っていたのです。あの方は琥珀坊ちゃまの味方だから、と』

どうやら真珠は、菊にだけは高彪の正体を明かしていたらしい。

琥珀の手紙を送るだけならまだしも、住み込みで働く菊が祐一郎からの手紙を受け取るのは難しい。

六輔の目を欺（あざむ）くためにも、手紙を中継ぎしてもらえないかと頼む菊に、高彪は一も二もなく頷いた。

　そして祐一郎づてに、琥珀が予知能力を失ったこと、その事実を伏せるために屋敷の離れに軟禁されていることを知ったのだ。

　最初は、すぐにも屋敷に乗り込んで彼を救い出そうと考えたこともあった。だが、自分はまだ学生の身で、その上卒業までは四神家の人間であることを伏せておかなければならない。琥珀の力が目当てとはいえ、戸籍上は彼の親で、保護者である六輔のもとから、正当な理由もなく琥珀を奪えるはずもない。

　それに、軟禁されてはいるものの、琥珀の身の安全は保証されている。すでに琥珀の予知能力は広く世間に知れ渡っており、下手に自分が外に連れ出すより、六輔のもとにいた方が安全なことは確かだ。

　そのため高彪は、祐一郎とも相談し合って、六輔が琥珀を手放す機会を待つことにした。

　事業がうまく行っている間は、六輔は予知能力の噂を利用するため、琥珀を手放そうとはしないだろう。だが、経営が傾く時はいずれ必ず来る。そうなれば六輔は、それを琥珀のせいにして彼を追い出そうと算段するに違いない。その時を狙って、彼を助け出そうと決めたのだ。

（まさかあの男が琥珀の結婚相手を探し始めるとは思ってもみなかったが……、おかげで俺は、こうして彼を伴侶に迎えることができた）

　高彪とて、最初から琥珀を自分の伴侶に迎えたいと思っていたわけではない。もちろん、彼が自分にとって特別な存在だという意識はあったが、一回りも年下で、同性の彼に対しては、長年ずっと庇護欲しか感じていなかった。

　しかし、折りに触れ菊から琥珀の写真を見せてもらい、彼の様子を教えてもらううち、自分の手で彼を一生守りたいという気持ちが強くなっていった。

　こんなにも長い間、ずっと孤独に過ごしている彼を、どうしても幸せにしてやりたい。

他の誰かに彼を任せることなんてできない。

自分が、彼を幸せにしたい。

彼のそばに、いてあげたい――。

（決定的だったのは、どんな見合い相手と引き合わされても、『違う』としか思えなかったことだな）

白秋家の嫡男である高彪には、学業を終え、帝のそば近く仕え始めた頃から、引きも切らず縁談があった。しかし、どんな相手と会っても、琥珀と出会った時ほどに心を動かされたことはなかった。

（見合い相手と会っていても、琥珀は今どうしているだろうか、もう俺のことは忘れてしまっただろうが、せめて贈り物を喜んでくれているといいと、そんなことばかり考えていた……）

離れて何年も経つというのに、四六時中琥珀のことばかり考えているその感情がなんと呼ばれるものなのか、その感情が何故自分の中で一番優しい色をしているのか、いくら祐一郎に堅物と揶揄され続けている自分でも分からないはずがない。

だからこそ高彪は、六輔が琥珀の結婚相手を探していると聞いた時、真っ先に名乗りを上げたのだ。

琥珀を助け出し、自分の手で彼を幸せにするために――。

（……祐一郎には苦い顔をされたが）

脳裏に浮かんだ悪友のしかめ面に、高彪はこっそりため息をついた。

六輔が琥珀の相手を探していると聞いた高彪は、すぐさま祐一郎に会いに行った。琥珀の兄である彼に、自分が名乗りを上げると告げるためである。

『お前が？　琥珀と？』

どうしても自分が琥珀を幸せにしたい、どんなに反対されてもこの気持ちは変わらないと言った高彪に、祐一郎はいつも要らないことまでベラベラとよく喋る口を真一文字に結んでしばらく黙り込んだ後、渋い顔つきで条件を突きつけてきた。

『分かった。だが、もし縁談がうまくいったとしても、琥珀の気持ちがお前に向くまでは絶対に手を出すなよ』

（……当たり前だ）

　あの時と同じ言葉を頭の中の祐一郎にも返して、高彪はシッシッと邪魔者を思考から追い払った。琥珀の小さな体を、改めてそっと抱き寄せる。

　正直、ずっと想い続けていた彼とこうして一つの布団にくるまっているにもかかわらず手出しができないという状況は、男としてはかなりつらい。だが今はなによりも、琥珀がこうして自分のそばで安心して眠ってくれていることが嬉しい。

（俺にできることは、なんでもしてやりたい。これからは伴侶として、ずっと琥珀のそばにいてやりたい……）

　この十三年間、高彪は祐一郎からの手紙を菊に渡す際、琥珀が喜びそうなお菓子や花、玩具や本を添えてきた。少しでも彼の心が慰められたらという思いと、すぐに助けに行けないことへのせめてもの罪滅ぼしの気持ちからだ。

（菊さんには口止めしていたから、琥珀はあれを祐一郎からの贈り物だと思っていたようだが……、贈り主なんて誰でもいい。少しでも彼の寂しさが紛れたのなら、それで十分だ）

　そう思いつつも、彼に自分たちが十三年前に面識があることを打ち明けられなかったのは、怖かったからだ。

　今のところ、琥珀は自分があの時の『とらさん』だとは思っていないようだが、もし自分が真珠から琥珀のことを託されたにもかかわらず、長い間なにもできなかったのだと知ったら、どう思うだろうか。

　兄の祐一郎と相談の上で決めたこととはいえ、自分は十三年もの長い間、彼を独りぼっちにしてしまった。

　彼はそれを知っても、自分が結婚相手でよかったと言ってくれるだろうか――。

（……俺は、臆病者だ）

　自分のことを覚えていないにもかかわらず、琥珀はあんなにもまっすぐに自分をいい人だと言ってくれた。獣人の姿に怯えつつも、自分のことを受け入れ、嘘などつくはずがないと信じて、こうして自分の腕の中で眠ってくれたのだ。

そんな琥珀に、もし真実を知られて軽蔑されたら、自分は立ち直れないかもしれない。

(もう少しだけ……、せめて君が君自身の進むべき道を見つけるまで、『とらさん』のことは秘密にさせておいてくれ。まだ、すべてを思い出さないでいてくれ)

今日一日接していて分かったが、どうやら琥珀は自分に予知能力がないことを隠そうとしているらしかった。高彪に知られそうになるとひどく怯えた匂いを発していたから、しばらくは自分が真実を知っていることは伏せておいた方がいいだろう。

彼が力に捕らわれず、自分のしたいことを見つけられたら、その時にすべてを打ち明けよう。

それまではどうかこのまま、自分に見守らせていてほしい——。

縋るようにそう願って、高彪はすやすやと眠る琥珀をじっと見つめた。

あの頃よりずっと大きく成長した彼は、それでも高彪からしてみたら驚くほど小さく、頼りない。

少しでも力加減を間違えたら壊してしまいそうで、自分の鋭い爪のある手ではどう気をつけても傷つけてしまいそうで——、けれどその温もりは、変わらず高彪の胸の奥を熱くさせる。

十三年前のあの日からずっと、高彪の心の一番大切なところに彼がいる——。

「……琥珀」

宝物をしまうようにそっと、妻となったばかりの彼を抱きしめて、高彪はその名前を呼んだ。太く長い尾を彼の足に絡めて、ぴったりと寄り添う。

夜の静寂に淡く光る月のような瞳は、いつまでも己の伴侶を見つめ続けていた。

蕩けるような飴色の万年筆が、うららかな春の陽にきらりと光る。

琥珀で作られたその万年筆の先をぎこちなくインク壺に浸して、琥珀はドキドキと緊張に胸を高鳴らせながら机に向かった。よし、と呟いて、広げた真っ白な便箋に丁寧に文字を綴っていく。

『拝啓

陽春の候、兄さんはお元気でお過ごしですか？

すっかりご無沙汰していて申し訳ありません。

僕は今日初めて、兄さんからもらったこの万年筆を使っています。というのも……』

——と、その時だった。

「ミァッ！」

「……っ！」

突然、元気のいい鳴き声と共に、真っ白な仔虎が机に飛び上がってくる。

頭のてっぺんの被毛がくるくるっと旋風のように渦を巻いているその仔虎は、きゅるんと金色の瞳を輝かせるなり、琥珀の手の甲に甘えるように額を擦りつけてきた。

ぐりぐりと遠慮なく手の甲を押された琥珀は、便箋に這ったミミズのような線に悲鳴を上げる。

「あ……！　あああ……」

「ミャウ？」

がっくりと机に突っ伏した琥珀に、仔虎が首を傾げる。無邪気なその様子に苦笑して、琥珀は万年筆のお尻でちょんと仔虎のおでこをつついた。

「もー、駄目だろ、フウ」

「ミャッ！」

咎めたつもりだったのに、仔虎は遊んでもらえると勘違いしたのか、万年筆にじゃれついてくる。すると、相棒を追いかけてきたのだろう、もう一頭の仔虎もぴょんと机に飛び乗ってきた。

「ガウ！」

「ライまで……。しょうがないな、もう」

頬の模様が稲妻のようになっているもう一頭にも、万年筆でちょいちょいとちょっかいを出す。

見事に釣られ、夢中で前脚を伸ばしてくる仔虎たちに、琥珀は微笑みを浮かべた。

琥珀が高彪のもとに嫁いで、数日が過ぎた。

初日に現れた仔虎たちは、すぐに姿を消してしまうのではないかという予想を裏切って、ずっと居座り続けている。琥珀は風神と雷神にあやかって、旋風のような癖毛のつむじをした方をフウ、稲妻模様の方をライと名付けた。

三頭いたら芋栗南瓜にできたのに、と茜は大層残念がっていたが、他の全員が二頭でよかったと内心胸を撫で下ろしていたことは言うまでもない。いくらなんでも、神獣に芋栗南瓜はないだろう。

（こんなに可愛い見た目だけど、フウもライも一応神獣様なんだよなあ……）

遊び好きで悪戯好きな彼らは、屋敷中を駆け回ったり、琥珀たちに甘えたり、高彪の尻尾で遊んだり、おなかいっぱいご飯を食べて縁側で仰向けになって昼寝をしたりと、自由気ままに過ごしている。どちらも元気いっぱいだが、フウはややおっとりした性格で甘えん坊、ライはよりやんちゃで甘えん坊だった。

今のところ神獣の力の片鱗（へんりん）もないフウとライだが、高彪から改めて聞いた話では、彼らのような神獣は風や水などの自然を操る不思議な力を持っていて、四神家に危機が迫った時、災いを退けてくれるらしい。ただ、神獣はこの屋敷に遣わされた存在であるため、屋敷からあまり長く離れると力を失い、消滅してしまう恐れがあるとのことだった。

『一説には、当主がそばにいれば、神獣が力を失うことはないらしいが……、まあ、危険を冒して検証する必要はないからな』

そう言う高彪もまた、神獣たちと同じように自然を操る力を持っていて、それは神力と呼ばれているらしい。四神家の当主である高彪は神獣たちがそばにいると力が増すらしく、彼らは互いに強く影響し合っているとのことだった。

（四神家の人たちは、昔からずっと帝を支えて、この国を泰平に導くために尽力し続けてきたんだ。そんな一族に、僕なんかが嫁ぐなんて……）

高彪から四神の話を教えてもらう度、琥珀は自分がそんな由緒正しい一族の一員になるなんて不相応ではないかと思わずにはいられない。だが高彪は、そんな琥珀の戸惑いを見透かしているようで、遠慮することはないと繰り返し言ってくれている。

『初日にも言ったが、君と俺は対等な立場だ。俺は君をこの家に迎えられて嬉しいし、遠慮せず過ごしてほしいと思っている』

（……優しいよなあ、高彪さん）

初日から感じていたことだが、高彪はとても優しく、そして気遣いに溢れた人だった。

琥珀が洋室に馴染(なじ)みがないと分かった翌日、高彪は早速寝室の模様替えをしてくれた。ベッドこそそのままだったが、他の家具は背の低いものに替えられ、琥珀が正座しても足が冷たくならないよう、平たいクッションもいくつも用意してくれた。

それだけでなく、高彪は今まで琥珀がどんな部屋で過ごしていたのか詳しく聞き、屋敷の一室にわざわざ畳を敷いて似たような和室を仕立てて、そこを琥珀の私室として与えてくれた。

『なにか足りないものがあったら遠慮なく言ってくれ。好きな時に好きなように使ってくれて構わないし、布団も用意させたが……、できたら寝る時は俺と一緒に寝てくれると嬉しい』

一日の終わりと始まりは君と一緒に過ごしたいと、そう言う高彪の言葉が嬉しくて、琥珀はもちろんですと頷いた。

（この服も、僕が来る前から高彪さんが用意してくれていたみたいだし……）

シャツの上から着物を羽織り、袴を穿(は)いたこの格好は、巷では書生がよくする格好らしい。藤堂の屋敷ではずっと着物ばかり着ていた琥珀だが、高彪が用意してくれたこの格好は動きやすくて、すぐにお気に入りになった。

　六輔から琥珀の体型を聞いていたのか、高彪は他にも琥珀のために洋服を揃えてくれていたのだが、少々――、否、かなり問題があった。なにせ礼装だけでも数種類、革靴も十足は下らず、鞄や帽子などの小物はお店が開けそうなほど、もちろん普段着は言わずもがなといった数が用意されていたのだ。しかも、どれも手触りがよく、洒落た意匠で、見るからに高価そうな品ばかりが。

　真新しいそれらでぎっしり埋められている衣装部屋を見渡し、唖然とする琥珀に教えてくれたのは、茜と桔梗だった。

『すごいでしょ！　旦那様、琥珀様がいらっしゃるの、すっごく楽しみにしてたんだよ！』

『ご縁談が決まってからは休みの度に業者を呼んで、一つ一つ、すべて高彪様ご自身で吟味して選んでらしたものねえ』

『……っ、この量を……？』

　思わず聞き返した琥珀に、二人は笑って頷いていた。

『この量を！』

『ええ、この量を』

　完全に面白がっている茜と、ちょっと呆れたような桔梗はともかく、困ったのは執事の柏木だった。

『琥珀様、なにか不足があればご遠慮なく仰って下さい。旦那様から、足りないものがあればすぐ手配するようにと申しつけられておりますので』

　彼はどうやら、高彪の言うことは絶対と思っているらしい。顔を合わせる度、ご用があればなんなりと、と目を輝かせて言う柏木に、まさか足りないどころか多すぎて困っているとも言えない。

　これは高彪本人に直談判するしかないと、先日夕食の際に勇気を出して、気持ちは嬉しいが少し贅沢すぎるのではないかと言ってみた琥珀だったが。

『そうは言っても、すべて必要なものだしな。毎日一着ずつ着れば、すぐ一巡してしまうだろう？』

『……普通はもっと少ない数を着回すんだと思います……』

少なくとも自分は今までそうしてきた。遠慮がちに多すぎると指摘して、琥珀は続けた。

『それに、毎日お土産をいただくのも、なんだか申し訳ないなって……』

結婚した翌々日から仕事に復帰した高彪は、毎日琥珀へのお土産を買って帰ってくる。それは綺麗な小瓶に入ったお菓子だったり、小さな花束だったりとささやかなものばかりだったが、それでも毎日誰かから贈り物をされるなんて初めての琥珀は戸惑いを覚えずにはいられなかった。

『そこまで気遣ってもらわなくても、もう十分たくさんのものをいただいているので……』

現状、自分はこの屋敷にただいるだけで、なんの役にも立っていない。彼には言えないが自分には予知能力もないし、と申し訳なく思った琥珀に、高彪はぽつりと呟いた。

『君にとってはそうでも、俺はまだ君に十分なにかしてやれたとは思えないんだ』

『……高彪さん？』

どこか自分を責めるような響きの声に驚いた琥珀だったが、高彪はすぐに微笑みを浮かべて言う。

『いや、なんでもない。土産のことだが、あれは仕事の一環でもあるんだ。視察先でああいったものを買うついでに、店の者に話を聞くことができるからな。できたら受け取ってもらえたら嬉しい。だが、服のことは確かに、あれもこれもと欲張った自覚はある。君が着た姿を想像したら、買わずにはいられなくてな』

『僕が……？』

高彪は自分がこの屋敷に来る前からいろいろ揃えてくれていたようだが、六輔が写真でも渡していたのだろうか。

　確かにこれまで年に一回、菊が呼んでくれた写真屋に撮影してもらうことはあった。珠子と遊んでいる日常の写真なども撮ってもらっていて、それらは菊が祐一郎に手紙と一緒に送ってくれていたはずだ。

　義父はその件に特に関わっていないと思っていたのだが、菊が義父に写真を渡していたのだろうか。だとしても、あの義父がわざわざ高彪に写真を渡すなんてと不思議に思った琥珀だったが、高彪が穏やかに微笑みながら言った一言にそんな疑問はすぐ霧散してしまった。

『君のために用意した品だから、気に入らなければ処分して構わないが……、できたらその前に一度袖を通して、俺に見せてくれないか。きっと似合うだろうと、楽しみにしていたんだ』

『……っ、わ、分かりました……。処分なんてしませんし、その……、全部大事に着ます。ありがとうございます……』

　真っ赤になりながらもそう言った琥珀に、高彪は嬉しそうに頷いていたし、メインの大皿料理を運んできた大文字は高らかに笑っていた。

『はっはっは、まさか俺の方がお二人にご馳走になるとはなあ！』

　こりゃあデザートは当分先でいいな、と大文字に笑われてしまったことを思い出し、琥珀は呻いた。

「顔、熱い……」

「ガウ？」

　書きかけの手紙の上に寝転がり、琥珀の手ごと抱え込んだ万年筆をがじがじとかじっていたライが首を傾げる。これ以上かじられて破壊されては困るので、琥珀は万年筆のキャップを閉めると、寝転がってじゃれている仔虎たちのふくふくのおなかをわしわしと掻き混ぜた。

「うりゃー」

「ミャ！」

　突然のちょっかいに楽しげに声を上げたライとフ

ウが、琥珀の手を甘噛みしてくる。ミャウガウと賑やかな仔虎たちに目を細めて、琥珀はくすくすと笑みを零した。

　ここに来てから、自分はなんだかよく笑っていると思う。

　仔虎たちと遊んでいる時もそうだが、茜たちと話している時も、気づけば笑ってばかりいる。おかげで最近、眠りにつく時には笑いすぎで頬がちょっと痛い時もあるくらいだ。

　高彪と一緒にいる時は少し違っていて、そわそわしたり、恥ずかしくなったりすることが多いが、それも嫌ではなく、むしろ嬉しいと感じている。

　彼に名前を呼ばれると、自分がまるで宝物にでもなったかのような錯覚を覚える。琥珀という名前の通り、キラキラと美しい宝石になったかのような心地がして、胸の奥にほわほわとあたたかいものが広がっていく――。

（……まさか政略結婚でこんな気持ちになれるなんて、思わなかった）

　フウのおなかに鼻先を埋めて、お日様と甘いミルクの匂いにほっこりしながら、琥珀は改めて思いを馳せた。

　母が亡くなり、兄も留学させられて、ずっと独りぼっちだった。珠子や菊がいてくれることもあったけれど、一緒にいる時はいつも義父に見つかることを恐れて、彼女たちが咎められることがないようにと、そればかり願っていた。

　けれどここでは、なにも恐れなくていい。自分の行動で誰かがつらい思いをするかもしれないと怖がらなくていい。

　笑いたい時に、思い切り笑っていいのだ。

（それもこれも、全部高彪さんのおかげだ。高彪さんのおかげで、僕は今、こんなに穏やかに過ごすことができている……）

　高彪とは、あれからも毎晩床を共にしている。最初の頃は緊張もしたが、今は彼の胸元の被毛に顔を埋めても感じるのは安心ばかりだ。

（だって高彪さん、本当にあの『とらさん』みたいだし……）

　初夜の時のあれは高彪の気遣いだったのだから、本当は彼の獣人姿にも慣れたのなら、ちゃんと彼に抱かれなければならないと、それは分かっている。分かってはいるのだが、ふかふかのあの被毛に包まれると、どうしても幼い頃に大きな虎のぬいぐるみに抱きついてお昼寝した時のことを思い出して、眠くなってしまうのだ。

　高彪もそんな琥珀になにも言わず、毎晩ただ優しく抱きしめてくれるばかりで——。

（……本当に、優しすぎるよ、高彪さん）

　キャップを閉めた万年筆を見つめて、琥珀はふうと息をついた。

　琥珀がこうしてまた兄への手紙を書くことができているのも、高彪のおかげだ。というのも昨日、菊が今まで保管していた兄からの手紙を、琥珀のもとに送ってくれたのだ。数十に及ぶ手紙の山を見た高彪は、琥珀がずっと兄と文通を続けていたと知ると、便箋を用意してくれた。

『結婚の報告もまだなんだろう？　よかったらこれを使うといい。筆記具は筆がいいか？』

『あ……、で、でしたらその、インクを……！』

　用意してもらえるのならと、思い切ってお願いした琥珀に、高彪は怪訝（けげん）な顔をしていた。

『筆の方が使い慣れてるんじゃないか？』

『……実は僕、使ってみたい万年筆があるんです。兄さんからもらったもので、その、インクは贈ってもらえなかったので、これまでずっと眺めるだけだったんですが……』

『…………』

『だ、駄目でしょうか……』

　やはりこんな願い事、過ぎた望みだったかもしれない。後悔しかけた琥珀だったが、高彪は大きくため息をついた後、苦い声で呻いた。

『……分かった』

あまりにも苦々しげだったので、無理ならいいですと慌てて遠慮したのだが、そうじゃない、むしろ用意させてくれと言われた。

『頼む。……俺が君に、インクを贈りたいんだ』

何故だか懇願するようにそう言った高彪は、その日のうちに綺麗な小瓶に入ったインクを用意してくれた。

これも知り合いの店で話を聞くついでに買ったものだから、気にせず使ってくれとそう言って――。

（高彪さんは、お土産も仕事の一環で買ってるって言ってたけど……）

いくら世事に疎い琥珀でも、それが彼の優しさからの言葉だということくらいは分かる。まったくの嘘ではないだろうが、それだけが理由ならなにも琥珀の好みそうなものばかり買う必要はない。

高彪は毎日、琥珀が少しでもこの屋敷に馴染めるようにと気遣ってくれている。安心して過ごせるように、楽しい気持ちでいられるように、なにくれとなく与えてくれる彼に感謝は募るばかりで――、そして、それだけに申し訳なさも感じてしまう。

（……高彪さんがここまでしてくれるのは、僕に予知能力があると思っているからだ。そうでなければ、四神家の当主である彼がわざわざ僕を娶るはずがないんだから）

もちろん、高彪が自分や母の予知能力だけが目当てだった義父のような人ではないことは分かっている。けれど、だからこそ余計に、彼が自分に期待しているものを持っていないことが心苦しくてたまらない。

こんなに優しくしてもらっているのに、自分は彼になにも返せない。それどころか、彼を騙しているのだ――。

「せめて予知能力以外で、僕になにかできたらいいのに……」

ぽつりと呟いた琥珀に、フウとライが小首を傾げる。きゅるんと瞳を煌めかせる仔虎たちに、琥珀は力なく笑った。

「……そんなこと、僕には無理か」

机に突っ伏して、琥珀は六輔に繰り返し言われてきた言葉を思い返した。

『予知能力のないお前など、なにもできない、ただの穀潰しではないか！』

（……その通りだ）

十三年間、ずっと屋敷の奥に閉じこめられていた自分が相当な世間知らずだということは、自分自身が一番よく分かっている。

そんな自分が、能力に頼らずになにかできるはずがない。

予知能力のない自分など、本当になにもできない、役立たずなのだ――……。

「……っ」

自分の無力さに琥珀がきゅっと唇を引き結んだ、その時だった。

「……ウミャウ！」

カタンという音と共に、フウが鳴き声を上げる。

ふっと顔を上げた琥珀は、目の前の光景に仰天してしまった。

「な……」

机の上が、仔虎たちの足跡だらけになっている。

見れば、フウが倒れたインク壺をちょいちょいと前脚で構っているところだった。隣のライはインクまみれで、真っ白な被毛の虎模様がところどころ黒く染まってしまっている。

――大惨事だった。

「うわあ……っ、うわあああ……！」

思わず悲鳴を上げた琥珀は、慌ててインク壺を起こした。だが、零れ出たインクはすでに机に小さな池を作っている。

「うわ、どうしよう……」

「ガウ？」

ぺたんと、便箋に肉球の跡をつけたライが、真っ青になった琥珀を見上げて首を傾げる。と、その時、コンコンと部屋のドアがノックされる音が聞こえてきた。

「琥珀？　どうかしたのか？　すごい声が聞こえてきたが……」

「あ……、た、高彪さん」

入るぞ、と声をかけてきた高彪が、ドアを開けるなり目を丸くする。

「これは……」

机の上の惨状に絶句する高彪に、琥珀は青い顔で謝った。

「すみません……、せっかく買っていただいたのに、僕がちょっと目を離した隙に……」

「………」

「す、すぐ拭きます。フウとライもお風呂に……」

慌てて二頭を抱き抱えて立ち上がると、遊びを中断された仔虎たちが不満そうな声を上げる。うごうごと琥珀の腕の中でもがいた彼らは、インクに濡れた肉球でぺたんと琥珀の頬を押した。

くっきり浮かび上がったスタンプに、高彪がますます大きく目を見開くのを見て、琥珀はへにょんと眉を下げた。

「僕も、顔を洗ってきます……」

「……ふ」

しょんぼりと肩を落とした琥珀が呻くなり、高彪が勢いよくそっぽを向く。口元に手をやり、肩を震わせる彼に、琥珀はきょとんとしてしまった。

「……高彪さん？」

「ああいや、すまない。あまりにも可愛くて、つい」

くっと息を詰めた高彪が、微笑みながらそう言う。蕩けそうな甘い視線に、琥珀は一気に茹で上がってしまった。

「か……、そ、んなこと……」

可愛いなんてそんなことないと言おうとした琥珀だったが、高彪は目を細めて笑う。

「いや、可愛い。……本当に」

手を伸ばした高彪が、琥珀の頰についたスタンプをちょいちょいと撫でる。やわらかな被毛に覆われた指先で愛でるようにそっと触れられて、琥珀はますます真っ赤になってしまった。

「…………」

可愛いなんて、亡くなった母に言われた以来かもしれない。

自分は男なんだから、そんなことを言われても困るだけのはずなのに——、なのに、目の前のこの人が自分を可愛いと思っているのだと思うと、無性に恥ずかしくなってしまう。

(……だって高彪さん、すごく優しい顔、してる)

人間姿の時もいつも穏やかな高彪だが、獣人姿の時は更にやわらかな表情を浮かべていると思う。特に金色の瞳は蜂蜜を溶かしたように優しく光っていて、その瞳で見つめられると胸の奥がそわそわしてしまう。

慣れないむず痒さは落ち着かないのに、同時に心地いい温もりにほわっと、指先まで包まれる気がする——。

(なんだろう、これ……)

戸惑って俯いた琥珀だったが、続く高彪の言葉に大きく目を瞠った。

「とはいえ、そのままでは出かけられないな。待っているから、顔を洗ってくるといい」

「え……、で、出かける?」

予想もしていなかった一言に、驚いてしまう。

「出かけるって……、僕、外に出ていいんですか?」

ここに来て数日間、琥珀は外に出たことがなかった。今まで藤堂の屋敷に閉じこめられていたし、ここでも似たような生活になるのだろうとばかり思っていたが、外に出てもいいのだろうか。

仔虎たちを抱えたまま聞いた琥珀に、高彪が頷く。

「ああ、もちろんだ。とはいえ、この間のようなことがあるかもしれないから、外出するのはなるべく俺と一緒の時にしてほしいが……。今日は仕事も休みだから、町に行くのはどうかと思ってな」

「町に……」

琥珀は茫然と、高彪の言葉を繰り返した。

町に、行ける。

十三年間ずっと塀を眺めて思いを馳せてきた外に、出られる――……。

「琥珀はどこか、行きたいところはあるか？」

高彪がそっと、聞いてくる。

どこか、と無意識に呟き返した琥珀は、ハッと目を見開くなり、勢い込んで告げた。

「郵便局！」

「……郵便局？」

首を傾げた高彪につられるように、琥珀の腕の中でインクまみれのフウとライがきゅるんと瞳を輝かせ、小首を傾げた。

お願いします、と差し出した手紙に、綺麗な切手が貼られる。そわそわと頬を紅潮させてそれを見守っていた琥珀の前で、窓口の郵便局員がポンと消印を押して言った。

「では、お預かりいたします」

「よ……、よろしくお願いします」

頭を下げた琥珀は、郵便局員が手紙を背後の回収用の箱に入れるのをじっと見届ける。

（郵便物ってああやって集められるんだ……）

窓口の奥では、多くの人たちが忙しなく立ち働いている。見ているだけで面白くて、ついじっと見入ってしまっていた琥珀の背後で、並んでいた紳士が大きな咳払いをした。

「っ、すみません……っ」

慌てて謝り、会釈して順番を譲る。近くで待っていてくれた高彪に小走りに駆け寄って、琥珀は息を弾ませながら彼を見上げた。

「お待たせしました！」

「いや。無事に手紙は出せたか？」

「はい、ありがとうございました」

一人で手紙を出せた嬉しさにふわふわしながら、高彪にお礼を言う。よかったな、と笑った高彪は、町に出るにあたって今は人間の姿をしている。

フウとライをお風呂場で洗い、自分も顔を洗ってインクを落とした琥珀は、兄への手紙を急いで書き上げ、高彪と共に町の郵便局に来ていた。

高彪は葡萄茶の三つ揃いのスーツに揃いの中折れ帽を被っており、普段の凜々しい軍服姿とはまた違って、いかにも落ち着いた大人の男という雰囲気をしている。

（いいなあ……。僕も高彪さんくらいの年齢になったら、こんなふうに格好よくスーツを着こなせるのかな）

想像してみるが、どう考えても自分が高彪のように立派な体格になれるとは思えない。むむ、と考え込んだ琥珀に、高彪が問いかけてくる。

「どうした？　なにか気になるのか？」

「……僕も高彪さんみたいに立派な体格の、頼れる大人の男になりたいなって。いっぱい鍛えたらなれるでしょうか？」

獣人姿の彼ほどとまで高望みはしないが、それでも少しでも彼に近づきたい。そう思った琥珀に、高彪が微笑んで言う。

「俺のような体格になるかは分からないが、体を鍛えるのはいいことだと思うぞ。丈夫になれば、それだけいろいろなことに挑戦できるだろうしな」

今度鍛え方を教えようと言いつつ、高彪は面はゆそうに笑った。

「しかし、君にそう思ってもらえるのは嬉しいな。君の目には、俺が『頼れる大人の男』に映っているのか」

「あ……、は、はい」

改めてそう言われると、自分で言ったことなのになんだか恥ずかしくなる。琥珀はカアッと顔を赤くして言った。

「その……、僕、今まであまり高彪さんくらいの年齢の同性の人と接したことがなくて……。兄は高彪さんと同い年なんですが、ずっと海外にいてもう何年も会ってないんです」

実際、高彪ほど頼りになる人はいないと思う。

ここに来る間も、高彪は馬車からじっと外を見る琥珀に、あれは工場だとか、あっちに行くと港だとか、いろいろ教えてくれた。最初は緊張していた琥珀も、高彪が優しく教えてくれるのでじょじょに肩の力が抜けてきて、最後の方は自分から、あそこに見えるのはなんですか、あっちはと矢継ぎ早に聞いていたくらいだ。

料亭で式を挙げた時も馬車には乗ったが、あの時は緊張していてろくに外を見ていなかったため、琥珀にとっては今日がほぼ十三年振りの外出だ。柄にもなくはしゃいでしまったことを思い出して気恥ずかしさを覚えつつ、琥珀は続けた。

「僕の兄も博識で、手紙でいろいろなことを教えてくれるんです。だから、もし近くにいたらこんな感じなのかなって思って」

「……そうか」

琥珀の言葉に、高彪は一瞬複雑そうな表情を浮かべた。だが、すぐに優しい表情で問いかけてくる。

「確か、ずっと文通していたんだったな？」

「はい。兄はいつも僕を気遣って、手紙と一緒にいろんなものを贈ってくれていたんです。さっきの手紙も、兄が最初に贈ってくれた万年筆で書きました。……インクの蓋を閉め忘れてて、フウとライには可哀想なことしちゃったけど」

野生の虎は水を恐れないはずだが、フウとライはどうやら水が嫌いなようで、お風呂場で洗っている間中、ピャアピャアと大騒ぎだった。

二頭の様子を思い出して、くすりと笑みを零しながら、琥珀は続けた。

「僕、今までその……、あまり外に出られなくて。

兄からの手紙と贈り物が、唯一の楽しみだったんです。兄が贈ってくれる本はどれも本当に面白いし、お菓子も珍しいものばかりで、毎回その気遣いが本当に嬉しくて」

兄からの手紙と贈り物に、これまでどれだけ心を慰められたか分からない。しみじみと感謝しつつ、琥珀は告げた。

「でも僕、これまで自分で兄に手紙を出したことがなかったんです。いつも人にお願いしていて、郵便局に来たことがなくて」

ぐるりと局内を見渡して、琥珀は声を弾ませた。

「だからずっと、ここに来てみたかったんです。こんなに賑やかなところだなんて知りませんでした。とてもたくさん人がいるんですね……！」

局内は荷物を送りに来た人や、電報を打ちに来た人、配達夫や案内の局員など、多くの人で賑わっている。

ざわざわとした人のさざめきのただ中に身を置くのも物心ついてからは初めてだし、ここから世界中にいろいろなものが運ばれていくのだと思うと、それだけでドキドキしてしまう。

興奮に頬を紅潮させながら、琥珀は改めて高彪にお礼を言った。

「高彪さん、今日は連れてきて下さってありがとうございます。僕、今日のこと一生忘れません」

大げさだと笑われてしまうかもしれないが、自分にとってはそれだけ嬉しくて貴重な経験だったのだ。ぺこりと頭を下げた琥珀に、高彪が微笑む。

「礼を言うのはまだ早いぞ。せっかく町に出てきたんだから、いろいろ見て回ろう」

「……っ、いいんですか!?」

高彪の誘いに、琥珀は思わず浮き足立ってしまう。パッと顔を輝かせた琥珀に頷いて、高彪は悪戯っぽく笑った。

「ああ、もちろんだ。だが、一つ条件がある」

「え……、条件って……、……っ」

隣に並んだ高彪にサッと手を取られて、琥珀は驚いて目を見開いた。その間に琥珀の指の間全部にしっかりと指を絡めて、高彪が笑う。

「こうして手を繋いで歩こう。君が、俺は君の兄じゃなく、夫だということをしっかり意識してくれるように」

「あ……」

きゅっと、優しい力で手を繋がれて、琥珀は途端に真っ赤になってしまう。

先ほど自分が高彪のことを兄のようだと言った時、彼が一瞬複雑そうな表情を浮かべたと思ったのは、見間違いではなかったらしい。

「す……、すみません……」

確かに、夫である彼の立場からしてみれば、兄と混同されるなんて心外だろう。そんな機微も分からないなんてと自己嫌悪にしゅんとうなだれた琥珀だったが、高彪は低く深い、やわらかく包み込むような声で笑って言った。

「なにも謝る必要はない。妻に番として認められるよう努力するのは、夫の務めだからな」

最初の夜の時と同じようなことをさらりと告げて、高彪が行こうか、と促してくる。琥珀は赤い顔でこくりと頷き、彼と手を繋いで郵便局を出た。

建物に面した石畳の大通りには、多くの人が行き交っていた。

待ち合わせでもあるのか、懐から取り出した懐中時計をしきりに確認している勤め人らしき男や、袴姿で楽しそうに連れだって歩く女学生たち、ステッキをついた男性と腕を組んでいる洋装の女性、ベルトでくくった書物を小脇に抱えた書生——。

(町ってこんなに人がいるんだ……)

来た時は馬車に乗っていたから気楽にはしゃいでいたけれど、実際に町の空気感に触れると少し圧倒されてしまう。

ぎゅっと、知らず知らずのうちに繋いだ手に力を込めていた琥珀だったが、高彪はなにも言わずその金色の虹彩が光る瞳を細めると、郵便局の前に停めていた馬車のところへ戻り、御者に告げた。

「帰りは辻馬車を拾うから、先に帰っていてくれ。柏木には、夕食前には帰ると伝えてくれるか?」

かしこまりました、と一礼した御者が、カラカラと馬車で去っていく。それを見送って、高彪はさて、と琥珀に話しかけてきた。

「昼時だし、まずは腹ごしらえでもするか。せっかくだし、この近くの俺の行きつけに連れていきたいんだがいいか?」

「っ、はい」

高彪の言葉に、琥珀は一も二もなく頷いた。なにを食べたいか聞かれても、外食などしたことのない琥珀にはどんな店があるのかすら分からない。なんと答えたらいいか分からないし、それに高彪の行きつけのお店に連れていってもらえるのは嬉しい。

(お店でご飯を食べるなんて、初めてだ……)

母が亡くなってから、琥珀はずっと一人で食事をとっていて、三食とも一汁三菜の和食だった。食の細い琥珀はいつも控えめの量にしてもらうようお願いして、ゆっくり時間をかけて食べていたのだ。

高彪と結婚してからは、朝晩は彼と二人で、昼は茜たちと一緒に食べるようになったが、驚いたのは大文字の作る料理の多彩さだった。和食はもちろんのこと、シチューやハンバーグなどの洋食も作ってくれて、副菜も彩り豊かな上、品数も量も多い。食後には季節の果物や、大文字お手製のデザートまでついていた。

最初はとても食べ切れないと思ったけれど、大文字の作る洋食は、藤堂と再婚する前に母が切り盛りしていた洋食屋のまかないを髣髴とさせた。懐かしさが嬉しくて、そしてなにより誰かと他愛ないことを喋りながらの食事が楽しくて、琥珀は気づくと完食していることもしばしばだった。

(あんなに美味しい大文字さんの料理を毎日食べてる高彪さんがよく行くお店って、どんなところなん

だろう）

楽しみだが、高彪の行きつけなら、彼に恥をかかせないようにきちんと振る舞わなければならない。

おかしなことをしないように、と琥珀が緊張したところで、ゆっくり歩いていた高彪が足をとめる。

「ここだ。……やあ、大将」

「……？」

高彪が挨拶した方向を見て、琥珀はきょとんとした。そこにあったのは、店という言葉から連想するような建物ではなく――、小さな手押し車の屋台、だったのだ。

「おっ、高彪の旦那じゃないですか！　毎度どうも！」

つるっぱげに捻り鉢巻きの大将が、高彪を見てニカッと笑う。ちょうど食事を終えた客が、ごちそうさん、とお金を置いて立ち去った。毎度、と叫んだ大将が、サッと空の器を片づけて台を拭く。

「さ、どうぞどうぞ！　っと、あれ？　お連れさんとは珍しいですね。しかも随分ちっこいのじゃないですか！」

「……ちっこいの……」

目を丸くして、琥珀は思わず繰り返した。ちっこいの、とはどう考えても自分のことだろう。確かに高彪の隣にいる自分は、実際よりも小さく見えていそうな気がする。

歯に衣着せぬ大将に苦笑して、高彪が告げる。

「紹介する。俺の妻の琥珀だ。ああ、妻と言っても彼は男だが」

「……っ、初めまして、琥珀です。よろしくお願いします」

高彪に紹介されて、琥珀は慌てて頭を下げた。大将が驚いたように大きく目を瞠り、ぺちんと自分の額を叩く。

「ああ、噂の！　こりゃあ失礼しました！　いやあ、嬉しいなあ、高彪の旦那が初めて連れてきたのが奥さんとは！」

初めまして、と頭の捻り鉢巻きを取って挨拶した大将が、苦笑して続ける。

「しかし、自分で言うのもなんですが、新婚の奥さんをこんなむさ苦しい店に連れてきちゃいけませんよ、旦那。せっかく身を固めたってのに、早々に愛想を尽かされちまいますよ？　高彪様なら、他にいくらでも高級な店に顔がきくでしょうに」

呆れたように肩をすくめる大将に、高彪が笑いながら言う。

「確かにそういう店もいいが、琥珀はきっとラーメンを食べたことがないだろうから、俺の知る一番美味いラーメンを食べさせてやりたくてな」

「嬉しいこと言ってくれますねえ！　こりゃ、気合いを入れないと！」

捻り鉢巻きをしめ直す大将に、よろしくなと朗らかに笑って、高彪が木製のベンチのような椅子をまたぐ。こっちへ、と手を引かれた琥珀は、高彪の隣にちょこんと腰かけ、姿勢を正して聞いてみた。

「らあめん、ですか？」

聞いたことのない食べ物だが、どんなものなのだろうか。首を傾げた琥珀に、大将が笑って言う。

「初めて食べるのがうちのラーメンなんて、幸運ですよ！　美味すぎてびっくりすること請け合いですから！」

「大将、餃子も二皿頼む」

追加で注文した高彪だったが、大将はあちゃあと顔をしかめて言った。

「すみません、高彪様。今日は餃子は売り切れちまったんですよ」

「……そうか。なら、チャーハンを一つ」

残念そうに頷いた高彪が、別のものを注文する。毎度、とニカッと笑った大将が、台の向こうで調理し始めるのを、琥珀は興味津々で見つめた。

(らあめんに、ぎょうざに、ちゃあはん……)

全部食べたことのない料理だが、どんなものなのだろうか。

わくわくしながら見つめる琥珀の目の前で、大将がぐらぐらと湯気の立つ大鍋に麺を二玉入れる。続いて丼を二つ取り出した大将は、そこに刻んだネギと濃い色のタレのようなものを入れた。

それが終わると、今度は麺を茹でている大鍋の隣の寸胴鍋の蓋をパカッと開ける。途端に漂ってきた濃い醤油の香りに、琥珀は思わずこくりと喉を鳴らして呟いた。

「いい匂い……！」

「そうでしょう、そうでしょう！」

得意げに頷いた大将が、大きなお玉で寸胴鍋から先ほどの丼にスープを注ぎ入れる。キラキラと輝くスープに満足気に頷いた大将は、茹で上がった麺を鍋から引き上げ、豪快に湯切りした。

「……っ」

あまりの勢いに驚きながらも目が離せないでいる琥珀に、隣の高彪がふっと笑みを零す。

「俺も最初に見た時は驚いた。あれでよく麺が零れないものだと」

「はい……！　すごいです！」

「へへ、どうも！」

感心する二人に照れくさそうに笑って、大将が湯切りした麺を丼に移す。スープの中で麺を泳がせた大将は、ネギや海苔、肉などの具をてきぱきと盛りつけ、サッとレンゲを添えて、二人の前に丼をトンと置いた。

「へい、ラーメン二丁、お待ちどお！　お祝いってことで、チャーシューおまけしときましたよ！」

「いいのか？　悪いな、大将」

「っ、ありがとうございます！」

高彪に続いてお礼を言った琥珀に、大将がにこにこと勧めてくれる。

「いえいえ、これからもどうぞごひいきに！　さ、熱いうちにどうぞ！」

「はい！　えっと……」

台の上に用意されていた割り箸の使い方が分から

ず、戸惑った琥珀だったが、横からひょいと手を伸ばした高彪が、パキンと割って渡してくれた。

「琥珀、これを」

「あ……、ありがとうございます。いただきます」

お礼を言って割り箸を受け取り、琥珀は軽く手を合わせた。ドキドキと胸を高鳴らせながら麺を数本箸に取り、ふうふうと吹いて少し冷ます。

（麺料理だけど、お蕎麦とかうどんとは全然違う匂いがする……）

どんな味だろう、とわくわくしながらちゅるんと麺をすすった琥珀は、ふわっと口いっぱいに広がった醤油の香りと強い塩気に目を見開いた。

「ん！　んん！」

「はは、美味いだろう？」

笑った高彪が、俺も、と割り箸をパキンと割る。

琥珀は大きく頷いて、咀嚼（そしゃく）した麺を飲み込んでから口を開いた。

「すごく！　すごく美味しいです！　なんですか、これ!?」

「これがラーメンだ。こうやって海苔と一緒に食べると、また美味いぞ」

添えられていた海苔をスープに浸した高彪が、海苔で包むようにして豪快に麺をすする。いかにも美味しそうなその音と表情に誘われて、琥珀は急いで自分も同じように海苔で麺を包んでみた。

「……っ、んんん！」

ちゅるんとすすった途端、磯の香りが鼻に抜けていく。

「んー……！」

もぐもぐと、蕩けそうな顔でじっくりと味わう琥珀に、台の向こうで中華鍋を振るっていた大将がニカッと笑った。

「それだけ美味そうに食ってもらえると、ラーメン屋冥利（みょうり）に尽きますねえ！」

「大将のラーメンは本当に美味いからな。俺は料理には詳しくないが、ラーメンは家で作るのは難しいらしくて、これだけは大文字も作らないんだ」

餃子やチャーハンは作ってくれるがと言った高彪に、大将が頷いて言う。

「そうそう、だから高彪様も、うちによく来てくれるんですよ！　はい、チャーハンお待ち！」

「わあ……！」

トン、と置かれたのは、こんもりと盛られた一品だった。どうやらチャーハンとは、卵や刻んだネギ、先程ラーメンの上にも載っていたチャーシューなどをご飯と一緒に炒めたものらしい。

「これはこうやって食うんだ」

ラーメンに添えられていたレンゲで一角を崩した高彪が、ほかほかと湯気を立てるチャーハンを口に運ぶ。はふ、と熱そうに吐息を零しつつ、美味いと微笑む彼を真似て、琥珀もレンゲにチャーハンを掬って食べてみた。

「つ、熱っ、……っ、でも、美味しい！」

噛みしめる度、炒められたお米からじゅわっと旨味が溢れ出す。はふはふと夢中でチャーハンを食べる琥珀に、高彪が悪戯そうに笑って言う。

「とっておきの食べ方は、……こうだ」

「わ……！　うわあ……！」

レンゲに取ったチャーハンを、あろうことかラーメンのスープに浸す高彪に、琥珀はおろおろとうろたえてしまった。

「そ……、そんなことしていいんですか……？」

想像するだけで美味しそうだし、正直やってみたくて仕方ないけれど、お店でそんな食べ方をしていいのだろうか。作った大将は気を悪くしないだろうかとハラハラした琥珀だったが、高彪は楽しそうに笑って言う。

「いいんだ。なあ、大将？」

「美味いは正義ですからねえ！」

にこにこと笑う大将にも是非どうぞと勧められて、琥珀は高彪の真似をしてチャーハンをレンゲに掬い、スープに浸してみた。

「……っ、ふわあ……」

ぱくんと口にした途端、じゅわあ、と口いっぱいに幸せな味が広がっていく。あまりの美味しさに、琥珀は思わず頬を手で押さえて呟いた。

「美味しくてほっぺ落ちそうって、こういうことを言うんだ……」

「ああ、間違いないな」

うんうんと頷いた高彪が、ぶ厚いチャーシューを目を細めて味わいつつ唸る。

「しかし、餃子が売り切れなのは残念だったな。あれも琥珀に食べさせてやりたかったんだが……」

「どんな料理なんですか？」

そういえば先ほども高彪は、売り切れと聞いた時に残念そうな顔をしていた。もしかしたら好物なのかもしれないと思いながら聞いた琥珀に、大将がにこにこと説明してくれる。

「挽き肉と野菜を混ぜた餡を、小麦粉の生地で包んで焼いたもんですよ。ラーメンといったら餃子ですからねえ」

「……話していたら、無性に食べたくなってきたな」

ないとなると余計に食べたくなってしまうのだろう。呻いた高彪を、大将が明るく笑い飛ばす。

「また食べに来て下さいよ！　琥珀様は未来が見えるんでしょう？　だったら、うちの餃子がいつ売り切れるかなんてすぐ分かるんじゃないですか？」

「え……」

思いがけない一言に、琥珀はぎくりと身を強ばらせてしまう。しかし大将はそれには気づかない様子で、朗らかに笑いながら言った。

「いやあ、あの藤堂家の生き神様だなんて、どんなお高くとまったご令息か、高彪の旦那もなんだってわざわざそんな苦労を背負い込んだんだかと心配してましたが、お二人を見て安心しましたよ！　予知能力のある琥珀様が高彪様と一緒になってくれりゃ、百人力だ！」

「……っ」

「これから末永く高彪様をよろしく頼みますね、琥珀様！」

にこにこと言う大将に、琥珀は鉛を飲み込んだように急速に重くなる舌を必死に動かして、どうにか頷いた。

「……はい」

俯いたままぎこちなく箸を動かして、ちゅるりと麺をすする。

あたたかく、美味しいはずのラーメンが、急速にその温度を、味をなくしていく。

それでも必死に笑みを浮かべ、美味しいですと呟く琥珀を、高彪が暗闇に咲いた金色の花のようなその瞳で、じっと静かに見つめていた——。


翌日は、朝起きた時から違和感があった。

（……やっぱり、なんだか少しぼうっとする……）

高彪と一緒に朝食をとりながら、琥珀は内心ため息をついた。

昨夜は早めに寝たというのに、どうもすっきりせず、手足が重い。頬や首すじも火照っていて、意識に靄がかかっているような違和感があった。

（ちょっと熱があるのかも……）

とはいえ、喉や頭は痛くないから、風邪というわけでもなさそうだ。おそらく昨日は初めて見聞きするものだらけだったから、頭がいっぱいいっぱいになってしまって、それで微熱が出たのだろう。

（……高彪さんが仕事に行くのを見送ったら、部屋で少し休んでいよう）

藤堂の屋敷にいた時も、体調が悪い時は一人でじっと休んでいた。琥珀が体調を崩すと六輔は途端に機嫌を悪くするので、誰にも告げず、治るのをじっと待っているのが常だったのだ。

高彪は六輔とは違うとは思うけれど、それでもこの程度、わざわざ言うほどのことはないだろう。なにより、昨日出かけたせいで体調を崩したなんて思われたくない。

琥珀は笑みを浮かべ、自分から積極的に高彪に話しかけた。

「昨日は本当にありがとうございました。すごく楽しかったです」

「……そうか」

琥珀をじっと見つめながら、高彪が頷く。その足元では、高彪の長い尻尾にフウとライがじゃれついていた。

食後の珈琲を運んできた茜が、にこにこと聞いてくる。

「よかったですね、琥珀様！　それで、初でぇとはどこに行ったんですか？」

「えっとね、郵便局と……」

「……郵便局!?」

琥珀の答えに、茜が目を剝く。琥珀はうん、と笑って続けた。

「手紙を出してきたんだ。それで、お昼は高彪さんの行きつけの屋台のラーメン屋さんに行って、それから市場をぶらぶらして……」

大将のラーメンとチャーハンで腹ごしらえをした後、二人は広場で開かれていた市場を眺めて歩いた。高彪が普段よく行く中で賑やかなところに行きたいと、琥珀がお願いしたのだ。

（……高彪さん、匂いで僕の気持ち、分かっちゃうから……）

大将の前では懸命に取り繕っていた琥珀だったが、高彪は店をあとにするなり、心配そうな表情で大丈夫かと問いかけてきた。落ち込んでいるようだが、と指摘された琥珀は、とっさに否定してしまったのだ。

『……っ、落ち込んでなんて、ないです。そ……、それより僕、高彪さんがよく行くところ、もっと行ってみたいです』

『…………』

『どこか賑やかなところとか……』

人がたくさんいるところなら、自分の沈んだ匂いも高彪に伝わりにくいかもしれない。そう思って言った琥珀に、高彪はなにか言いたげにしつつも、よく視察に行くという町の市場を案内してくれた。

最初はどうにか誤魔化さないと、と必死だった琥珀だったが、幸い高彪は市場に着くなり、顔馴染みの商人たちから次々に声をかけられていた。気のいい商人たちは、隣の琥珀が高彪の結婚相手だと知るなり、おめでとうございますと言って、様々なものをお祝いに持たせてくれた。

『……すまない。馬車を帰したのは失敗だったな』

もらったお祝いの品を腕いっぱいに抱えて目を白黒させている琥珀に、高彪はそう謝ってくれたけれど、琥珀は嬉しくて首を横に振った。

『高彪さんのお知り合いからこんなに祝ってもらえて、すごく嬉しいです。あの、今度改めて、皆さんにお礼を持ってきたいんですが……』

あたたかく祝ってくれた人たちに、ちゃんとお礼をしたい。また外出してもいいだろうかとおずおずと聞いた琥珀に、高彪は優しく笑ってくれた。

『ああ、そうしよう。二人できちんと、お礼を言わないとな』

『……はい！』

また一緒に来ようと言ってくれた高彪を思い出しつつ、琥珀はにこにこと茜に告げた。

「その後は港にも行ったよ。高彪さんが取引してる船の荷の積み下ろしを見学させてもらったんだ」

「………」

「大きい荷が次々運び出されてて、見てるだけですごく楽しかったなあ」

声を弾ませる琥珀だったが、茜はあんぐりと口を開けたまま一言も発しなくなってしまう。隣で桔梗が苦笑を浮かべて言った。

「……まあ、お二人が楽しかったならいいんですけどね。でも、高彪様には後でちょっとお話ししておかなきゃかしら」

初でぇとでそれはさすがにねえ、とちろ、と高彪を見やった桔梗が、首を傾げる。

「高彪様？　どうかなさったんですか？　そんなに琥珀様を見つめて……」

「え？」

そう言われて、琥珀は高彪の方を見る。すると高彪は、先ほどとまったく同じ位置、同じ角度で自分をじっと見つめ続けていた。

「高彪さん？」

なにか気になることでもあるのだろうかと首を傾げた琥珀だったが、高彪はやおら自分の席を立つと琥珀の方に歩み寄り、手を伸ばしてくる。

ふんわりとやわらかな被毛に覆われた大きな手を琥珀の額にそっと押し当てて、高彪はため息混じりに言った。

「……やはりな。琥珀、熱があるだろう」

「え……」

「桔梗、すぐに医者の手配を。茜、柏木(かしわぎ)に今日は自宅で仕事をすると伝えてくれ」

言うなり、椅子に座っていた琥珀をそのままひょいっと抱き上げる。

逞(たくま)しい片腕に腰かけるような形で抱き上げられた琥珀は、慌てて高彪の肩に摑まった。

「……っ、高彪さん!?」

「暴れると危ないから、おとなしくしていてくれ」

そう告げて、高彪が歩き出す。すぐに、と慌てた様子で、茜と桔梗も部屋を飛び出していった。

「お……っ、降ろして下さい……！　なん……っ、なんで……？」

まだよく状況が飲み込めず、混乱して問いかけた琥珀を抱いたまま廊下に出た高彪が、やんわりと咎(とが)める。

「それはこっちの台詞(せりふ)だ。体調が悪いのなら、何故そう言わない？」

「……っ、ご、めんな、さい……っ」

優しい口調ながらも、高彪に初めて責めるようなことを言われて、琥珀は反射的にびくっと震えてしまった。

（高彪さん、怒ってる……？）

——頭の中に、幼い頃に風邪をひいた時、烈火のごとく怒っていた六輔の顔が甦る。

何故風邪などひいたんだ。

厄介ごとばかり起こして、本当にお前はなんの役にも立たない疫病神だ——。

「あ……、あの、大丈夫ですから……！　一人でおとなしく休んでいれば、こんなのすぐ、すぐに治りますから……！」

高彪と六輔は違う。

そうと分かっていても、どうしても、もしかしたらという思いが拭えず、琥珀は身を強ばらせて俯き、早口で言い募った。

「高彪さんにご迷惑をおかけしたりしません……！　お医者さんも、わざわざ呼んでもらう必要は……っ」

「……琥珀」

しかしその時、高彪が琥珀の言葉を遮る。ぎゅっと琥珀を抱きしめた高彪は、一度足をとめると優しい声で琥珀を促してきた。

「顔を上げてくれないか、琥珀。ちゃんと、こっちを見てくれ」

「……っ」

やわらかく包み込むような低い声に、琥珀はおずおずと顔を上げる。するとそこには、真剣な瞳をした高彪がいた。

「琥珀、俺は君が体調を崩したことを怒っているわけじゃない。君がどうしてそれを教えてくれなかったのか、その理由が知りたいんだ」

分かるか、と優しく嚙んで含めるように、高彪が言う。

「俺はただ、君のことが心配なだけだ。具合が悪いのならできるだけそばにいたいし、ちゃんと医者に診（み）せて早く元気になってもらいたい。君につらい思いや、苦しい思いをさせるのは嫌なんだ。俺は君のことがとても、とても大切だから」

「……大、切……」

目を見開いて繰り返した琥珀に、そうだ、と高彪が頷く。ゆっくりとまた歩き出しながら、高彪は琥珀に語りかけてきた。

「昨日のこともそうだ。確かに俺は、匂いで目の前の人間の気持ちを察することができる。だが、匂いだけですべてを把握できるわけじゃない。だからなにを悩んでいるのか、君が話してくれなければ俺には分からない」

「あ……」

穏やかな口調ながら、その声にはもどかしさが滲（にじ）んでいた。それでもそのもどかしさを堪（こら）えるように、高彪は続ける。

「俺は君のことを、誰よりも大事に思っている。だから、一人で休んでいるなんて言わないでくれ。悩みがあるのなら、俺を頼ってくれ。……俺たちは、夫婦なんだから」

「……っ」

終生苦楽を共にすると、そう誓ったあの言葉は嘘ではない。

誰よりも大切に、大事に思っている――……。

真摯（しんし）に訴えかけてくる金色の瞳に、琥珀は思わず息を呑んだ。

（高彪さんは……、高彪さんは、違うんだ）

分かっていた、けれど信じ切れていなかったその気持ちが、すとんと心の真ん中に落ちてくる。

高彪は、六輔とは違う。

この人は本当に自分のことを大事だと、……家族だと、思ってくれている――。

寝室に入った高彪が、琥珀をそっとベッドに降ろす。ふんわりと布団をかけられた琥珀は、ためらいつつも高彪を見上げ、口を開いた。

「あの……、黙っていてごめんなさい。熱っぽいのを隠そうとしたのは、昨日出かけたせいだって思われたくなかったからなんです。……すごく、楽しかったから」

こんなことを話して呆れられないだろうかと思いながらも、懸命に自分の気持ちを言葉にする。

今まで自分の思いを言葉にすることをほとんど許されなかった琥珀にとって、それはとても勇気のいることで——、けれど高彪には、自分のことを大切だと言ってくれたこの人には、きちんと向き合いたかった。向き合わなければと、思った。

「僕、高彪さんが普段会ってる人に会えて、いつも見ている景色を一緒に見られて、すごく嬉しかったんです。また行きたいって、お祝いのお礼もちゃんとしたいってそう思って、それで我慢してしまったんです。……出かけたせいで体調を悪くしたって思われたら、もう外に行けなくなるかもしれないって思ったから」

「……そうか」

ベッドに腰かけた高彪が、上半身をひねるようにして手を伸ばしてくる。大きな手でそっと頭を撫でられて、琥珀は心地よさにほっと息を零した。

「昨日、途中で顔色が悪くなったのは、大将に言われたことが原因だな？」

サラサラと琥珀の髪を梳きながら、高彪が尋ねてくる。琥珀は迷いつつも、小さく頷いた。

「おめでとうって、これからよろしくって言ってもらえて、すごく嬉しかったです。でも……」

自分には、本当は大将が期待しているような予知能力はない。だが、それを高彪に告げるわけにはいかない。

言い淀んだ琥珀に、高彪がそっと問いかけてくる。

「……君は今までずっと、予知能力に振り回されて生きてきただろうからな。だから、大将の言葉が善意からのものだと分かっていても重荷に感じてしまった。そういうことだろう？」

「……っ」

嘘ではない、けれど真実でもないその言葉に、琥珀は頷いていいのかどうかためらってしまう。しかし高彪は、琥珀の答えを無理に聞こうとはせず、静かに続けた。

「俺にも覚えがある。俺には君のような予知能力はないが……、この姿に生まれついたからな」

「あ……」

ふっと視線を落とした高彪が、琥珀の頭から離した手をじっと見つめる。

人間のそれより大きく、やわらかな白銀の被毛と鋭い爪を備えた、――獣人の手を。

「若い頃、俺はこの姿が嫌でたまらなかった。何故自分は普通の人と違うのか、何故こんな姿なのかと、ずっと悩んでいた。何故こんな、誰からも恐れられるような姿に生まれてしまったのか、と」

きっと幾度も苦い経験をしてきたのだろう。

高彪は一度ぎゅっと拳(こぶし)を握りしめると、瞳を穏やかに細めて続けた。

「だが、ある時出会ったんだ。俺のことを恐れない人間に。怖がらず、俺を受け入れてくれる人間もいるのだと知ることができて、俺はようやく自分のこの姿を受け入れられるようになった」

「……そうだったんですね」

高彪が打ち明けてくれた過去に、琥珀はほっと胸を撫で下ろした。

「その人がいてくれてよかったです。本当に」

「ああ。彼は今も、俺にとって大切な存在だ」

懐かしむようにそっと目を閉じる高彪を見上げて、琥珀は言った。

「いつか僕も、その人に会ってみたいです」

高彪にとって大切な人なら、会って話を聞いてみたい。そう思った琥珀に、高彪がふっと笑みを浮かべて頷く。

「……そうだな。いつか紹介できる日が来ることを、俺も願っている」

穏やかに微笑んだ高彪が、再び琥珀の髪を梳きながら話し始める。

「今となっては、この姿は俺の誇りだ。俺が四神家の嫡男として生まれ、神力を授かったのは、帝をお守りするためなんだと、そう思っている」

金色の瞳を優しく細めて、高彪はゆったりとした口調で続けた。

「だが、自分がそうだったからこそ、君が自分の力に対して前向きな気持ちになれないのはよく分かる。だから俺は、君に無理に予知をしてほしいとは思っていない」

「……っ、え……？」

思いがけない一言に、琥珀は大きく目を瞠った。

——予知をしなくて、いい？

「あ、の……、でも、高彪さんが僕と結婚したのは、僕が予知能力を持っているからじゃ……」

混乱しつつもそう尋ねた琥珀に、高彪は苦笑して言った。

「おかしなことを言っていると思うか？　だが俺は、君にはこれから、自分がしたいことをたくさんしてほしいと思っているんだ」

大きな手で琥珀の頭を撫でながら、高彪が目を細める。

「君が今までどんな生活を強いられてきたか、すべて理解しているなどと言う気はない。だが、それでも少しは分かっているつもりだ。だからこそ、これからは予知能力に囚われず、したいことを自由にしてほしい」

「自由、に……」

この十三年間、一度も言われたことのない言葉に、琥珀は驚いて固まってしまった。

ずっと、その言葉に憧れて生きてきた。

高い塀を越えて飛んでいける鳥が羨ましかったし、自由になりたい、思うままに生きたいと、そう願わない日はなかった。

——けれど。

（僕のしたいことって……、……なんなんだろう）

唐突に与えられた『自由』に、戸惑わずにはいられない。

もちろん、高彪の言葉は嬉しい。彼が自分のことを思ってくれていることも分かるし、その気遣いには感謝しかない。

だが、いざ自由にしていいと言われても、どうしたらいいか分からない。

自分はなにをしたいのだろう。

否、それ以前に——。

「僕になにが、できるんだろう……」

ぽつりと、思わず漏れた心の声は、自分が思うより低く、暗いものだった。

「……琥珀」

気遣うように高彪から声をかけられて、琥珀は慌てて取り繕おうとする。

「……っ、すみません、僕が悪いんです。今までなにもしてこなかったから……」

予知能力がなければなにもできない、役立たず。

六輔の言葉が甦った琥珀は、おどおどと視線をさ迷わせて懸命に笑みを浮かべた。

「な……、情けないですよね、こんなの。自分になにができるのかも、なにがしたいのかも分からないなんて……」

きっと高彪も呆れてしまうに違いない。

そう思いながらもなんとか笑って誤魔化そうとした琥珀だったが——、その時、高彪が不意に身を屈めてきた。

「え……」

近づいてくる大きな白虎に、思わず大きく目を瞠った琥珀の唇の端に、ふわりとやわらかな感触が触れる。

「……っ」

琥珀が息を呑むと同時に、白銀の被毛がさらりと揺れ、人間のそれとは異なる大きな口がそっと離れていった。

身を起こした高彪が、じっと琥珀を見つめて口を開く。

「……すまない。だが、いくら君自身であっても、君のことを悪く言われるのは我慢ならない」

詫びつつもそう告げて、高彪は穏やかに言った。

「やりたいことが分からないとしても、なにも恥じる必要はない。これからゆっくり、見つけていけばいいだけのことだ」

「……見つけて……?」

繰り返した琥珀に頷いて、高彪が続ける。

「ああ。だから、なにができるかなんて今は考えなくていい。いろんなことをやってみて、その中から自分の好きなこと、やりたいことを見つけていけばいいんだ」

さら、と琥珀の前髪を梳いて、高彪が微笑む。光が零れるような、優しい金色の瞳には、驚いたようにこちらを見つめる自分だけが映っていた。

「俺は、君がやりたいことを見つける、その手助けができたらと思っている」

じっと琥珀を瞳の中に閉じ込めて、高彪がゆっくりと言葉を紡ぐ。

「昨日行った場所だけじゃない。もっといろいろなところに君を連れていきたいし、俺の知っていることはなんでも教えたい。楽しいこと、美味しいもの、美しい景色……。これからはすべて君と共有したいし、分かち合っていきたい」

「……高彪、さん」

高彪の言葉に、琥珀は自分の目の奥が熱くなるのを感じて、きゅっと唇を引き結んだ。

(……見つけたい)

強く、強くそう思う。

自分にはなにもできないからと最初から諦めるのではなく、挑戦したい。

高彪が言ってくれたようにいろいろなことに挑戦して、そしていつか、やりたいことを見つけたい。

いつか、彼に胸を張って、やりたいことが見つかったと言いたい——。

「ありがとうございます、高彪さん。僕、頑張ってみます」

まっすぐ高彪を見上げて、琥珀はじんわりとあたたかくなった心のままに笑って告げた。

「僕も、あなたと一緒にいろんなこと、してみたい。いろんなところに行きたい」

高彪と一緒なら、どこにでも行ける気がするし、なんでもできる気がする。

（……この人と、一緒なら）

ゆっくり瞬きした琥珀の目に、涙が滲む。照れ笑いを浮かべて指先で拭おうとした琥珀だったが、それより早く、高彪が再び身を屈めてきた。

「……っ」

さり、と棘（とげ）の生えた舌に目元を優しく拭われ、涙を舐め取られる。

最後にやわらかな被毛に覆われた口をそっと押し当てて、高彪はじっと琥珀を見つめてきた。

「……嫌か？」

「あ……」

長い指先で、ふに、と琥珀の唇を押しながら、高彪が問いかけてくる。

くちづけを求められているのだと、そう気づいた途端、琥珀は真っ赤に茹で上がってしまった。

こんな昼間から、しかもベッドの上でなんてと、一気に羞恥が押し寄せてくる。――でも。

「い、やじゃ……」

勇気を振り絞り、かすれた声をどうにか押し出した琥珀に、高彪が金色の瞳を嬉しそうに細めた、その時だった。

「高彪様っ、お医者様をお連れしましたっ！」

バンッとノックもなしに寝室のドアが開かれ、茜が大声で叫ぶ。その背後には、茜に引っ張られた医師と、山のように書類を抱えた柏木がいた。

「高彪様、軍までご報告に行って参りました！　本日は書類仕事をなさるとのことで、こちらを預かって参りました！」

「…………」

「さあさあお医者様、早く琥珀様を診て下さい！」

騒がしい二人の足元から、更に騒がしい声がミャウガウと聞こえてくる。

開きっぱなしのドアをこれ幸いと、寝室に転がり込んできたフウとライに、高彪が苦笑を零して身を起こした。

「……君が元気になるまでお預け、だな」

さらりと言った高彪が、最後にちょんと手の甲で琥珀の唇に触れて、ベッドを離れる。

琥珀目指して一直線に駆け寄ってくるフウとライの首根っこをなんなく捕まえた高彪は、不満げに唸(うな)る二頭を茜に預け、手短かに指示を下した。

「先生、お世話になります。診察をよろしくお願いします。茜、先生にお茶を。フウとライは、今日は琥珀の負担になるから接近禁止だ。柏木は書類をあのテーブルに置いて……」

遠ざかっていく低い声に、それまで茫然(ぼうぜん)としていた琥珀はようやく我に返る。

（……熱、上がったかも）

ますます赤くなった顔を布団に埋めて、琥珀はふわふわと浮き足立つようなその熱にこっそり、笑みを零したのだった。

◆◆◆

真っ白な生地の真ん中にスプーンで具を置き、琥珀はよし、と気合いを入れた。

落とさないよう慎重に手のひらに乗せ、包み込むようにしながら端の生地にひだを寄せていく。

「おっ、いいぞ奥方！　うまいうまい！　でも息はしような！」

「……っ、はい」

大文字(だいもんじ)に言われて息をとめていたことに気づいた琥珀は、慌ててハアッと息を吐く。その足元では、フウとライが互いに上になったり下になったりと、やんちゃに転げ回っていた。

琥珀が熱を出した、翌日のことだった。

あの後すぐに琥珀を診た医師は、ごく軽い風邪か知恵熱のようなものでしょうと診断し、栄養をとって安静にするようにと言って帰っていった。茜たちは、薬も出さないなんてヤブじゃないのか、すぐに別の医者をと色めき立ち、琥珀は慌てて二人をなだめなければならなかった。

押し問答の末、柏木や茜は琥珀様が言うならと渋々引き下がってくれたものの、まったく引き下がらない者もいた。言わずとしれた、高彪である。

自分は大丈夫だからお仕事に行って下さいと懇願した琥珀に、もう自宅で書類仕事をすると連絡したからと譲らなかった高彪は、結局柏木に書類を運ばせ、琥珀がいる寝室で仕事をした。

山のような書類を次から次へと片づけつつ、高彪は喉は渇いていないか、汗はかいていないかと甲斐甲斐しく琥珀の世話を焼いてくれた。琥珀がお手洗いに行こうとすれば抱き上げて連れていき、食事は手ずから食べさせる過保護ぶりで、琥珀は手間をとらせて申し訳ないやら恥ずかしいやらで、ずっとそわそわしっぱなしだった。

けれど、誰かにつきっきりで看病してもらうなんて母が生きていた時以来で、正直とても嬉しかった。高彪の仕事の邪魔をしてはいけないと、あまり話しかけることこそしなかったが、なにも喋らなくてもただ一緒にいるだけで安心できて、その夜にはすっかり熱も下がっていた。

そして一夜明けた今朝、念のため今日も家で仕事をと言う高彪をどうにかなだめて送り出した琥珀は、料理番である大文字にとある頼みごとをした。

それは——。

「しかし、看病のお礼に高彪様の好物の餃子を作りたいとは、泣かせるじゃないか！」

にこにこにこと、ちっとも泣く素振りはなく笑う大文字に、琥珀は真剣な顔で慎重に餃子の皮にひだを作りながら答える。

「この間ラーメン屋さんに行った時、餃子が売り切れで……。高彪さん、すごく残念そうだったんです。ラーメンは家庭で作るのは難しいけど、餃子なら作れるって聞いたので……」

琥珀が大文字に頼んだこと。それは、餃子の作り方を教えてほしいというものだった。

唐突な頼みに最初は驚いていた大文字だったが、看病のお礼に作りたいのだと言う琥珀にいたく感銘を受けたらしく、二つ返事で引き受けてくれた。

とはいえ、包丁を握るのも生まれて初めてだった琥珀にとっては、最初の野菜のみじん切りからして難関だった。慎重な性格が災いして、ゆっくりゆっくり丁寧にみじん切りをする琥珀に、大文字は豪快に笑いながら言った。

『よし、奥方！　そこまでだ！　日が暮れる！』

このままでは夕食に間に合わないと判断した大文字は、あとのみじん切りを手早く済ませ、琥珀には具を混ぜたり、皮を作ったりという作業を指示してくれた。ほんのわずかだが、琥珀が切った分のみじん切りもちゃんと入れてくれたので、運がよければひと欠片くらいは高彪の口に入るかもしれない。

「……っ、できた」

大文字から教わった通りにひだを作り、きっちり口を閉じた餃子を手のひらにのせて、琥珀はふうと一息ついた。

ようやく作り終えた餃子は、ひだから具がはみ出しているものの、どうにか形になっている。どうでしょうか、と不安を覚えつつ聞いた琥珀に、大文字が太鼓判を押してくれた。

「おお、上出来上出来！　あとはそうだな、ちょっと生地を引っ張るようにしてひだを作ると、もっと綺麗にできるぞ！　ただし破らないようにな！」

「……っ、はい！」

琥珀が一つ作り上げる間に、大文字はひょいひょいと指先を動かして五つ目を完成させている。

「高彪様は餃子が大好物でなあ。いつも三十個は召し上がるから、もっと作らないとな」

「さ、さんじゅう……」

気の遠くなるような数字に戦きつつも、琥珀はよし、と再び気合いを入れた。

みじん切りこそ失敗したが、あとの作業はちゃんと大文字に教わって琥珀がやったのだ。ここでめげるわけにはいかない。

「……頑張ります！」

「その調子だぞ、奥方！」

なんとか夕食には間に合いそうだな、と笑う大文字の隣で、琥珀は二つ目の餃子作りに取りかかる。

せっせと指を動かすその足元では、遊び疲れたフウとライが揃って、くあぁ、と大きなあくびをしていた。


キツネ色にこんがりと焼けた餃子を箸に挟んだところで、高彪は首を傾げた。

「どうかしたのか、琥珀？」

「え……っ」

「やけにこっちを見ているが……」

夕食の席に着く前からどうもそわそわしていた琥珀だったが、餃子が出てきた途端、じっとこちらに熱い視線を注いできている。先日ラーメンを初めて食べた時は興味津々だったというのに、餃子はそれほど興味をそそられなかったのだろうか。

「餃子も初めてだろう？　熱いうちが美味しいから、早く食べるといい」

「は……、はい。いただきます」

勧めると素直に頷くものの、やはりこちらを気にしてちらちらと見てくる。

（もしかして、食べ方が分からないのか？）

すするだけのラーメンと違って、餃子は調味料が用意されているから戸惑っているのかもしれない。

そう思った高彪は、小皿に醬油と酢、ラー油を垂らし、そこにちょんちょんと餃子をつけてみせた。

「琥珀、餃子はこうやって食べるんだ」

「……っ」

ぱくりとかぶりつけば、もっちりした皮からじゅわっと肉汁が溢れ出す。香ばしい焦げ目と野菜の旨味が絶妙で、高彪は思わず微笑んだ。

「うん、美味い」

「………」

「ん……、どうした、琥珀？　今ので分からなかったか？」

手本を見せたというのに、一向に餃子に手をつけようとせず、大きく目を見開いてこちらを見つめている琥珀に、高彪は首を傾げた。

「大文字の餃子は大将のと同じくらい美味いから、安心して……」

「……ぼ、僕です」

「ん？」

促そうとした高彪を遮って、琥珀がふんわりと頬を染めて笑う。

まるで花が咲くような、心底嬉しそうなその笑みに、高彪の目は釘付けになった。

「僕が作ったんです、その餃子。大文字さんに教えてもらって……」

「……琥珀が？」

予想外の一言に、高彪は驚いて目を瞠った。思わず視線を落とし、皿に盛られた餃子をまじまじと見つめる。

よく見れば餃子は、少し具がはみ出ていたり、ひだが不揃いだったりと、大文字が普段作るものよりは形が歪んでいる。しかし、立派に餃子の形をしていたし、なによりちゃんと美味しかった。

「すごいな、琥珀は……。初めてなのに、こんなにうまく作れたのか」

「い、いえ、大文字さんがつきっきりでしたし、全部一人でできたわけじゃ……。野菜のみじん切りも、ほとんど大文字さんがやってくれたんです」

　恥ずかしそうに恐縮する琥珀だが、その時、追加の料理を手にやってきた大文字が言う。

「いやいや、初めて包丁を握ったにしては上出来だったぞ、奥方！　みじん切り以外は、俺はほとんど指示を出すだけだったしな！」

　みんなの分の餃子は俺が包んだが、と笑う大文字に、琥珀が照れくさそうに笑って打ち明ける。

「焼くのは大文字さんにお願いしたんですが、高彪さんに最初に出す一皿は、僕が包んだ餃子にしてもらったんです。昨日のお礼に、食べてほしかったから……」

　そう言った琥珀が、改めて高彪に向き直り、頭を下げる。

「高彪さん、昨日はありがとうございました。そばにいてくれて、本当に嬉しかったです」

　顔を上げた琥珀は、キラキラとした目をしていた。嬉しそうに声を弾ませて続ける。

「僕が今日こうして餃子を作ろうって思えたのも、高彪さんのおかげです。高彪さんが、いろんなことをやってみるといいって言ってくれたから……。だから僕、やってみようって思えたんです」

「そうか……。料理は楽しかったか？」

「はい、とても！」

　間髪容れずに答えた琥珀に、高彪は胸を熱くせずにはいられなかった。

　自分の言葉で、彼は今までやったこともなかった料理に挑戦してみてくれたのだ。

　しかも、自分を喜ばせようと、こうして自分の好物を作ってくれた。――心から、楽しんで。

　綺麗な焼き目のついた餃子を一つ、ぱくりと頬張って、琥珀が美味しいと顔をほころばせる。初めての餃子をじっくり時間をかけて味わってから、琥珀は感慨深げに言った。

「これまでずっと食べるだけだったけど、料理ってとても難しいですね。気をつけないといけないこともたくさんあるし……。でも、次はきっと、もっとうまくできると思います」

気負いなく、ごく自然に次への抱負を口にして、琥珀が弾んだ声で聞いてくる。

「あの、餃子以外で高彪さんが好きな料理はなんですか？　今度はそれを大文字さんに教えてもらいたいなって……」

「……っ、琥珀」

自分の好物を聞いてくる琥珀にたまらなくなって、高彪は立ち上がるや否や、彼を抱きしめていた。

小さくてやわらかい温もりに、胸の奥が甘く切なく痛む。こんなにも愛おしい存在を、自分は他に知らない——。

「高彪さん……？」

腕の中から戸惑ったような声が聞こえてきて、高彪はようやく抱擁を解いた。驚いた顔を向けてくる琥珀に、微笑みかける。

「……なら、今度は俺も一緒に大文字に料理を教わろう。俺も、琥珀の好物を作りたいからな」

「……っ、高彪さんが作ってくれるんですか？」

パアッと輝くような笑みを浮かべた琥珀に、高彪は目を細めて頷いた。

（俺は彼に、こうしてずっと笑っていてほしい。自分の世界を広げて、やりたいことを自由にやって生きていってほしい）

心の底からそう思って、喜ぶ琥珀を見つめる。

これからは、彼が今までしたくてもできなかったことを全部叶えてやりたい。

彼を傷つけるものすべてから、自分が守ってやりたい。

たとえそれで、彼が自分のもとを去ることになろうとも——。

「……高彪さん？」

黙り込んだ高彪に、琥珀が声をかけてくる。

「あの、どうか……」

「おっと、仲がいいのは結構だがな！　そのままじゃ料理が冷めるぞ、ご両人！」

しかしその時、それまで見守っていた大文字がからかうように声をかけてくる。顔を真っ赤にした琥珀をそっと離して、高彪は苦笑しつつ詫びた。

「ああ、すまない。それと、大文字……」

「おっと、皆まで言わずとも分かりますよ！　奥方の包んだ餃子は全部、高彪様が召し上がりたいってことでしょう？」

察しのいい料理人に、高彪は笑って頷いた。

「ああ、頼めるか？」

「もちろん！　ちゃんと分けてありますからね！」

腕によりをかけて焼いてきますよ、と大文字が豪快な笑い声を響かせながら厨房に戻っていく。

ますます赤くなった琥珀を見つめつつ、高彪は胸の痛みを誤魔化すように、少し具のはみ出た餃子をまた一つ、ぱくりと頬張ったのだった。

窓から差し込むやわらかな月の光が、白銀の被毛を淡く照らす。

艶やかなその輝きを見つめながら、琥珀は小さな声でくすくすと笑った。

「それで、僕がみじん切りをしていたら、大文字さんが言ったんです。そこまでだ奥方、日が暮れるって……」

「……目に浮かぶな」

すぐ近くで聞こえる高彪の声も、琥珀にだけ聞こえるような小さなものだった。低く穏やかな声は耳が蕩けそうなほど甘く、琥珀はそれだけで夢心地になってしまう。

自分にこんな優しい声で話しかけてくれる人がいるなんて、高彪に出会うまで知らなかった——。

さらさらと極上の絹のようななめらかな手触りの被毛に頬を寄せて、琥珀は続ける。

「餃子作り、すごく楽しかったです。みんなも仕事の合間に応援しに来てくれて、茜ちゃんや桔梗さんも包み方のこつを教えてくれて……」

先ほどまで高彪の尻尾にじゃれついていたフウとライが、くあ、とあくびをしてもぞもぞと丸くなる。ふすー、と聞こえてきた小さな寝息に胸の奥がくすぐったくなって、琥珀はそっと目を閉じた。

「僕、ここに来れて本当によかった。高彪さんに出会えて、本当に幸せです」

結婚した初日にも伝えたけれど、今はあの時よりもっと強く、そう思う。

高彪と結婚できて、本当によかった――。

「……高彪さん？」

ふと、高彪の答えがないことに気づいて、琥珀は顔を上げた。少し上にある瞳が閉じられているのを見て、そっと声をかけてみる。

「もう、寝ちゃいましたか……？」

「………」

問いかけにやはり答えはなく、静かな呼吸に合わせて細い髭が揺れるばかりだった。

その大きな口からは鋭い牙が覗き、自分をしっかり抱きしめている力強い腕は白銀の被毛に覆われている。今は閉じられている瞳は月よりも美しい金色だということも、彼が人間では到底敵わない、すさまじい膂力の持ち主だということも、自分はもう知っている。

彼は、人間ではない。

自分とは違う、獣人の血を引いている。

それでも。

（……好き、だなあ）

じんわりと胸の奥に広がる初めての感情に、琥珀はきゅっと唇を引き結んだ。

この人のことが、好きだ。

他の誰よりも愛おしいと、特別だと、そう思う。

だが、自分は高彪を好きになっていいのだろうか。

高彪は自分に予知をしてほしいとは思っていないと言っていたが、それでも自分が彼に隠し事をしていることは事実だ。そんな自分が、こんなに優しい、甘い感情を持っていいのだろうか。

(僕、は……)

迷いながらも、琥珀は高彪にそっと、手を伸ばした。やわらかな被毛に覆われた頬に走る、綺麗な模様を指先でなぞる。

高彪のおかげで、自分は外の世界を知ることができた。見たことのない場所に行き、食べたことのないものを食べ、たくさんの経験をさせてもらえた。

人間ではなくとも、獣人でも、自分はもう、この人がとても優しいことを知っている。

誰よりも自分のことを気遣い、思いやってくれていることを知っている。

その彼への想いを、膨れ上がった感情を、ないものにはできない——。

(……明日起きたら、好きですって言ってみようかな)

高彪は、自分の告白を受け入れてくれるだろうか。好きになるのを待つと言ってくれていたあの時の気持ちは、まだ変わっていないだろうか。

(高彪さん……、高彪さんは僕のこと、どう思ってますか……?)

いつも優しい高彪だけれど、そこに少しでも自分と同じ感情があってくれたならと思わずにはいられない。政略結婚だけれど、自分たちはもう夫婦だけれど、それでもこの人の特別になりたい。この人と、本当に心の通い合った夫婦になりたい——。

ドキドキと胸が高鳴るのを感じながら、琥珀は眠る高彪の口元をそっと撫でて呟いた。

「高彪さん。僕、もう熱、下がりましたよ……?」

元気になるまでは、とお預けにされたくちづけは、まだされていない。

いつしてもらえるんだろう、それとも自分からしてもいいだろうかと、琥珀がふわふわした気持ちで手を引っ込め、自分も眠りにつこうとした、——その時。

「……っ」

突如、高彪の腕にぐっと力が籠もり、大きなその体が自分の上に覆い被さってくる。驚いて息を呑んだ琥珀の耳に、低い声が響いてきた。

「……いいのか？」

「え……」

見上げると、月よりも美しい金色の瞳がじっとこちらを見つめていた。

「た……、高彪さん、起きて……？」

「君にあんなことをされて、眠れるはずがないだろう」

いつも穏やかな声にぐっと力を込めて、高彪が再度問いかけてくる。

「……君に、くちづけても？」

「……っ」

熱い、熱い視線に、頬が一気に燃え上がる。頭の芯まで溶かされてしまいそうなその金色の光を、けれど琥珀は懸命に見つめ返して頷いた。

「は、はい……、っ」

こくり、と首を縦に振った途端、唇がやわらかいものに覆われる。

目の前に迫る白銀の虎に、琥珀は慌ててぎゅっと目を閉じた。

「……っ」

「……琥珀」

優しく琥珀の唇を奪った獣が、喜びの滲む声で囁き、再度くちづけてくる。

重なる唇こそないものの、それは確かに愛する者同士が気持ちを確かめ合う、くちづけだった。

「……ん、たか、とらさ……」

嬉しくて、恥ずかしくて、少し怖くて、でもやっぱり嬉しくて。

小さく名前を呼び、ぎこちなく高彪の首に腕を回した琥珀に、高彪が息を詰める。

「っ、琥珀……」

熱い吐息混じりにその名を呼んだ後、高彪は琥珀をぎゅっと抱きしめた。は、と堪えるように強く息をつき、ぶるりとその身を震わせて唸る。

「っ、愛している、琥珀……！」

「……っ！」

高彪の口から初めて零れた告白に、琥珀は一瞬大きく目を見開き、ドッと押し寄せてくる感情のまま彼の体に強く、強くしがみついた。

（嬉しい……、嬉しい、高彪さん……！）

高彪も自分と同じ気持ちでいてくれた。自分はこの人に愛されていた。

そのことがなによりも嬉しくて、誇らしい。

こんな自分を、この人は特別に思ってくれているのだ。

他の誰でもない、高彪が、自分を愛してくれているのだ——。

「高彪さ……っ、ん……！」

自分も、と伝えようとした琥珀だったが、それより早く高彪が再びくちづけてくる。強い腕で琥珀をかき抱いた高彪は、獣のような低い唸り声を上げるなり、そのくちづけを深いものにした。

「琥珀……！」

堪え切れない熱を滲ませた声が、琥珀の口の中に直接響く。

大きな獣の舌に唇を割られ、ざらりとしたそれで奥まで探られて、琥珀は思わず身をすくませてしまった。

「ん……！　んう、ん……！」

縦横無尽(じゅうおうむじん)に暴れ回る舌に、一体なにが起きているのか、わけが分からなくなる。

荒々しい吐息も、強く自分を抱く手も、高彪が自分を求めてくれている証(あかし)だと思うと嬉しいけれど、初めてぶつけられる情欲に戸惑いを覚えずにはいられない。

怖いと思わずにはいられない——。

「……っ！」

しかし、琥珀が恐怖を感じた次の瞬間、バッと高彪がその身を離す。

驚いて見上げた琥珀よりも更に驚いた顔をした高彪は、大きく目を見開いて言った。

「っ、すまない……！」

「高彪さ……」

「すまない、本当に……！　……っ、こんなつもりじゃ……」

ぐっと険しく顔を歪めた高彪が、きつく拳を握りしめる。奥歯を食いしばるような表情で黙り込んだ彼にどう声をかけたらいいか分からず、琥珀はためらいながら口を開いた。

「あ……、あの……」

「……今日は別の部屋で休む」

しかし高彪は琥珀を遮り、押し殺すような声でそう告げる。琥珀は慌てて身を起こして言った。

「あの、僕、驚いただけで……！　本当に……！」

嫌とかそういうことじゃないんです、本当に……！」

初めてだったから戸惑ってしまっただけで、高彪に求められたのが嫌だったわけじゃない。

こんなことで彼に誤解されたくないと、必死に言い募る。

「ちょっと怖かったけど、でも、本当に嫌じゃなくて……！　僕はちゃんと……、ちゃんと、高彪さんと……！」

あなたとちゃんと、夫婦になりたい。そう言おうとした琥珀に、高彪が力なく微笑む。

「ああ、分かっている。君がちゃんと俺と向き合おうとしてくれて、嬉しい」

「なら……っ」

「……だが、駄目だ」

頭を振って、高彪はベッドを降りた。振動で起きたフウとライが、しょぼしょぼと眠そうに目を瞬かせる。

「君が俺と向き合おうとしてくれているからこそ、俺はこんなことをしてはいけなかった。俺がこんなことをしたら、君は夫婦らしくしなければと追いつめられてしまうと分かっていたのに……。君の気持ちがきちんと俺に向くまで待つつもりだったのに、君にようやくくちづけられたことが嬉しくて、君の匂いがどんどん甘くなっていくのが嬉しくて、堪え切れなかった。……本当に、すまなかった」

　再度謝った高彪が、琥珀に背を向けて歩き出す。部屋のドアを開けて、高彪は暗い声で告げた。

「少し頭を冷やす。君はそのまま……」

「っ、待って！」

　高彪の言葉を遮って、琥珀はベッドから飛び降りた。転がり落ちたフウとライがぶわっと尻尾を膨らませながら部屋を飛び出していくのを横目に、高彪の背に勢いよく飛びつく。

「……っ、こは……」

「好きです！」

　高彪が自分を呼ぶ声に被せるようにして、琥珀は叫んだ。抱きついた高彪の大きな体が、びくりと震え、硬直する。

　琥珀は一層強く高彪にしがみつき、無我夢中で言い募った。

「僕、夫婦らしくしなきゃって、そんな義務感であなたのことを引き留めたわけじゃない……！　高彪さんに誤解されたくなくて、本当にあなたのことが好きで、だから……！」

　結婚したから、夫婦になったから、高彪を受け入れなくてはと思ったわけではない。

　ちゃんと自分の意思で高彪を好きだと、誰よりも大切な人だと思ったから、彼を受け入れたいと思ったのだ。

　彼と本当に夫婦になりたいと、思ったのだ。

「……っ、僕の匂いが甘くなったのも、きっと僕が嬉しいって思ったからです。高彪さんに愛してるって言ってもらえて、くちづけてもらえて、すごく、すごく嬉しかったから……」

　今まで自分はずっと、空っぽな人間だった。誰かに愛されることも、誰かを愛することも、想像すらしたことがなかった。

でも今は、高彪のことが好きだと、その気持ちでいっぱいだ。

自分は彼にふさわしい人間ではないかもしれない。それでも、なにもできない自分を受け入れ、導いてくれた彼を好きだと思わずにはいられない。

自分の精一杯でこの人を愛したいし、叶うことなら彼にも愛されたい。

少しでも、彼に釣り合う人間になりたい――。

「……好きです」

ぎゅっと大きな背を抱きしめて、琥珀は懸命に震える声を絞り出した。

「僕はあなたが、高彪さんが好きです……！」

「……っ」

息を呑んだ高彪が、ゆっくりとこちらを向く。彼の手が離れた扉が、その背後でパタンと音を立てて閉まった。

高彪の寝間着の裾をぎゅっと摑んだまま、琥珀は俯きそうになる自分を必死に奮い立たせて彼を見上げる。

「僕をちゃんと、……ちゃんと、あなたのお嫁さんにしてくれませんか」

「……琥珀」

「僕、高彪さんの全部が欲しいです。あなたと本当に、夫婦になりた……、っ！」

皆まで言い終える前に大きな獣に唇を奪われて、琥珀は目を丸く見開いた。しかしすぐにぎゅっと目を瞑り、自分から唇を開いて高彪の方に舌を差し出す。

「……っ、ん……」

触れた牙は硬く、大きな舌もザラザラとしていて、彼が人間ではないことを改めて感じずにはいられない。けれど、だからこそ愛おしくて、嬉しくて、琥珀は夢中で高彪にくちづけた。

「ん……っ、高彪、さ……っ」

「っ、琥珀……、愛している、琥珀……っ」

かすれた声で告げた高彪が、両腕で抱きしめた琥珀をそのままひょいっと抱き上げる。愛を乞うように下から繰り返しくちづけながら、高彪は琥珀を抱えて性急にベッドへと戻った。

名残惜しげにくちづけを解くと、そっと琥珀をベッドに横たえ、じっと目を見つめて告げる。

「……俺もずっと、君のすべてが欲しかった。ずっと、君を全部俺のものにしたくてたまらなかった」

は、と高彪が堪えるような息をつく。金色に光る瞳をきつく閉じて、高彪は低い声で続けた。

「だが、今日の君を見ていて気づいたんだ。俺がなによりも望んでいるのは、君が君の意思で自由に生きていくことだ、と」

「僕が、僕の意思で……？」

問い返した琥珀に、高彪が頷く。

「ああ。俺は今日、君が自らやりたいと思ったことをやってくれたのが、本当に嬉しかった。君が自由に生きていくためならなんでもしたいと、いつまでもああして楽しそうに笑っていてほしいと、心から思った。……おかしいだろう？　俺は君を自分のものにしたいと思いながら、君を自由にしたいと願っていたんだ」

相反する感情に苦しんだだろうに、高彪は穏やかな苦笑一つでそれを呑み込んで言う。

「君が外の世界を知って、俺以外の誰かを愛するようになったらと、そんな想像をするだけで胸が焦げそうだった。それでも、君の意思を尊重したい、しなければと、そう言い聞かせていたんだ。……けれど君は、俺を好きだと言ってくれた」

満月のような瞳が、そうだな、と琥珀に確かめてくる。琥珀は人ならざるその瞳をじっと見つめ返して、静かに頷いた。

「……はい。僕は、高彪さんが好きです。いくら外の世界を知っても、この気持ちはきっと変わらないと思います」

自分にとって高彪は、他の誰とも比べようもない、特別な人だ。この先どんな人と出会おうとも、彼以外に心動かされるとは思えない。

　琥珀の強い視線を受けて、高彪が目を細める。眩しそうに琥珀を見つめながら、高彪はそっと琥珀の手に手を重ねてきた。低い声をかすかに震わせ、問いかけてくる。

「俺は……、俺は君の手を離さなくていいのか？　一度君と手を繋いだら、俺は君が心変わりしても、きっと離してやれない。それでも……」

「高彪さん」

　どこまでも自分のことを思ってくれる高彪を遮って、琥珀は重ねられた手を自分からぎゅっと握りしめた。

　やわらかな被毛に覆われた大きな手は人間のものとはまるで違っていて、強く握っていないとすぐに解けてしまいそうになる。めいっぱい開いた手で懸命に高彪を繋ぎとめて、琥珀は告げた。

「離さないで下さい。ずっとずっと、一緒にいて下さい」

「……琥珀」

「僕は、高彪さんと一緒にいたい。他の誰でもなく、あなたと一緒に生きていきたいです」

　まっすぐ高彪を見つめ返して言い切った琥珀に、高彪がぐるる、と喉を鳴らす。

「……ありがとう、琥珀」

　優しく、強く繋いだ手を握り返した高彪は、琥珀のこめかみにその大きな鼻先を擦りつけた。猫が自分の匂いを付ける時のように琥珀の匂いを上書きして、改めて囁く。

「愛している、琥珀。俺の全部は、君のものだ」

「……っ、僕も……、僕の全部も、高彪さんのものです」

　答えた琥珀の唇を、やわらかな被毛が覆う。

　覆い被さる愛おしい獣にぎゅっとしがみついて、琥珀は優しいそのくちづけを受けとめた——。

さり、と胸の先に走った疼痛に、琥珀はぴくっと肩を揺らした。気づいた高彪が、すぐに身を起こして聞いてくる。

「すまない……、痛かったか？」

「い……、いえ、大丈夫です」

少しぴりっとしたけれど、痛いというほどではない。頭を振った琥珀に、高彪が顔をしかめて言う。

「この姿だと、君を傷つけてしまうな……。やはり、人間の姿の方が……」

目を閉じた高彪が、その姿を変えようとする。しかし、サアッと霧散しかけたやわらかな被毛はすぐに元に戻り、一瞬見えかけたすべらかな肌を覆っていった。

白虎の姿のまま、高彪が唸る。

「っ、すまない。興奮を抑え込むので精一杯で……。もう一度……」

目を閉じ、深呼吸して再度試みようとする高彪に、琥珀は腕を伸ばして抱きついた。

「こは……」

「……このままがいいです」

「い……、いや、だが……」

珍しく動揺した様子の高彪が、なにも纏っていない琥珀の背に触れるのをためらって、大きな手を宙で泳がせる。彼らしからぬその様がたまらなく愛おしくて、琥珀は小さく笑いながらますます強く、ぎゅっと高彪にしがみついた。

「高彪さんが僕を傷つけないようにって思ってくれるの、嬉しいです。でも、高彪さんにばかり無理させるのは違うと思います。だって夫婦って、お互いに支え合うものでしょう？」

もちろん、今の自分が高彪を支えられているとは到底言えないことは分かっている。でも、だからこそできることはしたいし、受けとめられるものは受けとめたい。――それに。

「高彪さんが僕にその……、こ、興奮してくれて、嬉しいです。だから、無理に姿を変える必要なんてないです。僕が好きになったのは、あなたの全部だから」

出会った日、高彪は自分の本当の姿は人間ではなく獣人なのだと言っていた。それなら、この姿の彼と肌を重ねたい。

獣人の、白虎の彼を、愛したい。

「……琥珀」

懸命に自分の気持ちを伝えた琥珀に、高彪が目を細める。はあ、と一つ息をついた後、彼はそっと、琥珀の背を抱きしめて言った。

「どうやら、覚悟が足りないのは俺の方らしいな。君はやはり、肝が据わっている」

（……やはり？）

まるでずっと以前からそう思っていたかのような口振りに引っかかりを覚えた琥珀だったが、高彪はふっと笑うと、琥珀の唇をそっと啄んでくる。喰むように甘く、やわらかくくちづけられて、琥珀の思考はすぐにとろんと蕩けてしまった。

「ん……、ふ、あ……」

「優しくする。……なるべく」

さり、と棘のある大きな舌で唇を舐められながら囁かれると、体の芯が甘くざわめく。裸身をそっと撫でる大きな手に緊張と羞恥、それ以上の喜びを覚えながら、琥珀はこくりと頷いた。

「は……、はい。……ん……」

琥珀の小さな舌をくすぐるように舐め上げた高彪が、首筋、鎖骨とくちづけを移動させていく。先ほど琥珀が過敏に反応した胸の先に辿りついた高彪は、棘の少ない舌先でそっとそこを舐めてきた。

「ん……っ」

ぬるんと弾かれた途端、つきんと痺れるような快感が駆け抜ける。きゅっとシーツを握りしめた琥珀を見つめながら、高彪がすうっと深く息を吸い込んで微笑んだ。

「……よかった。これなら気持ちがいいだけ、だな？」

「……っ、そんなのも匂いで分かるんですか？」

　獣人の嗅覚はそこまで鋭いのかと驚いた琥珀に、高彪が苦笑して言う。

「ああ。今までは君も俺にそこまで知られるのは嫌だろうと、あまり深く嗅がないよう気をつけていたが……。君に少しでも嫌な思いをさせたくない。こうする時だけ、匂いで確かめさせてくれ」

「で……、でも……」

　それでは自分がどれくらい感じているか、高彪にまる分かりになってしまう。うろたえる琥珀の匂いを確認して、高彪がふっと笑みを深くする。

「恥ずかしいが、嫌ではない。そうだな？」

「っ、ず……、ずるいです、高彪さん……」

　確かにその通りだけれど、先回りされてしまうと余計に恥ずかしい。かあ、と顔を赤くした琥珀は、自分の胸元にある高彪の大きな頭に手を伸ばし、ぐしゃぐしゃとその被毛をかき混ぜた。

　抵抗にもならないささやかな意趣返しに低く笑って、高彪が言う。

「俺は君に嫌われることが、なによりも怖いんだ。だから嫌な思いも、痛い思いも絶対にさせたくない。……許してくれ」

　すまない、と詫びつつ、高彪が再度琥珀の胸に顔を寄せる。大きな舌先でそこを舐められた途端、ふあ、と自分の口から聞いたこともないような声が漏れて、琥珀は慌てて口元を片手で押さえた。

「ふ……っ、ん、んう……っ」

　けれど、ぴんと尖った粒をなめらかな舌で舐め転がされる度、焦れったいような、もどかしいような疼きが下肢まで走り抜けて、いくら堪えようとしてもどうしても声が上擦ってしまう。同時に、まだ触れられてもいない芯が熱く硬くなっていくのが分かって、琥珀は羞恥に頬を染めた。

　今まで自慰も数えるほどしかしたことがない琥珀

は、当然そんな状態のそこを誰かに見られるなんて初めての経験だ。どうしていいか分からないし恥ずかしくてたまらないのに、高彪にされていると思うと嬉しくて、嫌だという感情がまるで湧き上がってこない。

きっとそれも、高彪には全部匂いで伝わっているのだろう。嬉しそうにぐるる、と喉を鳴らすと、さりさりと少しずつ棘をそこになすりつけてくる。

濡れて膨らみ、敏感になった胸の先を、蜜にぬめる小さな棘でちくちくと刺激されて、琥珀はぎゅっと爪先を丸め、一層強く拳を唇に押し当てた。

「んん……っ、んー……！」

「ん……、琥珀、声を」

聞かせてくれ、と促されて、必死に頭を振る。自分のものではないような声が恥ずかしくて、懸命に声を堪える琥珀に、高彪が少し困ったように笑って身を起こした。

「そんなに我慢したら苦しいだろう？　ほら」

するりと片手を琥珀の下肢に伸ばした高彪が、その大きな口で琥珀の手首を優しく咥える。

「……っ、あ……」

熱くなった花芯に触れられ、びくっと震えた琥珀の体から力が抜けるのを見計らって、高彪は琥珀の手を口元からどけてしまった。咥えた手をそっとシーツに移動させ、唇を引き結ぶ琥珀の頬をさりんと舐めて、包み込んだ若茎を擦り立てる。

「っ、う、ん……！」

「口を開け、琥珀」

「……っ」

促されて、琥珀は必死に頭を振った。

「へ、んな声、出ちゃ……っ」

こんな上擦ったみっともない声、高彪に聞かせたくない。そう思うのに、高彪は苦笑混じりの低い声でやんわりとそれを否定する。

「どこが変なんだ？　……こんなに可愛いのに」

「か……っ、あ、んんっ、ふ、あ、あ……！」

思わず顔を赤くして固まった途端、熱くなった花芯をきゅっと強めに握られる。開いていた唇から嬌声が漏れ、慌てて声を押し殺そうとした琥珀だったが、やわらかな被毛に覆われた大きな手は構わず琥珀を追い立ててきた。

とろりと零れた透明な蜜を塗り広げるようにくちゅくちゅと扱かれ、時折親指の腹で幹や先端をくすぐられる。つるりとした爪の表面でくびれをこりこりと擦られながら顔中にくちづけられて、琥珀はなすすべもなく自分に覆い被さる獣の被毛にしがみついた。

「あっ、んんっ、た、かとら、さ……っ」

今まで感じたことのない、燃えるような疼きに翻弄されて、とてもじっとしていられない。

幾度もシーツの上で足を蹴って身悶える琥珀を見つめて、高彪がぐるる、と喉を鳴らす。

「ん……、可愛いな、琥珀。……本当に、可愛い」

「……っ」

溢れ出た愛情がキラキラと光って見えるのではないかと思うくらい甘く優しい眼差しと声に包まれて、直接触れられている快感以上の熱が込み上げてくる。

大切だと、愛していると全身全霊で語りかけられて、心が満ちていく。可愛いなんて言われて恥ずかしいのに、好きな人に愛される、その糖蜜のような幸せに爪先までひたひたに浸されて、羞恥を上回るくらい嬉しくて。

もっともっと、この人に近づきたい。この人の一番近くに行きたい――。

「ふ、あ……っ、あ、あ、あ……！」

なめらかな爪で蜜を垂らす小孔をぐりっと抉られて、琥珀はびくっとその身を震わせて達した。ぴゅ、と白花を散らす琥珀に、高彪が深くくちづけてくる。

「琥珀……」

「んん……、ん、ん……っ」

ざらりとした大きな舌に舌の側面を舐め上げられながら、びくびくと震える花茎を優しく撫で擦られて、琥珀はいつまでも続く甘い余韻に熱い吐息を零した。は、と上がる息までも愛おしむように、丁寧に唇を啄んでくる高彪にぎゅっとしがみつく。

「ご、めんな、さ……、僕だけ……」

自分ばかり悦くしてもらって申し訳ない。息を弾ませながら謝った琥珀に、高彪が金色の瞳にとろりと蕩けるような光を浮かべて言う。

「構わない。君の可愛い姿が見られて嬉しい」

ぐるぐると喉を鳴らした高彪が、琥珀を抱きしめたまま、鼻先やこめかみにくちづけを落としてくる。体の芯まで響いてくるようなその喉鳴りと、絹のようにするするとした手触りの被毛にすっぽり包み込まれて、琥珀はすぐにとろんと夢見心地になってしまった。

(このままずっと、こうしてたい……)

あたたかくてふわふわな高彪の胸元は、お日様のような香りがして、この上なく居心地がいい。自分も高彪と同じように喉が鳴らせたなら、きっと間違いなくごろごろ鳴らしているだろう。

心地よさにうっとり目を閉じた琥珀に、高彪がそっと問いかけてくる。

「琥珀、舐めてもいいか……？」

「ん……、え……？」

頷きかけた琥珀は、はたと我に返って目を瞬かせる。先ほどからあちこち舐められているけれど、改めて問いかけてくるなんて、一体どこを――。

「あ、の……、……っ！」

尋ねようとしたその時、身を起こした高彪が琥珀の足に手をかける。やんわりと琥珀の足を押し広げた高彪は、そのまま琥珀の内腿をやわらかく喰んできた。

「高彪さ……っ、あ……！」

まさか、と目を瞠る琥珀に構わず、足の間に陣取った高彪が琥珀の下腹に散る白蜜を舐め取る。さり、と薄い腹を舐め上げられて、琥珀はその大きな舌の熱さにびくっと震えながら、うろたえ切った声を上げた。

「だ……っ、駄目です、高彪さん……！　そんな、そんなの舐めないで下さい……！」

　恥ずかしくて恥ずかしくて、どうにか制止しようと身を起こして、高彪の大きな頭に手を伸ばす。けれど、押しのけることなんてできなくて、結局琥珀は高彪の頭を抱え込んでおろおろうろたえるだけになってしまった。

「あ、う……！」

　さりさりと這う舌が火傷しそうに熱くて、舐められたところからちりちりと熾火(おきび)のような快楽が滲み出る。腹の奥を燻(くすぶ)らせるようなその熱に、達したばかりの花茎がまた芯を持ち始めて、琥珀は羞恥に目を潤ませた。

「う……」

「可愛いな、琥珀」

　本当に、と熱っぽい息をついた高彪が、琥珀のそこを咥え込む。ぬるんとした大きな口にいきなり全部を含まれて、琥珀は思わず身をすくませた。

「ふあ……っ、あ、あ……！」

　体の中で一番敏感な部分が、感じたことのない熱に包まれている。さり、と絡みついてきた大きな舌に、琥珀はたまらず高彪を足で挟み込んだ。

「や……っ、高彪、さ……っ、だ、め……っ」

　途切れ途切れに訴えるのに、琥珀の匂いを吸って確かめた高彪は、ふ、と小さく笑ってますます深くそれを咥え込む。駄目だけど嫌じゃないことをしっかり見抜いている彼にねっとりと舌を這わされて、琥珀はあまりの羞恥と快感にくらくらと目の前が眩(くら)んでしまった。

「う、うう……っ、あ、んんっ、ふああっ」

　高彪の頭がじゅぷじゅぷと音を立てて前後する度、そこに蜜のような快楽が集まっていく。熱い茎に時折さり、と棘のある舌が触れる度、堪え切れない声が漏れてしまうのが恥ずかしくて、でももう口を手で押さえる余裕すらなくて。

ふわふわの被毛が敏感な内腿をくすぐるのさえたまらない刺激で、琥珀は必死に高彪に訴えた。

「たか、とらさ……っ、も、だめ……っ、だめ、です……！」

このままではまたすぐ達してしまう。それだけはどうにかと頭を振って、琥珀は続けた。

「ちゃんと……、ちゃんと、高彪さん、も……っ」

今度はちゃんと、高彪と一緒に悦くなりたい。琥珀の言いたいことが分かったのだろう。ぬるん、と琥珀のそこを解放し、高彪が顔を上げる。

「……琥珀」

「……っ」

ほ、と息をついて、琥珀はこちらを見つめる高彪の被毛をくしゃくしゃとかき混ぜた。

「う……、うまくできるか分からないし、多分、怖いと思っちゃうと思うけど……、でも、僕はあなたとちゃんと、夫婦になりたいです」

縁談が決まった時には男に抱かれるなんて怖くてたまらなかったし、自分からそれを望むなんて思いもしなかった。けれど、高彪とならしてみたいし、彼と本当の夫婦になりたい。

「だから……、だ、だから……」

抱いて下さい、とはさすがに言えなくて言葉を濁した琥珀に、高彪が伸び上がって小さくくちづけてくる。

「……分かった。一生大事にするから、抱かせてくれるか？」

「……っ、……はい」

琥珀の気持ちを汲み取ってくれた高彪に、ほっとして微笑む。頷いた琥珀に目を細めた高彪が、もう一度軽く琥珀の唇を啄んで体勢を元に戻した。

ぐっと一層大きく足を開かされ、奥まった場所を露にされる。ドッドッと緊張に追い立てられた心臓が早鐘を打つのを、琥珀はシーツをぎゅっと摑んで懸命に堪えた。

「そんなに緊張しないでいい、と言っても難しいだろうな……。少し体の力を抜けるか、琥珀?」

「は……、はい」

問われて懸命に体の力を抜こうとするが、どうしていいか分からず、ますます強ばってしまう。

何度も息を詰める琥珀を見て、高彪がふっと笑みを零した。

「怖がられるのは苦手だったが、君が怖がりながらも一生懸命俺を受け入れようとしてくれているのは嬉しいものだな。可愛くて、愛おしくて、胸が潰れそうに苦しいのに、幸せでたまらなくなる」

「高彪さん……、んっ」

さり、と琥珀の内腿を舐めた高彪が、その大きな口で優しく肌を喰んでくる。は、と熱い吐息を零す彼の下腹で、自分とは比べものにならないくらい大きな雄が頭をもたげているのに気づいて、琥珀は思わず息を呑んだ。

あれを受け入れるのかと思うと、やはり怖くてたまらない。けれど同時に、高彪が自分に欲情してくれていることへの嬉しさも込み上げてくる。

怖いけれど、それでも高彪のことが欲しい――。

「ん……、琥珀」

匂いで琥珀の気持ちに気づいたのだろう。高彪が一層目を細めて、くちづけをだんだん下に移動させていく。敏感な腿に何度もやわらかくくちづけて、高彪は琥珀のそこにそっと顔を寄せてきた。

「……痛くしないからな」

「は、い……、……っ」

きゅっとシーツを摑んで頷いた途端、後孔にぬるりと舌先が触れてくる。棘の生えていないなめらかな舌先で、高彪はゆっくり丁寧にそこを舐め溶かしていった。

「ん、ん……、は、ん、ん」

どうしても緊張してしまう琥珀をなだめるように、大きな手がそっと花茎を包み込む。ゆったりと扱かれながら少しずつ、少しずつ舌で押し開かれていって、琥珀の体からは次第に力が抜けていった。

「ん……、は、あ、あ……」

ぬくり、と入ってきた舌が、浅い部分をくるりと舐めて濡らしていく。もう十分に濡れてふっくらと膨らんだ入り口は、さり、と小さな棘が触れても快感しか拾わず、琥珀は甘い喘ぎを漏らした。

「んあ……っ、あ、んんん……！」

「……っ、琥珀」

琥珀が感じている匂いを嗅ぎ取った高彪が、ぐる、と低く唸って一層舌を進めてくる。太い指で周囲を押し開かれながら、敏感な粘膜をさりさりと愛されて、琥珀は未知の快楽を戸惑いながらも受け入れていった。

「ふあ、ああ……っ、ん、ん、ん……！」

ぬるつく小さな棘が、ぷっくりと膨らんだ前立腺をさり、と擦り上げる。体の内側で感じる疼痛は蜜のように甘くて、濃くて、鮮やかだった。

「そ、こ……っ、高彪、さ……っ、んんっ」

さり、さりん、と優しく舐められる度、ぴくんっと身を震わせて過敏に反応する琥珀に、高彪が一度舌を引き抜き、蕩けるような低い声で囁く。

「ん……、ここだな？　もっと、してやる……」

「あっ、んん……っ、ああ、ん、ん、んー……！」

たっぷりと蜜を湛えた大きな舌を再び押し込まれ、さりさりと内壁を舐め尽くされる。とろりと滴り落ちていく粘液を追いかけるように深くへと潜り込んできた舌に奥の奥まで押し開かれて、琥珀は高彪の手に包まれた細茎から喜悦の涙を零した。

「た、かとら、さ……っ、んんっ、高彪さ……っ」

体の奥が燃えるように熱くて、もうどこもかしこも気持ちよくてたまらない。また達してしまいそうで懸命に高彪を呼ぶと、高彪がゆっくりと琥珀のそこから舌を引き抜いて身を起こす。

「は……っ、琥珀……」

低い声で琥珀を呼んだ高彪が、自身の砲身を握りしめ、琥珀の後孔にあてがう。触れた昂りの熱さにかすかに肩を震わせた琥珀をじっと見つめて、高彪は短く問いかけてきた。

「……いいな？」

「は、い……っ、来て下さい、高彪さん」

この人の一番そばに、近くに行きたい。

頷いた琥珀をしっかりと抱きしめて、高彪が身を進めてくる。

「んう……っ、ん……っ、んー……！」

「……っ、琥珀、息を……っ」

く、と金色の瞳を眇めた高彪にくちづけられ、知らず引き結んでしまっていた唇を解かれる。

は……っと荒い息を零した琥珀に、高彪が目を細めて頷いた。

「ん……、そうだ、そのまま……」

琥珀が息を詰める度、なだめるようなくちづけを繰り返しながら、高彪がゆっくりゆっくり熱刀を納めていく。張り出した一番太い部分を押し込まれる時はさすがに苦しくて、どこまで広げられてしまうのかと怖かったものの、そこさえ過ぎれば、あとは丁寧に舐め濡らされた蜜路は初めての雄を従順に受け入れていった。

「は……、あ……、ぜ……、んぶ……？」

いっぱいに開かれたそこをくすぐる、やわらかな被毛の感触に気づいて聞いた琥珀に、高彪がぐるる、と喉を鳴らす。

「ああ、ちゃんと挿入った。大丈夫か、琥珀？」

「は、い……」

どうにか頷きはしたものの、正直息をするのもいっぱいいっぱいだ。おなかの奥が重いもので塞がれているような感覚がして息苦しいし、これ以上ないほど開かれた隘路がぴったりと熱いもので埋められていて少し怖い。

琥珀のこめかみに鼻先を擦りつけた高彪が、深く包み込むような低い声で言う。

「すまない、無理をさせているな。しばらくこのままでいよう」

「あ……、ありがとう、ございます……」

気遣ってくれる高彪にお礼を言って、琥珀はそっと、自分の上で荒い息を零す彼に手を伸ばした。

「高彪さん、は……？」

「ん……？」

「高彪さんは、つらく、ないですか……？」

先ほどから呼吸の度に、高彪は腕を少し強ばらせている。彼は琥珀のことを傷つけまいとしてくれているようだが、本当は爪を立ててしまいたいくらい、苦しい思いをしているのではないだろうか。

頬を覆うやわらかな被毛を懸命に撫でる琥珀に、高彪が金色の目を細めて言う。

「君は本当に優しいな。こんな時に俺のことまで心配しなくていいんだぞ？」

すり、と琥珀の手に頬を擦りつけて、高彪が熱い息を漏らす。

「確かに、つらくないと言ったら嘘になる。だが、それ以上に俺は、君のことを傷つけたくないんだ」

燃えるような目をしながらも、その声は深い慈愛に満ちていた。

「俺にとって君は、なによりも、誰よりも大切な宝物だ。ひとすじも傷つけたくないし、一瞬も苦しませたくない。……そのためなら、なんだってする」

「高彪さん……」

苦しげに声を歪ませながらもそう言う高彪の頬を、琥珀はぎゅっと自分の手で挟んだ。

大きなその顔は琥珀の手ではとても包み込めないけれど、それでも精一杯気持ちが伝わるようにと思いながら言う。

「なんでもするなんて、言わないで下さい。僕だって、高彪さんがつらいのは嫌なんですから」

「……琥珀」

驚いたように見開かれた、その美しい金色の獣の瞳を見つめて、琥珀は続けた。

「終生苦楽を共にするって、そう誓いました。僕はこの先つらいことも楽しいことも、全部全部あなたと分け合っていきたいです。……そういう夫婦に、なりたいです」

今はまだ守られてばかりの自分だけれど、いつかは自分も彼のことを守れるように、支えられるようになりたい。彼にふさわしい人間に、なりたい。

今の自分が言っても説得力がなさすぎて、鼻で笑われても仕方がないその言葉を、しかし高彪は微笑んで受けとめてくれた。

「ああ、そうだな。そういう夫婦に、なろう」

ぐるる、と喉を鳴らした高彪が、琥珀の手をそっと取り、指を絡めてくる。しっかりと繋がれたその手をぎゅっと握り返して、琥珀は高彪に言った。

「……僕、高彪さんと結婚できてよかった」

以前も告げた言葉を、改めて噛みしめる。

結婚させられた相手がこの人で、本当によかった。

この人と巡り会えて、よかった。

「大好きです、高彪さん。……好き」

嬉しくて、幸せで、膨れ上がるその気持ちのまま、目の前の彼にくちづける。自分から唇を開いて求めた琥珀に、高彪が低く喉を鳴らして舌を絡めてきた。

「琥珀……、……ん」

さり、と優しく舌を搦め捕られると、その甘い痺れに繋がったままのそこがひくんと反応する。疼くような快楽が次第にじわじわと込み上げてきて、琥珀は大きな虎の舌に甘えるように舌を絡ませながら、あえかな声を漏らした。

「ん……、ん、んう、あ、んん……」

「……ゆっくり動くぞ、琥珀」

「は、い……、あ……っ、ん、あう……」

深くまで塡めたまま、高彪がぐっぐっと腰を押しつけてくる。隙間なく密着したまま揺さぶられると、全身に彼のやわらかな被毛が擦れて、この上なく気持ちがいい。

「ふあ……、あっ、あん、ん、ああ」

ちゅ、ちゅ、とくちづけられながら、ぬるつく太茎で疼く隘路を隙間なく愛されて、琥珀はとろんと瞳を蕩けさせた。揺すり上げられるまま、濡れた声を零す琥珀の匂いを確かめて、高彪が金色の瞳を細める。

「ん……、もうこれも、気持ちいいだけだな？」

「あ、あ……、はい、は、い……っ」

匂いで全部知られてしまって恥ずかしいけれど、それ以上に身も心も全部彼のものにしてもらえて嬉しくてたまらない。

こくこくと頷いて、琥珀は心の求めるまま、愛する人を求めた。

「気持ち、い……っ、あっ、あっ、い、から……、もっと……っ」

うずうずと焦れったさに腰を揺らす琥珀をなだめるように、そのこめかみに小さくくちづけて、高彪が頷く。

「ああ、分かった。……俺ももっと、君が欲しい」

「あ、んん……っ！」

言うなり、ずんと強く突き上げられる。目眩がするくらいの快感に思わず息を詰めた琥珀に、高彪がきつく目を眇めて呻いた。

「……っ、少しゆるめてくれ、琥珀……！」

「あう、ん……っ、無理……っ、む、り……っ」

そう言われても、初めて受け入れた雄をきゅうきゅうと締めつける後孔からどう力を抜いたらいいか分からない。目の前の逞しい肩にしがみついて頭を振ると、ぐるるっと余裕なく喉を鳴らした高彪が懸命に堪えるような声で言う。

「君を傷つけたくない……、な……？」

「あ……！　ふああ……っ!?」

するり、と不意に入り口を撫でてきたやわらかな感触に、琥珀は驚いて目を丸くした。獣の猛りでいっぱいに押し開かれた襞をくすぐる、ふわふわとしたその感触は――。

「や……っ、し、尻尾だめ……っ、だめ……！」

するするとなめらかな被毛に覆われた長い尻尾が、繋がったそこを撫でてくる。敏感な入り口を優しく擦られて、琥珀はすっかり体に力が入らなくなってしまった。

「ふあ……っ、あぅん、んうう……っ」

「……ああ、本当に君は、可愛い……」

蕩け切った声を上げる琥珀をうっとりと見つめて、高彪が律動を再開する。膨らみ切った琥珀の花茎を扱きながら、優しく強く、奥も浅いところも全部に自身の滾(たぎ)りを擦りつけて、高彪は琥珀のそこを彼のものにしていった。

「た、かとら、さ……っ、ああっ、や……っ、気持ちい……っ、いい、よぅ……！」

ぐちゅぐちゅと恥ずかしい音が上がる度、人ならざる雄茎を咥え込んだ蜜筒が熱く疼いて、きゅうっと収縮してしまう。その度に優しく、いやらしく尻尾で強ばりを解かれ、幾度もくちづけられて、身も心もとろとろに溶かされていく。

「ん……、愛している、琥珀。君が可愛くて、愛おしすぎて、……どうにかなりそうだ」

「ひん……っ、あう……っ、あああ……っ」

限界まで煮詰めた蜜のような濃い、甘い情欲を含んだ低い声で囁かれて、琥珀は堪え切れず甘い悲鳴を上げた。

体だけでも限界まで感じさせられているのに、そんなことをそんな声で言われたらもう、駄目だ。

「高彪さ……っ、あっ、あんっ、んん……っ、も、駄目……っ、いく、いっちゃう……！」

「……っ、ああ、俺も、もう……っ」

上擦った声で唸った高彪が、ぐっと肩を強ばらせ、律動を速める。強く重い、それでも決して乱暴ではない突き上げに翻弄されながら、琥珀は高彪に必死にしがみついて精を放った。

「た、かとら、さ……っ、あっあっあっ、高彪、さん……！」

「琥珀……！」

ぐるるるっと喉奥で呻いた高彪が、ぶわりと背中の被毛を逆立たせ、力強く胴震いする。ぐじゅう、と体の奥で熱液が弾けるのが分かって、琥珀はその熱さにまた、階を駆け上った。

「あう、ん……！　あ、あ……！」

「……っ」

きゅうっと引き絞るように収縮する蜜路に、高彪が歯を食いしばる。低い獣の呻きを漏らしながら、彼はしっかりと琥珀を抱きしめ、己の番に二度、三度と精を注ぎ込んだ。

「……琥珀」

はあ、と熱い息をついた高彪が、琥珀の唇を優しく啄む。

愛している、と囁く白虎を、琥珀はぎゅっと抱きしめ返した――。

――ゴウゴウと、すさまじい音が聞こえてくる。

ふっと顔を上げた琥珀は、視界いっぱいに広がった光景に思わず目を瞠った。

『え……？』

そこは、薄暗い町の一角だった。

辺りの建物は軒並み倒壊しており、むき出しになった木材や屋根瓦が次々に空へと舞い上がっている。吹き荒れる強風に飛ばされた看板や割れた空き瓶、新聞紙などがそこかしこに散乱し、そしてまた飛ばされていっていた。

『……っ、ここ、は……？』

見覚えのない町に、琥珀は戸惑う。一体ここはどこで、なにが起きているのか――。

周囲を見渡した琥珀は、更に驚いて息を呑んだ。

自分の周囲で、大勢の人がしゃがみ込んでいるのだ。彼らは皆、荒れ狂う風雨から身を守るように背を丸め、頭を抱えていた。

『あの……っ、……っ!?』

どうかしたのか、なにがあったのかと聞こうとした琥珀は、そこで気がつく。

自分だけ、何故かまったく風を感じていないのだ。

他の人たちは強い風に飛ばされまいとうずくまって必死に耐えているのに、自分は立っていても平気だし、横殴りの雨の痛さも、冷たさも感じない。

まるで、世界のすべてが自分を素通りしているようで――。

と、その時、少し離れたところからミシミシと嫌な音が響き出す。見れば、高い塔を覆う真っ赤な屋根が強風に煽られて剝がれ、こちら目がけて飛んでくるところだった。

『あ……っ！　っ、……？』

とっさに目を瞑って両腕で頭を庇った琥珀だったが、恐れた衝撃はいつまで経っても襲ってこない。

不思議に思っておそるおそる目を開けた琥珀は、思わず息を吞んだ。

確かにぶつかったと思った赤い屋根の一部が、自分の背後に転がっていたのだ。ゴォオッとすさまじい音を立てて吹いた風に煽られたそれは、すぐにまた宙を舞って飛んでいった。

（すり抜けた……？　もしかしてこれ、夢……？）

ようやくそのことに気づいて、琥珀は茫然と自分の手を見つめた。降りしきる雨に濡れる気配もないその手は、うっすらと光って透けている。よく見れば、自分の周囲には細かな光の粒子がキラキラと煌めいていた。

『……っ、これ……』

覚えのあるその光景に琥珀が息を吞んだその時、ゴォオオッと一際激しい強風が辺り一帯を襲う。琥珀のすぐそばで身を寄せ合っていた若い男女が、互いを庇いながら悲鳴を上げた。

「なんなんや、この嵐！　急に暗なった思たら、こんな……！　まだ台風の時期ちゃうやろ……！」

「春の嵐なんとちゃう!?」

「にしたって季節はずれやし、こないけったいなん聞いたことないわ！」

どうやら彼らは、突然の嵐に逃げることもままならず、立ち往生してしまっているらしい。

と、その時、彼らから少し離れたところで女性の悲鳴が上がる。

「誰か……！　誰かこの子のこと、助けたって！」

見れば彼女は、その腕に青白い顔をした子供を抱きかかえていた。逃げる途中でなにかがぶつかったのか、子供は額から血を流してぐったりとしており、母親は手にしたお守りに縋るように祈っている。

『っ、僕が……』

慌てて彼女に駆け寄り、子供を預かろうとした琥珀だったが、差し伸ばした手は子供の体をすり抜けてしまう。

『そんな……』

茫然とした琥珀だったが、横から若い男性が強風に煽られながらも必死の形相で歩み寄ってきた。

「任しとき！　あんたも一緒に建物ん中に……」

『……っ、危ない！』

しかしその時、大きな看板が男性めがけて飛んでくる。叫んだ琥珀の声は彼には届かず、看板が激突した男性は呻き声を上げてその場に倒れ伏した。

「う……！」

「大丈夫か!?　みんな……、うわ……っ!?」

すぐ近くにいた中年の男が、周囲に呼びかけて男性を助けようとする。しかし運の悪いことに、大きな街路樹がみしみしと音を立てて倒れ始めて――。

『っ、な、にこれ……』

ドォオンッとすさまじい勢いで街路樹が折れ、逃げ切れなかった数人がその下敷きになる。

泣き叫ぶ赤ん坊の声、悲鳴を上げてなんとか屋内に避難しようと這い出す女性、街路樹の下から聞こえてくる、助けを求める苦悶の声――。

夢だと分かっていても到底受けとめがたい光景に、琥珀は思わず後ずさりする。

『だ……、れか……、誰か……！』

誰か、この人たちを助けてくれる人はいないのか。どうにかしてこの人たちを助けられないのか。

『う……、ああ、あ……！』

呻いた琥珀の耳に、自分を呼ぶ声が聞こえてくる。

――琥珀？　どうした、琥珀……！

焦ったような低い、その声は――……。


「……っ！」

バッと跳ね起きた琥珀は、茫然と前を見つめた。

いつもとなにも変わらない、寝室の風景。カーテンの隙間からはやわらかな光が零れ、チチ、と鳥の声がかすかに聞こえてくる。

「ゆ、め……」

呟きと同時に、たらりと首筋にぬるい汗が伝う。

琥珀は思わず自分の両手に視線を落とした。

――光っていない。

「……大丈夫か、琥珀？」

隣からそっと、低い声が自分を気遣ってくる。振り向くと、寝間着姿の大きな白虎が心配そうにこちらを見つめていた。

「悪い夢を見たのか？　うなされていた」

「……高彪、さん」

彼の顔を見た途端、どっと安堵が込み上げてきて体から力が抜けてしまう。寝台の上に座っているにもかかわらず、ぐらっと体がふらついた琥珀を、高彪がすぐさま抱きしめて支えてくれた。

「……っ、大丈夫か？」

「あ……、ありがとうございます」

すみません、と謝って身を離そうとするが、高彪は腕をゆるめずに言う。

「いいから、しばらくこのまま俺にもたれていろ」

「……すみません」

迷惑をかけて申し訳ないけれど、まだ夢の余韻を引きずっていて落ち着かないので、そうさせてもらえるのは正直とてもありがたい。ほ、と息をついてもたれかかった琥珀を抱きしめて、高彪が言う。

「謝るのは俺の方だ。俺が昨日、君に無理をさせたから……」

「昨日……？　っ、あ……」

　そう言われて、琥珀はようやく思い出す。昨夜自分たちは、ようやく夫婦になったのだ――。

「無理なんてそんな……、高彪さんのせいじゃないです」

　確かに体のあちこちが少し痛いし、口に出しにくい場所も腫れぼったいような感覚がある。だが、それは全部琥珀自身が望んだことだ。

「高彪さんとちゃんと……、その、で、できて、嬉しかったです。だから、高彪さんが悪いなんて思ってほしくないです」

「琥珀……。ああ、分かった」

　頷いた高彪が、ぐるぐると喉を鳴らして琥珀の目元に鼻先を擦りつけてくる。

　くすぐったさに片目を瞑った琥珀は、やわらかな被毛にしがみついて告げた。

「それに、さっき見た夢は多分……、……多分、予知夢です」

　緊張しながらそう言った琥珀に、高彪が大きく目を見開く。

「……予知夢？」

　はい、と頷いて、琥珀は自分の手をじっと見つめた。

　あの夢の中で、自分の手はうっすらと透け、光の粒子を纏っていた。幼い頃、自分はあの光景を見たことがある。

（予知夢の中だと、自分の体が透明になって淡く光る……。だからあれはきっと、予知夢だ）

　十三年間ずっと見えなかった未来が、何故突然見えるようになったのか、その理由は分からない。だが、一つだけ確かなことがある。

　このままでは近い将来、あの夢は現実のものとなってしまう。

　大勢の人たちが、大嵐に苦しめられることになるのだ――。

「……っ、高彪さん。僕……」

高彪を見上げて、琥珀は震える唇を開いた。

どうにかしなければならない、その一心で。

ピピピ……、と涼しげな野鳥の声が、手入れの行き届いた広い庭に響きわたる。

人間の姿で畳の上に正座し、軍帽を傍らに置いてその声に耳を傾けていた高彪は、御簾越しに聞こえてきた衣擦れに深く頭を下げた。

「面を上げよ、高彪」

御簾の向こうで腰を下ろす気配と共に、おっとりとした若い男の声がする。

「久方ぶりだな。もそっと近う参れ」

「……そういうわけには参りません」

いくら自分が四神家の当主で、彼と直接言葉を交わすことが許されているとはいえ、畳数枚分のこの距離を越えることがあってはならない。

――彼はこの国の主、帝であるのだから。

「このままご報告を」

上げろと言われた顔も完全には上げず、斜め前の畳の縁をじっと見つめて言う高彪に、帝が苦笑して言う。

「相変わらず堅物だのう。まあ、それでこそお主なのだろうが。だが、こうも顔が見えぬと話しづらい。せめてこちらを向いてはくれぬか」

重ねて促されて、高彪は仕方なく身を起こした。

「……現地より直接こちらに赴きました故、お見苦しい姿で失礼致します。どうぞお許しを」

「構わぬ。それで、西方の様子はどうだ」

まだるっこしい挨拶は不要と言外に含めて切り出した帝に、高彪は頷いて話し出した。

「はい。正確な数はまだ報告待ちですが、現時点で軽傷者数名、死者は出ておりません。建物の損壊は激しいですが、すでに復興が始まっております」

一週間前、この国は大嵐に見舞われた。

だが、天気予報士も直前までなんの予兆も摑めなかったにもかかわらず、被害のあった周辺一帯の避難は、大嵐が発生した時にはすでに完了していた。

——白秋(はくしゅう)高彪の妻、琥珀の予知によって。

あの朝、琥珀は高彪に、自分の見た予知夢の内容を事細かに話してくれた。

突然の大嵐によって、大勢の人たちが苦しんでいたこと。子供を助けようとした人が怪我をしたり、何人もの人が倒木の下敷きになっていたこと——。

『夢に出てきた人たちは、台風にはまだ早いし、春の嵐にしても時期はずれって言ってました。ということは、嵐はもうすぐ起きるんだと思います』

そう言った琥珀は、夢の中の人たちの様子や、自分が見た赤い塔、女性が持っていたお守りなどを次々に絵に描いていった。

『あの人たちは、関西の言葉を使っていました。それから、近くにこういう赤い塔があって……。このお守りは、もしかしたら近くの神社かお寺のものかもしれません』

こういう言葉遣いで、ここはこうなっていて、と記憶を頼りに懸命に詳細を書き込んだ琥珀は、それを高彪に見せて頼み込んできた。

『高彪さん、これで場所を特定して、みんなに避難を呼びかけることはできないでしょうか。どうか、どうかお願いします……！』

起きた途端、怯えるくらいの悲惨な夢だ。思い返すのもつらかっただろうに、琥珀は何度も目を瞑っては自分の見た夢を思い返して、他になにか手がかりはないか、どうしたら夢の中に出てきた人たちを救えるか、一生懸命考えていた。

飛ばされていた看板に書いてあった情報や、聞こえてきた悲鳴や呻き声を一つ一つ書き出し、地域や日時の特定に努める彼の顔は真っ青で、けれどどんなに高彪が心配しても、琥珀は決してやめようとはしなかった。

『僕のお母さんが、よく言っていたんです。自分の力は神様から授かったものだから、それで周りの人を幸せにしなくちゃって。……僕、その意味がようやく分かりました』

これは自分がやらなければならないことだ。そう言って情報をすべて書き出した琥珀を休ませ、高彪はすぐに帝に予知夢の内容を伝えたのである。

琥珀の情報から特定された地方を大嵐が襲ったのは、その一週間後だった。

——現地の様子を思い返して、高彪は帝への報告を続けた。

「軽傷者は皆、すぐに医務班の手当を受けております。避難の際に転倒して骨折した者はいましたが、幸い命にかかわるような怪我をした者はおりませんでした」

「そうか。作物の被害はどうだ？」

「は、帝のご指示により今年は田植えを遅らせましたので、どうにか……。ほとんどの田は水が吹き飛ばされておりますので、まずは水を張るところからだと申しておりました。問題は果樹の方で……」

嵐が去った後、被害のあった地を訪れて把握した状況を、事細かに伝える。

高彪の報告に真剣に相づちを打っていた帝は、一通り聞き終えると唸った。

「やはりどれだけ対策を講じても、被害を完全に防ぐことはできぬか……」

「……主上」

高彪から琥珀の予知夢のことを聞いた半月前、帝はすぐさま大臣たちを集め、担当分野における対策案を徹底的に出させた。そして高彪を現地に向かわせ、地方の執政官とも連携して様々な対策を行った。

避難先の確保、備蓄や寝具の準備、医療班や対策班の派遣、周辺住民への説明と混乱の抑制、農作物や家畜の避難指示——……。

ずっと現地で陣頭指揮を執っていた高彪は、嵐が去るまでほとんど寝る暇もなかったが、おそらくそれは次々と指示を出していた帝も同じはずだ。

　高彪は御簾の向こうをまっすぐ見つめて言った。

「……仕方がありません。我々は、神ではないのですから」

「高彪……。ああ、その通りだな」

　少し肩の力が抜けたらしい帝が、気を取り直したように言う。

「ともあれ、民は無事だったのだ。それがどれだけありがたいことか……。琥珀殿には感謝してもし切れぬ。正式な礼は追ってするが、まずは私が感謝していたと、お主からもよくよく伝えておいてくれ」

「……はい」

　帝から感謝の言葉があったと聞けば、きっと琥珀は仰天して動揺してしまうだろう。帝が僕に、と大きな目を更にまん丸に見開いている姿を想像して、ふっと小さく笑みを浮かべた高彪だったが、長年の付き合いがある帝は御簾越しにもそれを見逃さなかった。

「珍しいこともあるものだな。お主がそのように脂下がった顔で笑うとは」

「やに……」

　帝の一言に絶句して、高彪はゴホンと咳払いした。

「……失礼致しました」

「よい、どうせ琥珀殿のことでも考えていたのだろう？　なにせようやく念願叶って迎えられた、大事な大事な奥方だからなあ」

「…………」

（脂下がっているのはあなたの方でしょう……！）

　にやにやとからかうようなその声音に、高彪は思わず喉から出かかった言葉を必死に呑み込んだ。ここで自分がなにか言い返せば、倍からかわれることは明白である。

　黙り込んだ高彪に、帝がつまらなそうに言う。

「なんだ、からかいがいのない奴め。まあいい。お主もご苦労だったな。新婚早々駆り出して、愛しの恋女房と引き離したこと、さぞや恨みに……」

「っ、主上！」

結局黙っていてもからかわれ、たまらず大声を上げた高彪に、帝が声を上げて笑う。

「はは、顔が赤いぞ、高彪！　堅物なお主も、恋をすればただの男なのだな！」

「……そのようなこと、主上はとっくにご存知でしょう」

高彪が琥珀を嫁に迎えたいと言った時、一族の者たちは最初いい顔をしなかった。いくら相手が稀代の予知能力者であり、四神家の者は同性同士でも子を生せるとはいっても、白秋家の長子が男を嫁にするのはいかなるものかと渋る者が多数だったのだ。しかしそれを説き伏せてくれたのが、目の前の彼である。

高彪が一族の説得に苦慮していると聞きつけた帝は、私が許す、とお墨付きを与えてくれた。まさに彼の鶴の一声で、高彪は一族の説得に成功したのである。

「あの時から、お主が惚れ込むとはどのような相手かと思っていたが、まさかその予知能力で国をも救うとはのう」

「…………」

感慨深げに言う帝から視線を落として、高彪は俯いた。帝の言葉に、改めて疑問が湧き上がる。

（琥珀はどうして、また予知ができるようになったんだ……？）

十三年もの長い間、ずっと予知ができなかった彼が、何故突然また能力に目覚めたのか。

琥珀自身に思い当たることがないか聞きたいところだが、それにはまず、自分が彼に予知能力がないと知っていたことを話さなければならない。

（帰ったら琥珀ときちんと話をしなければ……。俺が過去に琥珀と会っていたことも話して、今まで黙っていたことをきちんと謝らなければ）

しばらく休養するように、と労いの言葉をかけてくれた帝に暇を告げ、高彪は退室した。広い庭園を望む回廊を早足で進んでいく。

　現地の復興はまだまだこれからだ。帝はしばらく休養をと言ってくれたが、またすぐ向こうに赴かなければならないだろう。その前に、少しでも長く琥珀と共に過ごしたい。

（……琥珀は、俺の謝罪を受け入れてくれるだろうか。俺が十三年間、彼の窮状を知りながらも助けられずに手をこまねいていたと知っても、俺のことを好きだと言ってくれるだろうか）

　不安はあるが、それでももう彼に隠し事をするつもりはないし、許してくれるまで誠実に謝り続けるしかないことは分かっている。

　覚悟を決めた高彪が回廊を進んでいた、――その時だった。

「高彪様……ッ！」

　廊下の向こうから、慌てふためいた柏木が駆けてくる。制止を振り切ってきたのだろう、その後ろには幾人もの役人が追い縋ってきていた。

「どうした、柏木」

　ただごとではない気配に、高彪は歩みを速める。息を切らせた柏木が、顔を歪めて訴えた。

「大変です！　こちらを……！」

　叫んだ柏木が差し出した手紙を受け取って、高彪は大きく目を見開く。

「……っ、これは……」

　折り畳まれた半紙に包まれたその手紙には、『離縁状』と書かれていた。

　見間違えようもない、几帳面な琥珀の字で――。


――時は、半日ほど前に遡る。


「ん……」

　瞼越しに朝のやわらかな光を感じて、私室の机に突っ伏して寝ていた琥珀は身を起こした。

「あ……、僕、また……」

広げたままの本に気づいて、顔をしかめる。どうやら昨夜も、本を読んでいる最中に寝てしまったらしい。ランプは油が切れたようで消えていたが、机の上の置き時計はまだ起床時刻には少し早い時間を指していた。

　ページが傷んでいないか確認して、琥珀はそっと本を閉じた。表紙には『異能力の使い方』と大きな題字が踊っている。

「これはちょっと、手品みたいなことしか書かれてなかったな……」

　それはそれで面白いとは思うけれど、今自分が知りたいのは予知能力を制御する方法なのだ。

　積み上げた本の山の上にその本も置いて、琥珀はいつの間にか自分の傍らで寝ていたらしいフウとライに視線を落とした。

「……ふふ、よく寝てる」

　丸くなって眠る彼らを見つめつつ、そのふわふわの頭をそっと撫でる。小さな神獣たちは、琥珀に撫でられても構うことなく、くうくうと寝息を立て続けていた。

　――琥珀が大嵐の予知夢を見たあの日から、半月が経った。

　半月前、琥珀が話した予知夢の内容を帝に報告しに行った高彪からは、その日の夜に、大嵐が襲うだろうと特定された地域に向かうと連絡が来た。

　もう地域を絞り込めたのかと驚くと共に、彼が自分の言葉を信じてくれたことがこの上なく嬉しかった琥珀だったが、一方で自分自身に歯がゆさを覚えずにはいられなかった。

　結局自分にできたのは、大嵐を予知することだけだ。対策を立てたり、実際に危険な地に赴いて人々を守るのは高彪に任せ切りで、自分はこうして安全なところで彼の無事を祈るしかない。

　だが、だからといって自分が高彪を追って現地に行っても、足手まといになるのは目に見えている。その地域に住む人たちの命を守るという、重要な任についている高彪の邪魔をするわけにはいかない。

ならば、自分には他になにができるのか。

遠く離れた地にいても高彪の力になれることは、なにかないのか。

懸命に考えた末、琥珀は柏木に貸本屋を呼んでくれるよう頼んだ。そして、予知や異能力に関する本を片端から集めてもらったのである。

自分の予知の力に高彪の、そして多くの人たちの命がかかっている。ならばその力で、もっと詳しい未来が見えないだろうか。せめて自分の意思で、この力を自由に使えるようになれれば――。

そう考え、連日連夜遅くまで文献を読み漁った琥珀だったが、結局予知能力を制御する方法は分からず、予知夢を見ることもなかった。

そして数日前、琥珀の予知通りに大嵐が来て去ったと、高彪から知らせがあったのだ。

（高彪さんからの手紙では、建物や田畑の被害は大きかったけど、地域の人たちの命は助かったたってあった……）

柏木や茜にも町で噂を聞いてきてもらったが、災害級の大嵐だったにもかかわらず、どういうわけか事前に避難指示が出ていたため、怪我人が出た程度で済んだという話だった。

町の人たちは皆、まるで大嵐が起きるのが分かっていたようだと不思議がっていたということだったから、どうやら高彪は琥珀の予知のことは伏せておくよう、帝に頼んでくれたらしい。琥珀にしても目立ちたくはなかったため、高彪の気遣いはありがたかった。

（夢の中に出てきた人たちも、みんな助かったのかな……）

確かなことは分からないけれど、怪我人も軽傷者だけという噂だったから、少なくとも夢の中のようなことは起きなかったはずだ。

本当によかったと胸を撫で下ろして、琥珀は積んだ本を見やった。

——大嵐が去った後も、琥珀がこうして文献を読みあさっているのは、自分の力についてもっと知りたい、ちゃんとこの力を扱えるようになりたいと思ったからだ。

　これまで琥珀にとって予知能力は、自分を縛るだけのものだった。使えようが使えまいが関係なく義父に利用され、不自由を強いられる。ただそれだけの、忌まわしいものだったのだ。

　けれど、自分のこの力は、誰かを助けることができるものだった。

　義父の利益になるような使われ方ではなく、もっと違う使い道がある。自分はこの力で、人の役に立つことができる——。

（僕がそう思えるようになったのは、高彪さんのおかげだ）

　机の引き出しから高彪の手紙を取り出して、琥珀はもう幾度読んだか分からない文面をじっと見つめた。

　高彪が現地から送ってくれた手紙には、今日帰るとあった。おそらく先に帝や大臣のもとに報告に行くだろうから、こちらに帰ってくるのは早くても夕方頃だろう。

（元気かな、高彪さん……。きっと疲れているだろうから、まずはゆっくり休んでもらわないと……）

　短い手紙の最後には、琥珀のおかげで被害が最小限で済んだと、感謝の言葉が綴られていた。寂しい思いをさせてすまないが、もう少し待っていてくれ、と。

（感謝をするのは僕の方なのに）

　角張った、少し大きめの男らしい字を指先で撫でて、琥珀はそっと目を伏せた。

　高彪と出会う前の自分だったら、きっと予知能力が戻ってもこんなに前向きにはなれなかっただろう。もし同じ夢を見ても、どうしていいか分からずただ悩んでいるだけだったに違いない。

　でも今は、この力を少しでも誰かの役に立てたいと思う。

この力で、誰かを助けたい。母がそうしていたように、この力で周りの人を幸せにしたい――……。

「……高彪さん」

待っていてくれ、という文面をもう一度撫でて、琥珀は丁寧に手紙を折り畳んだ。手紙を引き出しにしまって、フウとライを撫でる。

(早く高彪さんに会いたいな……。会って、顔を見て、安心したい)

彼が人の命を守る、大切な仕事をしていることは誇らしいし、頑張ってほしいと心から願っている。けれど、会えない日が続けばやはり、寂しいと思わずにはいられない。

早く高彪に会いたい。会って無事を確かめて、会えなかった間のことを話したい。

フウとライが、庭で蝶を追いかけて池に落ちたこと。茜が間違えてたくさん石鹸を注文してしまい、柏木が頭から湯気を出して怒っていたこと。桔梗に飲み比べ勝負を挑んだ大文字が完敗したこと。琥珀の餃子作りが少し、うまくなったこと――。

(こんなに話したいことがあるなんて、初めてだ。こんなに誰かに会いたいって思うことも……)

待ち遠しくて、久しぶりに顔が見られるのが嬉しくて、ふわふわと空に浮かぶ雲になってしまったような気がする。

今日は一日中、玄関で高彪の帰りを待っていようかなと、浮き足立った気持ちで思った琥珀だったが、その時、遠慮がちにドアがノックされる音が聞こえてきた。

「琥珀様、起きていらっしゃいますか?」

「柏木さん? はい、起きてます」

意外な人物の声に、琥珀は首を傾げつつ応えた。

最近琥珀が私室で夜遅くまで本を読みふけっていることを知っている柏木は、起床時間を過ぎて琥珀が寝坊していても、そっと寝かせておいてくれている。その彼がこんな早くに起こしに来るなんて、一体どうしたのだろうか。

　不思議に思いつつ立ち上がった琥珀に、フウとライも目を覚ましてくああ、とあくびをする。寝ぼけ眼（まなこ）の二頭を撫でて、琥珀はどうぞと声をかけた。

「失礼致します。朝早くに申し訳ありません」

　謝って部屋に入ってきた柏木は、すでにいつもの燕尾服をかっちり身にまとっていた。

　どこか焦ったような様子の彼に、琥珀は胸騒ぎを覚えて聞く。

「どうしたんですか？　まさか、高彪さんになにかあったんですか？」

　さっと青ざめた琥珀を見て、柏木が慌てて頭を振った。

「い、いえ、そうではありません。実は、藤堂家から使いの者が参っているのです」

「藤堂の家から？」

　目を瞠った琥珀に、柏木が緊張した面もちで頷く。

「はい。なんでも、琥珀様の妹様が急病だ、と」

「っ、珠子（たまこ）が!?」

　思わず大声を出した琥珀に、うとうとと二度寝しかけていたフウとライがパチッと目を見開く。

「ど……、どこですか、その使いの人は!?」

「……っ、お待ち下さい、琥珀様……！」

　部屋を飛び出した琥珀に、柏木が追い縋る。慌ただしく出ていった二人の背を、小さな仔虎たちがその金色の瞳でじっと、見つめていた。


　通された応接間の中、ソファに腰かけた琥珀は、じっと一点を見つめ続けていた。傍らには、高彪の屋敷からついてきた柏木が控えている。

（珠子……）

　不安にぎゅっと拳を握りしめて、琥珀はまだ幼い妹を思った。

　早朝、高彪の屋敷を訪れた使いの者は、珠子が原因不明の高熱にうなされていると琥珀に告げた。

医者の見立てでは、珠子は明日をも知れぬ危険な状態で、解熱剤も効かず、回復するかどうかは本人の体力と気力次第らしい。熱に浮かされながらも何度も琥珀を呼んでおり、珠子の母が琥珀のもとへ使いを出したとのことだった。

『琥珀様、どうか珠子様を見舞って下さいませんでしょうか。琥珀様がいらっしゃったら、珠子様の容態も快方に向かうかもしれません』

どうか、と重ねて言う使いに、琥珀は一も二もなく頷いた。

『分かりました、すぐに行きます。柏木さん、すみませんが留守を……』

執事である彼に留守を頼み、すぐさま藤堂の屋敷に向かおうとした琥珀だったが、柏木はそれを押しとどめて告げた。

『お待ち下さい、琥珀様。琥珀様をお一人で行かせるわけには参りません。私も共に参ります』

『え……、で、でも……』

町に出るというならまだしも、行き先は藤堂家だ。琥珀にとっては実家に当たるわけだし、今回は突然の外出だから、以前のように待ち伏せされて襲われる危険もないだろう。わざわざついてきてもらわなくてもいいのではないだろうか。

そう思って戸惑った琥珀だったが、柏木は頑として譲らなかった。

『高彪様から、琥珀様がお出かけの際には必ず同行するようにと言いつかっておりますので』

そう押し切った柏木と共に、琥珀は使いが乗ってきた車でこの藤堂の屋敷までやってきたのだ。

（……珠子は、無事なんだろうか）

屋敷に着くなり、使いの男はこちらでお待ち下さいと琥珀たちを応接間に通して姿を消してしまった。壁の時計ではそれからもう三十分も経つが、未だに男は戻ってこない。

急病という話だったけれど、一体いつから体調を崩していたのだろう。明日をも知れないというのは本当だろうか。どうにかして、助けることはできないのか——。

じっと待っていると不安ばかりが募って、気が急(せ)いてしまう。早く珠子に会えないだろうか、もしかして病状が悪化したのでは、と琥珀がますます強く拳を握りしめた、その時だった。

応接間の扉が開いて、先ほどの使いの男がようやく姿を現す。

「お待たせ致しました。どうぞこちらへ」

「っ、はい」

慌てて立ち上がった琥珀に、柏木が続こうとする。すると男は、柏木を押しとどめて告げた。

「申し訳ありませんが、ご家族以外の面会は控えるよう、医者から言われております。お付きの方はこちらでお待ち下さい」

「……そのようなわけには参りません」

使いの男の言葉を拒む柏木に、琥珀は戸惑った。

「柏木さん？」

「私は主人から、琥珀様のおそばを離れないよう命を受けております。私も同行させていただきます」

「そうは言われましても……。医者の言いつけです。どうぞお控え下さい」

頑(かたく)なな柏木に、使いの男が困惑して言う。琥珀は慌てて二人の間に割って入った。

「柏木さん、僕は大丈夫ですから、ここで待っていてもらえませんか？」

「琥珀様……、しかし」

「お願いします。一刻も早く、珠子に会いたいんです……！」

ここで柏木がついていくと言い張れば、話は平行線を辿るだろう。もしその間に珠子の容態が悪化でもしたらと思うともう気が気ではなくて、琥珀は必死に柏木に頼み込んだ。

「一人でこの屋敷を出たりしませんし、珠子に会えたらすぐ戻ってきます。だから……！」

「琥珀様……、……分かりました」

言い募る琥珀に、柏木が渋々といった様子で折れる。

「万が一なにかあれば、すぐにお呼び下さい。必ず駆けつけます」

「はい、分かりました」

藤堂の屋敷も警備は行き届いているし、危険はないと思うが、それを言い出したら珠子に会うのがまた遅くなる。琥珀は急いで頷き、柏木と別れて応接間を出た。

長い廊下を抜け、屋敷の奥へと進んでいく。十三年間、離れから出ることがなかった琥珀にはどこをどう歩いているのか分からなかったが、前を行く男が突き当たりの薄暗い階段を下り始めたのを見て、思わず足をとめてしまった。

（地下……？）

この屋敷に地下などあったのかと驚くと共に、病人を地下に寝かせていることに違和感を覚える。

（高熱だっていうのに、風通しのいい部屋じゃなくていいのかな……？）

戸惑う琥珀に気づいたのだろう。男が振り返って説明する。

「医者の指示なのです。なるべく暗くて涼しい、静かな場所で安静にさせるように、と」

「そうなんですか……」

自分にはよく分からないが、医者が言うのならその方が珠子の病気にはいいのだろう。とにかく早く珠子に会いたいと、琥珀は男の後に続いて狭い階段を下りていった。

「お連れしました」

薄暗い地下室には明かりが一つ、点いていた。

ぼう、とほのかに辺りを照らすそのランプを手にした人物が、男の言葉でこちらを振り返る。

「……来たか」

呟いたその人物を見て、琥珀は反射的に身を強ばらせた。

「義父、さん……」

地下室で琥珀を出迎えた人物——、それは誰あろう、藤堂六輔だったのだ。

久しぶりに会う義父は、以前より少し痩せ、やつれた様子だった。しかしその目は暗闇でも分かるほどギラギラと光っており、鋭さは一層増している。

思わず足がすくんでしまった琥珀だったが、すぐに珠子のことを思い出し、自分を奮い立たせて義父に尋ねた。

「……っ、義父さん、珠子は……」

「ああ、この奥だ」

病床の珠子に配慮してだろうか、抑揚のない声で六輔が琥珀を促す。琥珀は緊張しながらも六輔に歩み寄り——、目を瞠った。

「え……？」

六輔の示す部屋の奥には、鉄格子があったのだ。鉄格子の向こう側には畳があり、布団が敷かれている。布団は盛り上がっており、どうやら珠子はそこに寝かされているらしかった。

「なんで、こんな……」

どうしてこんなところに牢があるのか、いくら医者の指示でも牢に珠子を寝かせるなんてと動揺する琥珀には構わず、六輔が促す。

「中に入って、顔を見せてやれ」

「……っ」

開かれている入り口を示されて、琥珀は思わず一歩後ずさった。——なにか、おかしい。

「と……、義父さん、珠子は……？」

「そこにいると言っているだろう」

眉を寄せた六輔が、後ろに控えていた男においと声をかける。頷いた男は、あっという間に琥珀との距離を詰め、腕を摑んできた。

「こちらです、さあ」

「や……っ、やめて下さい！　離して！」

腕を取られ、牢の方へと引っ張られて、琥珀は必死に抗う。すると、その様子を見た六輔が、チッと忌々しげに舌打ちして琥珀の背後に回った。

「さっさと中に入らぬか！」

「痛……！」

ドカッと背を蹴られ、牢の中に倒れ込む。ハッとした時にはもう、六輔が入り口の鍵を閉めるところだった。

「……っ」

息を呑み、慌てて傍らの布団を剝ぐ。そこにあったのは、病に苦しむ幼い妹の姿——、ではなく、丸めた布団だった。

「な……」

なにが起きているのか分からず、茫然とする琥珀をよそに、六輔が男に命じる。

「珠子を連れてこい」

かしこまりました、と下がりつつ、男が部屋の壁にかけられているランプに火を灯す。全体が見渡せる程度の明るさになったところで、男は階段を上って去っていった。

「……っ、どういうことですか？　珠子は……」

珠子が急病というのは、そもそも嘘だったということだろうか。先ほど六輔が連れてくるように命じていたが、妹は元気なのだろうか。

混乱しながら義父を見上げた琥珀に、六輔が鼻を鳴らして言う。

「そんなもの、お前を呼び出すための嘘に決まっているだろう」

「っ、じゃあ、珠子は無事なんですね⁉」

六輔の言葉に、琥珀は思わず立ち上がり、鉄格子に飛びついていた。必死の形相で妹の無事を確かめる琥珀を見て、六輔が鼻白んだように告げる。

「当たり前だ。もっとも、お前の返答次第ではどうなるか分からんが」

「え……」

それは一体どういう意味か、と琥珀が目を瞠ったその時、地下室の入り口が再び開く気配がする。ミャウ、と怯えたような小さな声が聞こえてきて、琥珀は目を瞠ってそちらを見た。

「……っ、ライ……！」

戻ってきた男が腕に抱えていたのは、あろうことか白秋家の神獣、ライだったのだ。

「どうして……」

何故ライがこんなところに、と愕然とする琥珀をちらりと見やって、男が六輔に告げる。

「車のボンネットから声がしたと、運転手が連れて参りました。おそらく白秋家で停車中に潜り込んだと思われます。いかがしましょう」

琥珀に気づいたライが、男の腕から出ようともがき出す。眉を寄せた六輔が、鼻を鳴らして言った。

「そのような獣、さっさと殺してしまえ」

「な……！　やめて下さい！」

ライの首根っこを乱暴に摑み上げた男に、琥珀はとっさに叫んでいた。

「ライは……っ、その子は神獣なんです！　殺すなんて……！」

「……神獣？」

琥珀の言葉を聞き咎めた六輔が、じろりと琥珀を見やって問いかけてくる。

「どういうことだ？　まさかこいつが、四神家の神獣だというのか？」

「……っ」

「答えない気か？　ならば……」

ライに手を伸ばした六輔が、その小さな頭を片手でわし摑む。ぐっと力を込めて圧迫されたのだろう、ライがギャウッと聞いたことのないような悲鳴を上げて必死にもがいた。

「っ、やめて下さい！　その子を離して……！」

どうにかしてライを助けなければと、鉄格子の入り口に飛びついて力の限り揺らそうとする。しかし押しても引いてもびくともせず、どうあがいても牢から出られそうにない。

「……っ、ライ……！」

「どうやら本当に、こいつは神獣らしいな。ならば、こいつを珠子の代わりにするか」

琥珀の様子をじっと観察していた六輔が、ライから手を離して呟く。ウウ……、と呻いたライは、痛みに怯えてはいるものの、六輔に牙を剝いて威嚇していた。

琥珀は、ライのひとまずの無事を確認してほっとすると同時に、六輔の思惑に気づいて眉を寄せた。

（っ、この人は、また……）

六輔は先ほど、琥珀次第では珠子がどうなるか分からないと言っていた。ライを珠子の代わりにするという言葉からも、考えられることは一つだ。

「あなたはまた、珠子を脅しに使う気だったんですか？」

「言っただろう。使えるものを使うことの、なにが悪い」

「……っ、あなたは……！」

憤りかけて、琥珀はぐっと怒りを堪えた。

義父がこういう男だということは、最初から分かっていたことだ。それより今は、確かめなければならないことがある。

鉄格子越しに六輔を見据えて、琥珀は唸った。

「そこまでして、今度は一体なにを僕にさせようと言うんですか」

そもそも六輔は、白秋家との政略結婚で自分を厄介払いできたと喜んでいたはずだ。琥珀は六輔の言う通り、逆らうことも逃げることもせず高彪と結婚したし、結婚後は藤堂家からの連絡は一度としてなかった。

それが何故今更、こんな誘拐のような真似をするのか。

珠子まで巻き込んで、自分に一体なにをさせたいのか。

鉄格子を握りしめて問う琥珀を、六輔が一瞥する。さして興味がなさそうにすぐに視線を外して、六輔は抑揚のない声で問いかけてきた。

「先の大嵐、予知していたな？」

「な……」

　唐突に核心をついてきた六輔に、琥珀はとっさに返す言葉を失ってしまう。硬直した琥珀を見て、六輔は鼻を鳴らして言った。

「ふん、やはりな。でなければ、嵐の起きる前から住民を避難させるなどできるはずがない」

「……なにが言いたいんですか」

　大嵐への備えが早かったのは琥珀の予知があったからだということは知られていないはずだが、六輔は陣頭指揮に当たっていたのが高彪だったということから勘づいたのだろう。

（それで僕を誘拐したということは……、この人の狙いは、僕の予知能力だ）

　元々、琥珀の能力が戻る可能性を考えて、十三年も飼い殺しにしてきた男だ。予知能力が戻ったと分かった今、自分の手元に琥珀を取り戻そうと考えてもおかしくない。

（でも、僕はもう白秋家の人間だ）

　義父の策略に気づかず、こうして捕らわれてしまったが、藤堂の屋敷には柏木と共に来ている。もしこのまま自分が戻らなければ、彼は異変を察知して高彪に知らせてくれるに違いない。

　四神家当主の高彪に、一商人である義父が逆らえるはずがない。

　義父だってそれは承知のはずだがと、そう思いながら問い返した琥珀だったが、続く六輔の命は予想外のものだった。

「決まっているだろう。離縁状を書け」

「……っ、離縁状って……」

　驚いて目を瞠った琥珀に、六輔が顎で部屋の奥を指し示す。

「そこに硯と筆がある。さっさと書け」

「……できません」

　淡々と命じる六輔を、琥珀はきっぱりと拒んだ。

（離縁状？　高彪さんに離縁を申し入れるなんて、そんなことできるはずがない）

始まりこそ政略結婚だったが、自分はもう、彼のことを愛している。離縁など考えられない。

　それに義父の狙いは、高彪が自分を取り戻しに来ても、離縁状を理由に引き渡しを拒むことだろう。そうと分かっていて大人しく従うなど、できるわけがない。

　強い目で拒否した琥珀に、六輔が言う。

「そうか。ならば、この獣を殺すまでだ」

「……っ、やめて下さい！」

　あっさりと、なんでもないことのように言う義父へと、琥珀は手を伸ばした。しかし鉄格子に阻まれ、義父にもライにも指先は届かない。

　それでもなお懸命に腕を伸ばして、琥珀は必死に叫んだ。

「その子は神獣なんです！　すぐに白秋家に帰さないと……！」

「帰さなければ、なんだと言うのだ？　まさか祟(たた)られるとでも言う気か？」

　琥珀の言葉を鼻で笑った六輔が、ウウウ、と唸るライを冷ややかに見つめて言う。

「神獣などと言っても、ただの獣ではないか。こんな獣に、一体なにができると言うんだ？」

「それは……！」

　反論しかけて、琥珀は黙り込んだ。

　神獣は四神に仕(つか)える霊獣で、昔から四神の一族を守っている。だが、いくらそう説明したところで、この男がそれを信じるとは思えない。

　この男が信じているのは、金だけなのだ。琥珀の予知能力も、自分の利益に繋がるから信じているだけで、それがなければ相手にもしないに違いない。

　悔しげに唇を噛んだ琥珀の方を見もせずに、六輔が嘲(あざけ)る。

「どうせ適当な獣を祭り上げているだけのことだろう。いかにもあの化け物一族のしそうなことだ」

「っ、高彪さんは化け物なんかじゃない！」

　どうしても聞き流せないその一言に、琥珀は叫んだ。驚いたようにこちらを振り返った六輔に、無我夢中で食ってかかる。

「あの人は誰よりも優しい人です！　化け物なんかじゃない！」

確かに彼は、普通の人間ではない。その体には人ならざる血が流れているし、人間を遙かに凌駕した能力を有している。

だが、だからなんだと言うのだ。

自分とは違うから異端だ、化け物だなんて、くだらない偏見だ。

彼は自分に、自由をくれた。

空っぽだった心に、人を愛することの尊さを、喜びを、教えてくれた。

彼のなにも知らないこの男に、高彪のことを悪く言う権利などない。言わせはしない——……！

「高彪さんは、化け物なんかじゃない。あの人のことを悪く言うなんて、許さない……！」

鉄格子を握りしめて、琥珀は六輔をまっすぐに見据えた。強い目をした琥珀に、六輔がフンと鼻を鳴らして言う。

「随分とあの男に感化されたようだな。あの男になにを言われたか知らんが、結局あいつもお前の予知能力が目当てなのは変わらんだろうが」

「……高彪さんは、そんな人じゃない」

六輔の言葉を、琥珀は迷うことなく否定した。

高彪は六輔とは、違う。

彼は、己の役に立つかどうかで人の価値を測ったりはしない。

確かに始まりは政略結婚だったし、きっかけは自分の予知能力なのかもしれない。けれど、彼ははじめからちゃんと琥珀自身のことを思いやり、そして愛してくれていた。

したいことを自由にしてほしいと言っていたあの言葉に、嘘はない。

「高彪さんは、あなたとは違う。あの人は僕を利用したりはしない」

揺らぐことなく、きっぱりと言い切った琥珀に、六輔が鼻白む。

「あの男のことはどうでもいい。そんなことより、お前の能力だ。お前の予知能力は、そもそも私のものだったのだ。戻ったのなら、また私のために使うのが筋というものだろう」

勝手なことを言う六輔に、琥珀は唸った。

「僕の力は、あなたのものじゃない。僕はこの力を、あなたのためには使わない……！」

やっと、自分がこの力とどう向き合いたいか、どう向き合って行くべきか分かったのだ。今更六輔のいいようにされる気はない。

ぐっと眦（まなじり）を決して言った琥珀に、六輔は一瞬不機嫌そうに目を眇めた。しかしすぐ、気を取り直したように言う。

「忘れたのか？　こちらには、この神獣とやらがいるんだ。いつまでも私に歯向かうのなら……」

「やめ……っ」

再びライへと手を伸ばす六輔を、琥珀が制止しようとした、――その時だった。

「ギャウ……ッ！」

一声吼（ほ）えたライが、六輔の手に噛みつく。息を呑んで怯んだ六輔を見て、ライを抱えていた男が慌てて声を上げた。

「旦那様！」

「っ、逃がすな！」

手を押さえながらも鋭く命じた六輔だったが、すでに時遅く、驚いてゆるんだ男の腕からライがパッと飛び出す。床に降り立ったライは、すぐさま琥珀のもとへと駆け寄ってきた。

「ライ！」

「ウウ……ッ！」

格子の隙間からするりと入ってきたライが、琥珀の前でくるりと六輔たちの方を向き、身を低くして唸る。被毛を逆立たせ、牙を剥き出しにして威嚇するライに、六輔が手から血を流しながら激昂（げっこう）した。

「この……っ、下等な獣めが……！」

憤怒（ふんぬ）に目を血走らせながら牢の鍵を開ける義父を見て、琥珀はとっさにライの上に覆い被さっていた。

「どけ……！」

「……っ！」

叫んだ義父が、琥珀の肩を容赦なく蹴る。もがき出ようとするライを必死に抱きしめて、琥珀は精一杯背を丸めて叫び返した。

「嫌です……！　あなたにこの子は、傷つけさせない……！」

「この……っ！」

琥珀の言葉にますます憤った六輔が、ドカッドカッと何度も琥珀の背や肩を蹴ってくる。悲鳴を呑み込み、どうにか衝撃と痛みに耐えていた琥珀だったが、その時、それまで成り行きを見守っていたらしい男が、うろたえながらも六輔に声をかけた。

「だ……、旦那様、おやめ下さい。どうか上で手当を……」

「…………」

は、と荒く息をついた六輔が、琥珀から足を引く。チッと忌々しげに舌打ちした六輔は、ぽたぽたと手から血を滴らせながら琥珀を睨んで告げた。

「そいつを庇ったところで無駄だ。お前が私に従わないというのなら、珠子を痛めつけるまで」

「……っ」

「分かったなら、さっさと離縁状を書け。妹の命が惜しければな……！」

ぎゅっと目を瞑った琥珀の視界が、絶望に赤く染まる。

高彪さん、と呟いたはずの声はしかし、音にならず儚（はかな）く消えていった――。

毛布の上からライの小さな体を撫でて、琥珀は唇を引き結んだ。

（どうにかしないと……）

指先でそっと綺麗な稲妻模様を撫でると、気づいたライがわずかに目を開ける。しかし、ミャウ……、と力なく鳴いた彼は、そのまままた目を閉じてしまった。

――琥珀がこの座敷牢に捕らわれて、おそらく三日ほどが経った。陽の差さない地下では昼も夜も分からないが、三度の食事と見張りの交代の頻度から考えるに、今は三日目の昼のはずだ。

琥珀に無理矢理離縁状を書かせた後、六輔は幾度も琥珀のもとに予知をしていないか確かめに来た。

『なにか予知はしていないのか？　なんでもいい、未来を見ろ……！』

そうは言われても、琥珀は意識的に予知したことなどない。なにも見えていないと告げる琥珀に業を煮やしつつもどうしようもなく、六輔は見張りに琥珀の様子に変わったところがあればすぐ知らせろと、毎度念押ししていた。

『旦那様も必死だなあ。なんなんだ、一体』

『知らないのか、お前。藤堂家は今や没落寸前って噂だぜ』

交代の際に見張りたちが話していた内容によると、琥珀が高彪に嫁いだ後、六輔の手がけていた事業はことごとく傾き出したらしい。

琥珀を政略結婚させる際、六輔は四神の一族と縁戚関係を結ぶことでなんとか商売上の信用を取り戻そうとしていた様子だったが、すでにそれでは間に合わない段階だったのだろう。あらかたの会社は畳まれるか人手に渡るかしており、この屋敷も抵当に入っている様子だった。

『旦那様の手元に残った会社はもう、藤堂貿易だけらしいぜ。旦那様はこれから再起を図るおつもりらしいが……』

『いくら天下の藤堂貿易ったって、お屋敷まで抵当に入ってるんじゃ無理じゃないか？』

藤堂貿易は、六輔が経営していた中でも一番規模の大きい会社だ。だが、関連会社が倒産しているとなれば、経営の立て直しは厳しいだろう。

だからこそ、六輔は琥珀をこんな強引なやり方で連れ戻そうとしたのだ。

（事情は分かったけど、だからって義父さんに協力はできない……。この力は、そういうことに使うべきものじゃない）

珠子や菊のことを思うと心配だが、それとこれとは話が別だ。いくら脅されようが、六輔にこの力を利用されてはならない。

だが、このままではここを出ることもままならない。

どうにかして、一刻も早く逃げ出さなければならないのに――。

「……っ」

ライを見やって、琥珀はきゅっと唇を噛んだ。

神獣であるライは、白秋家の屋敷を長く離れると、じょじょに力を失って弱っていってしまう。

以前高彪が言っていたことは真実だったようで、ライは日に日に元気を失っていっている。だが、それでもライは琥珀のそばから決して離れようとせず、六輔が現れるとふらつきながらも立ち上がって、小さな体に怒気を漲らせ、威嚇し続けていた。

（……僕がなんとか、しなきゃ）

見張りや六輔に、ライを白秋家に返してくれと何度頼んでも取り合ってはもらえなかった。このまま手をこまねいていては、取り返しのつかないことになってしまうかもしれない。

（そんなの駄目だ。ライは、白秋家を守護する神獣なんだから……）

高彪を守ってくれる神獣を、こんなことで失うわけにはいかない。

穏やかに微笑む高彪を思い出して、琥珀は俯いた。

（離縁状、もう高彪さんのところに届いちゃったかな……）

高彪はもう屋敷に帰ってきているはずだし、筆跡からして琥珀本人が書いたものだということもすぐに分かるだろう。

（あんなの本心じゃない……。けど、高彪さんにそれが伝わるかどうか……）

　せめて自分の気持ちが伝わるようにと願いながら書いたけれど、高彪が離縁状を受け取ってどう思ったのかまでは分からない。

（もし高彪さんが、あれをそのまま承諾してしまったら……、そうしたら僕たちはもう、夫婦じゃなくなってしまう）

　紙切れ一枚で終わってしまう、脆い関係。けれど琥珀は、自分たちにはそれ以上に強い、確かな絆があると思っている。

　自分だけでなく高彪も、そう思ってくれていると、信じている。

（高彪さんに会いたい……。会って、顔を見たい。……安心したい）

　つい数日前に思ったのと同じことを、その時よりもずっとずっと強く思って、琥珀は目を閉じた。

　一度深呼吸をし、意を決して顔を上げる。

（……よし）

　本当は夜を待ちたかったが、ライの様子を見ていると、少しでも早く屋敷に連れて帰らなければ危険だろう。それに。

（今日の見張りは、『あの人』だ）

　この三日間、琥珀はどうにかして逃げ出す隙はないかと見張りたちの様子を窺っていた。だがどの見張りも屈強な男ばかりで、たとえ食事の際に鍵が開けられる隙を狙ったとしても、すぐに捕まえられるのは目に見えている。

　そんな中、今日琥珀を見張っている若者は、見張りたちの中では比較的細身で、琥珀に同情している様子があった。田舎から出てきたばかりの純朴な青年のようで、予知能力があるという琥珀のことをおそらく気味悪がっている。

　隙を狙うなら彼だと、琥珀は考えていた。

（彼が次、いつ見張りになるかは分からない……。それなら今、やるしかない）

琥珀は心に決めると、そっと屈み込み、ライの頭を撫でて囁いた。

「ライ、僕が必ず、高彪さんのところに連れて帰るからね」

ミュ……、とライがかすかに鳴き声を上げる。もう少し頑張って、と心の中で呟いて、琥珀は鉄格子に歩み寄った。琥珀の動きに気づいて顔を上げた見張りの若者に声をかける。

「すみません。ちょっといいですか？」

「……へえ、なんでしょうか」

今までずっと無言だった琥珀が急に話しかけてきたことに、若者は警戒しているようだった。琥珀は彼を手招きし、近くまで来たところで声をひそめて告げる。

「実はさっき、少しだけ未来が見えたんです」

「へ!? そ、それじゃ、すぐに旦那様を……」

「待って下さい」

慌てふためいて六輔を呼びに走ろうとする彼を引き留めて、琥珀は言った。

「僕が見たのは、……あなたの未来だったんです」

「は……？ お、俺の、ですか？」

意外な一言に、若者がぽかんとする。琥珀は緊張を押し隠しつつ、はい、と頷き返した。

「実は、あなたに危険が迫っているみたいで……」

「俺に……？」

琥珀の言葉を聞いた彼は、一瞬茫然とした後、ぎこちなくそれを笑い飛ばした。

「そ……、そんなこと、あるわけないでしょう。俺に危険なんて、そんな……」

動揺する若者をじっと見つめて、琥珀はふうとため息をついた。

「信じないのでしたら、それでも結構です」

あくまでも自分は親切心から彼に忠告している立場ということを念頭において、わざと一歩下がる。

「近くに来ていただけたら、もっと詳しい未来が分かりそうな気がしたんですが……、やっぱり鉄格子越しじゃ無理そうですし」

「ちょ……っ、ちょっと待って下さい！　その危険っていうのは、まさか命にかかわるようなことなんですか!?」

琥珀の言葉に、若者の顔がみるみる青ざめていく。慌てふためき、腰につけた鍵を扉に差し込む彼を見て、琥珀はこくりと緊張に喉を鳴らしつつ、そっとライを自分の方に引き寄せた。

「詳しく教えて下さい……！　俺、田舎の両親を残して死ぬわけには……っ」

「っ、ごめんなさい！」

近寄ってくる彼に思い切り肩でぶつかって、琥珀は転がった鍵をサッと拾い上げた。ライを腕に抱きしめ、茫然と尻餅をつく彼を残したまま牢から走り出る。素早く鍵を閉めた琥珀は、それを遠くの床へと放り、後も見ずに階段を駆け上がった。

「え……、ちょ……っ、待て、おい……！」

「……っ」

ようやく事態に気づいた若者が喚き出す声を背に、慎重に階段の上部にある扉を開ける。素早く辺りを見回し、人気がないことを確認してから、琥珀は屋敷の廊下に出た。

喚く若者の声が漏れないよう、蓋のようになっている扉をきっちり閉める。

「……行くよ、ライ」

ばくばくと跳ねる心臓を落ち着ける暇もなく、腕に抱えた仔虎に呟く。誰かに見つかってはいけない、けれど急がなければならないと焦りながら、琥珀は物陰に身を隠しつつ、迷路のような廊下を慎重に進んでいった。

（……っ、確かこの屋敷は、周りをぐるっと塀に囲まれてるはず……。庭に出ても、塀を越えなきゃ外には出られない……）

誰にも見つからず玄関から出ていくなんてまず不

可能だろうから、できるだけ早く庭に出て、手頃な木を見つけてよじ登るしかない。

(確かこっちに縁側があったはず……)

三日前に通った時の記憶を頼りに、見つかる前にと急いで廊下を進んでいく。

――と、その時だった。

「琥珀様!? っ、誰か、琥珀様が……!」

琥珀の背後で、慌てふためいた女中の声が上がる。琥珀は後ろを振り返ることなく、ぎゅっとライを抱きしめて駆け出した。

(早く……っ、早く、庭に……!)

騒がしくなる背後に焦りながら、無我夢中で角を曲がる。パッと目の前に広がった庭に、考えるより早く縁側から飛び降りた琥珀は、そのまままっすぐ庭を突っ切り、真っ白な塀のそばに植えられた太い木に駆け寄った。――しかし。

「逃がすな! 取り押さえろ!」

早くも駆けつけたのだろう、縁側から六輔の怒号が聞こえてくる。複数の荒々しい足音がこちらに向かってくるのが分かって、琥珀はとっさにライを木の上に押しやろうとした。

(……っ、せめて、ライだけでも……!)

だが、枝の分かれ目にライを押し上げたその瞬間、後ろからぐいっと襟首を掴まれる。あっと思った時にはもう、琥珀は地面に引き倒されていた。

「っ、逃げるんだ、ライ!」

背中を強かに打ちつけた琥珀は、痛みを堪えてライを見上げ、懸命に叫ぶ。しかしライは、追手に押さえつけられている琥珀を見るなり、全身の被毛を逆立てて木の上から飛び降りてきた。

「ライ!」

「ウゥウウッ!」

琥珀を捕らえようとしている男に飛びかかって噛みつき、鋭い爪で顔を引っ掻いて撃退する。地面に降りるなり、自分を背に庇うようにして唸り声を上げ、周囲を威嚇するライに、琥珀は必死に手を伸ばした。

　小さな体で懸命に自分を守ろうとする仔虎を抱きしめた琥珀の頭上に、影が差す。

「……そこまでだ」

「……っ」

　睥睨（へいげい）する六輔を見上げて、琥珀は腕の中のライを庇うように背を丸めながら立ち上がった。

「この子を帰してあげて下さい。この子は高彪さんのそばでないと、弱ってしまうんです……！　このままでは死んでしまいます……！」

「それを聞いて、私がそうかと承諾すると思ったか？」

　琥珀の訴えを鼻で笑って、六輔がおい、と周囲に声をかける。屋敷からぞろぞろと出てきたのは、粗末な身なりをした男たちだった。おそらく六輔が、琥珀を監視するために雇ったのだろう。

「連れていけ。抵抗しても容赦するな」

「っ、やめ……っ、離せ……！」

　琥珀に歩み寄った男たちが、ライを取り上げようとする。腕を掴まれながらも身をよじってライを庇い、必死に抵抗した琥珀だったが、屈強な男たちに力で敵うはずもない。

「ライ……！」

　ついにライを取り上げられ、宙づりになった仔虎に琥珀が夢中で手を伸ばした、――その時。

「ウゥウ……！」

　首根っこを掴まれたライが、突如として唸り出す。それまでぐったりしていたのが嘘のように被毛を逆立てた仔虎の瞳は、金色に光り輝いていた。

「な……っ、なんだ……？　うわ……っ！」

　ライを掴んでいた男が、その真っ白な被毛が輝き始めたのに気づいて驚き、思わず手を離す。空中に放り出されたライに一瞬目を瞠った琥珀だったが、ライはしなやかに地面に着地すると、身を低くして唸り声を上げた。

「オォオオオ！」

「……っ」

これまで聞いたことのない、低く太い、まるで成獣のようなその咆哮に、琥珀は思わず息を吞む。

その間にも、雷鳴の模様を浮かび上がらせたその白い被毛は、まるで発光するように輝きを増していって――。

（まさか……）

茫然とする一同の中、琥珀は気づく。

神獣であるライは、屋敷から長く離れると力を失い、消滅してしまう。だが、当主がそばにいればその力を失うことはない――。

「っ、高彪さん……！」

大きく息を吸い込み、拳を握りしめて、琥珀は声を限りに叫んだ。

「ここです、高彪さん！　僕はここにいます！」

「な……、なにを……」

高彪の名を呼び続ける琥珀に、六輔が一瞬たじろぎ、我に返って周囲の男たちに命じる。

「……っ、なにをしているんだ！　さっさとそいつと虎を……！」

「こちらです！」

と、その時、庭の向こうで聞き馴染んだ声が上がる。そちらを見やった琥珀は、懐かしい姿に目を瞠った。

「菊さん……！」

「ご無事ですか、坊ちゃま！」

「っ、危ない！」

瞳を潤ませる老女中の背後で、浪人が木刀を振りかざす。とっさに大声で叫んだ琥珀だったが、同時にその浪人が突然横に吹き飛び、強かに地に身を打ちつけてギャッと悲鳴を上げた。

驚いて息を吞んだ琥珀は、菊の背後に堂々とした体軀の男がいるのに気づく。

純白の軍服を身に纏い、白銀の髪を軍帽に納めたその男は――。

「高彪さん！」

「……遅くなってすまない、琥珀」

軍帽の鍔に手をかけた高彪が、人払いを、と短く告げて、菊を下がらせる。その反対側から、高彪の腰辺りまである大きな虎がするりと、優美な姿を現すのを見て、琥珀は思わず息を呑んだ。

「……っ、まさか、フウ……？」

琥珀の声に応えるように、フウがその場で咆哮を轟かせる。と、その途端、それまで小さな仔虎の姿だったライの体が一層強く光り出し、瞬く間にフウとそっくりの成獣の姿へと変化した。

「な……！」

驚きどよめく一同をよそに、高彪がフウを従えて悠々と琥珀に歩み寄ってくる。気づいた六輔が、男たちに怒号を上げて命じた。

「っ、そいつを渡すな！　褒美は望むだけやる！」

ハッと我に返った男たちが、木刀や棒を手に琥珀に飛びかかろうとする。しかしそれより早く、高彪の鋭い声がその場に響きわたった。

「フウ！　ライ！　琥珀を守れ！」

グルルッと低い唸りを上げ神獣たちが、琥珀へと迫る男たちに襲いかかる。怯む男たちをその巨軀で跳ね飛ばし、大きな牙を剝いて威嚇する彼らに一瞬茫然とした琥珀だったが、すぐに我に返って高彪のもとへと駆け出した。

「高彪さん！」

「っ、琥珀！」

駆け寄ってきた高彪が、琥珀を抱きとめつつ、背後から追いかけてきた男の木刀を肘で受ける。強靭な腕で木刀ごと男を撥ね返した高彪は、その勢いのまま男の腹にドッと強烈な蹴りをお見舞いした。

「ぐぁ……！」

後方に吹き飛んだ男に走り寄ったライが、その襟首を咥えて更にブンッと遠くへ放り投げる。

二頭が男たちを遠ざける様子を険しい眼差しで見守りながら、高彪がぎゅっと琥珀を抱きしめる。

背に回された力強い腕に、琥珀はほっと安堵の息をついた。

もう、大丈夫だ。この人がそばにいてくれたら、なにも心配はいらない――。

「迎えが遅くなってすまなかった。よくライを守ってくれたな、琥珀」

「……僕こそ、ライに守ってもらっていました」

固く抱き合う二人のもとに、敵を倒し終えた神獣たちが走り寄ってくる。するり、すり、と身を寄せてくる大きな白虎たちに、琥珀は微笑んだ。

と、その様子を見ていた六輔が、わなわなと怒りに震えながら言う。

「なんのつもりだ、若造……！」

ぎらぎらと血走った目を高彪に向けて、義父は激昂した。

「こいつの離縁状は、お前の従者に届けさせただろう！　受け取っていないとは言わせんぞ！」

「……確かに、離縁状は受け取った」

琥珀から身を離した高彪が、まっすぐ六輔を見据えて告げる。

「だが、その場で破いて捨てた。俺たちには不要のものだからな。……そうだろう、琥珀？」

「はい！」

問いかけられて、琥珀は一も二もなく頷いた。

（よかった……。高彪さん、僕の気持ちをちゃんと、分かってくれてた）

紙切れ一枚で終わってしまう、脆い関係。

けれど自分たちにはそれ以上に強い、確かな絆がある。

高彪も同じ気持ちでいてくれたことが嬉しくて、彼を見上げて微笑む。穏やかに微笑み返してくれた高彪だったが、義父はギリッと歯を食いしばって更に追求してきた。

「……っ、だとしても、これは不法侵入だ……！　いくら四神家とはいえ、私の許可なくこの屋敷に立ち入ることなど……！」

「許可ならオレが出したぜ」

しかしその時、先ほど高彪が現れた方から若い男が姿を現す。三つ揃いのスーツに身を包んだその男の顔を見て、琥珀はまさかと瞬きを繰り返した。

「……兄さん？　祐一郎兄さん、なの……？」

「ああ、そうだ。久しぶりだな、琥珀」

ニッと笑ったのは、十三年前に別れたきりの義兄、祐一郎だった。

「どうして兄さんが、ここに……」

驚いたのは六輔も同様だったらしい。勘当同然に追い出した息子を睨んで問う。

「何故ここにいる……！　私はお前に、この国の地を踏む許可を出した覚えはない……！」

「……あんたの許可を待っているのは、もう飽きたんだ」

父である六輔を冷ややかに見つめ返して、祐一郎が呟く。琥珀の肩を抱いた高彪がそっと、教えてくれた。

「祐一郎は、ずっと帰国を阻害されていたんだ。役人に手を回されてな」

「……そうだったんですか」

兄からの手紙の文面でも察していたが、やはり六輔が祐一郎の帰国を阻んでいたらしい。

頷いた琥珀には目もくれず、六輔が祐一郎を忌々しげに睨んで命じる。

「どんな手を使ったか知らんが、ここは私の屋敷だ！　お前もその男も、さっさと……！」

「あんたの屋敷じゃない」

しかしそこで、祐一郎が六輔を遮る。きっぱりと言い切った祐一郎に、六輔が不審そうな目を向けて問い返した。

「なんだと？」

「この屋敷も、藤堂貿易も、オレが買い取った。もう、あんたのものじゃない」

「な……」

言葉を失った六輔に、祐一郎が懐から取り出した数枚の紙を広げて突きつける。おそらく土地の権利書や法人の譲渡契約書なのだろう。文面を見た六輔がみるみる青ざめていった。

「……祐一郎と俺は、旧くからの友人でな」

高彪が、二人を見つめながら告げる。

「祐一郎には俺の伝手で、知人の会社の経営に携わってもらっていたんだ。名前こそ表に出さなかったが、実質的な経営者としてな。今回はその会社を通して、藤堂貿易を買収した」

抵当に入っていた屋敷も、その流れで祐一郎のものになったということだろう。

紙を握りしめた六輔が、わなわなと震えながら唸る。

「買収だと……!? そんなこと、私は聞いていないぞ……！」

「役員会で承認された。ついさっきな。あんたは琥珀の予知に固執して、ろくに会社に顔を出していなかったようだが」

冷ややかに言った祐一郎が、六輔をまっすぐ見据えて続ける。

「あんたのやり方は、周りを不幸にするだけだ。このままじゃいずれ立ちゆかなくなって、多くの人間が不幸になる。オレはこの家に生まれた人間として、それを見過ごすわけにはいかない」

だから、と一度言葉を区切って、祐一郎は大きく息を吸った。思いを振り切るようにして、少し口調を改めて告げる。

「だからオレは、あなたからすべてを奪う。藤堂家当主の座、引き継がせてもらう……！」

「……っ、ぐ……」

呻いた六輔が、身を強ばらせてぶるぶると震え出す。

「オォオ……！　オォオオオ！」

カッと目を見開き、怨嗟の呻き声を上げる六輔の姿に、琥珀は息苦しさを覚えつつも安堵せずにはいられなかった。

（これでようやく、終わりだ）

すべてを奪われた義父の苦しみは深いだろうが、同情する余地はない。彼が表舞台から退けば、きっとこれから先の未来は明るくなる——。

「……帰ろう、琥珀」

琥珀の背をそっと押して、高彪が促してくる。

「俺たちの家へ」

「高彪さん……」

穏やかな笑みに、琥珀が頷きかけた、——その時だった。

「……まえの、せいだ……」

六輔の口から、かすれた低い声が漏れ出る。

ゆらり、と一歩踏み出した六輔は、ギラギラと煮え滾る油のような目で琥珀を見据えて叫んだ。

「すべてお前と、お前の母親のせいだ……！　この疫病神め……！」

懐に手をやった六輔の手には、短筒が握られていた。黒光りするそれを見とめた瞬間、高彪が素早く琥珀を自分の腕に囲い込み、ウゥウッと短い咆哮を上げる。

「琥珀……！」

（あ……）

琥珀の目の前で高彪の金色の瞳がキラリと光る。

星の瞬きのようなその煌めきに琥珀が目を瞠った刹那(せつな)——、高彪の顔がゆっくりと、白銀の被毛に覆われ出した。

「え……？」

もう幾度も見た、高彪が彼本来の姿になる瞬間。

いつも一瞬のそれが、やけにゆっくりと進んでいくことに驚いて、琥珀は思わず辺りを見回す。

——すると。

「……っ、な、なに……？」

周囲の人たちはすべて、その動きをとめていたのだ。まるで人形のように、瞬きすらせず硬直してしまっている。

そしてそれは、目の前の高彪も同じで——。

「高彪さん!?　高彪さん……！」

一体どうしてしまったのか、なにが起きているのかと高彪に呼びかけた琥珀だったが、その時するりと、視界の端で白銀が揺れた。

「え……」

『未来を』

しなやかな動きで琥珀の傍らに座り込んだフウの口から、低くやわらかな声が漏れる。

「フウ……？」

今の声はフウが発したのかと目を瞠る琥珀の反対側に、ライが座り込む。琥珀を見上げた彼の口から、フウによく似た声が零れ落ちた。

『未来を、視よ』

「ライ……」

二頭の神虎は、じっとこちらを見上げている。その瞳は、常の金色とは異なり、七色の不思議な光を放っていた。

『視よ』

包み込むように響いた彼らの声に再度促されて、琥珀は戸惑いながらもそっと、目を閉じた。

（未来を……）

自在に使える力ではないという思いは、不思議と湧いてこなかった。彼らが見ろと言うならば、自分はその未来を知らなければならないのだ——。

（……僕に未来を、見せて）

知りたいと、ただそれだけを思い続ける琥珀の視界に、ひとすじの光が差す。

暗闇の中に浮かび上がる、その細い、細い金色の光に、琥珀は必死に手を伸ばした。

（見せて……！）

琥珀が一際強く願った、次の瞬間。

——伸ばした指先が透け、淡く光り出す。

『あ……』

予知夢だ、と知覚した琥珀は、広がった光景に大きく目を見開き、叫んだ。

『……高彪さん！』

自分を抱きしめた高彪が獣人の姿に変わった、その刹那、銃声が辺りに響く。

金色の瞳を瞠った高彪の体が、ゆっくりとこちらに倒れ込んできた。

「琥珀……」

苦しげに呻いた高彪の背に回した琥珀の指先が、べったりと血に濡れる。その巨軀を支え切れず、地に座り込みながら高彪を抱きしめて、琥珀は衝撃に打ち震えた。

『う、そ……』

目の前で起こった出来事を、受けとめることができない。

高彪が自分を庇って、撃たれた――。

『……変えたいか』

するりと、白銀の神虎が琥珀と高彪の周囲を歩き出す。しなやかに地を踏みしめながら、二頭の虎たちは琥珀に問いかけてきた。

『この未来を、変えたいか』

『己の手で、違う未来を作る覚悟はあるか』

『担う覚悟は、あるか』

――いつの間にか、琥珀の透けていた手は元に戻っていた。

ぐったりと力の抜けた高彪の大きな体をぎゅっと抱きしめて、琥珀はきっぱりと言い切る。

「……っ、あります……！　僕はこの未来を、変えたい……！」

耳の奥に、高彪の声が甦る。

――俺は、君がやりたいことを見つける、その手助けができたらと思っている。

――楽しいこと、美味しいもの、美しい景色……。これからはすべて君と共有したいし、分かち合っていきたい。

(僕はこの先ずっと、高彪さんと一緒にいたい。高彪さんとの未来を、自分の手で摑み取りたい)

「……高彪さん」

到底腕の回り切らない広い背を、精一杯受けとめ、抱きしめる。

自分はこの人を支えるにはまだまだ力不足で、助けてもらってばかりだ。高彪に釣り合う人間になるまで、きっとまだ時間がかかるだろうし、その頃には彼はもっと先を歩いているかもしれない。

それでも自分は、彼と一緒に未来を歩んでいきたい。だから、受けとめたこの重さを決して離しはしないし、逃げ出したりしない。

自分の未来を諦めることは、もうしない。

「僕はあなたと一緒にいたい。あなたと一緒に、未来を作っていきたい……！」

だから、と目を閉じて、琥珀は強く強く、願った。

「僕はこの未来を、変えたい……！」

――その、次の瞬間。

腕にかかっていた高彪の重みがふっと消え、彼の体が元の位置に戻っていく。琥珀の指先についていた血が、滴となって高彪の背へと戻っていった。

ふわり、と跳躍したフウとライが、二人の周りを駆け巡りながら告げる。

『叶えよう』

『神に愛されし子に、我らから祝福を』

『四神の白虎の番に、心からの祝福を』

『そなたの望みは、我らの望み』

『叶えよう』

『叶えよう』

「……っ！」

さあっと、風に吹かれた雲が晴れていくように、高彪の顔から被毛が散っていく。

人間の姿に戻った高彪に、琥珀は勢いよく飛びついた。しっかりと地面を踏みしめ、無我夢中でその巨軀を自分の方へと引き寄せる。

「高彪さん……！」

――パッと一瞬、稲妻に似た七色の光が辺りを包み込み、とまっていた時が動き出す。

「っ、琥珀!?」

再度獣人に姿を変えた高彪が、琥珀に引き寄せられて大きく体勢を崩すのと同時に、銃声がその場を切り裂いた。

「……っ、く……！」

呻いた高彪に、琥珀は大きく目を瞠った。

「高彪さん!?」

「かすめただけだ……！」

その言葉通り、焦げたように破れた袖からじんわりと血が滲んでいる。しかしその傷はごく浅いようで、地面に膝をついた高彪は素早く琥珀に怪我がないか確かめつつ、フウとライを呼び寄せた。

「フウ、ライ！　琥珀を！」

グルルルッと唸った二頭が、守るように琥珀の両隣に駆けつけるのを見届けて、高彪が立ち上がる。

背後を振り返った彼に、銃を手にした六輔がカッと目を見開いて怒号を上げた。

「この、化け物めが……！　四神の一族など、しょせん人間の皮を被った獣ではないか！」

「………」

「来るな！　私に近寄るんじゃない！」

憤怒で顔を真っ赤にした六輔が、両手で銃を握りしめる。その指が引き金にかかると同時に、高彪が力強く地を蹴り、一気に六輔との距離を詰めた。

「お前だけは許さん……！」

猛々しい咆哮を上げた高彪が、六輔の手を薙ぎ払う。吹き飛んだ銃に、あっと六輔が声を上げた次の瞬間、高彪が六輔の鳩尾に重い拳を叩き込んだ。

「う、ぐぅ……っ！」

「……大勢の者を苦しめたこと、一生後悔しろ」

低い声で唸った高彪を悔しげに睨みつつ、六輔がドサリと倒れる。地面に伏せた六輔は、どうやら気を失ったようだった。
ハ、と肩で荒く息をした高彪が、こちらを振り返る。
「……っ、高彪さん……っ！」

弾かれるように駆け出した琥珀の背後で、二頭の白虎が喜び合うようにクルルルルッと喉を鳴らし、その長い尾を揺らしていた——。

サワサワと、涼やかな夜風が頬を撫でる。

三日ぶりに戻ってきた高彪の屋敷で、夕食と入浴を済ませた琥珀は、浴衣姿でテラスのイスに腰かけていた。膝に頭を乗せてグルグル喉を鳴らしている仔虎たちの頭を、そっと撫でる。

「……ありがとう、フウ、ライ」

呟きに、仔虎たちがミャウ、と小さく声を上げる。尻尾の先を上げ、ぱたりと振って返事をしたフウとライに、琥珀は微笑みを浮かべた。

六輔が気を失った後、神獣たちは気がつくとその姿を仔虎に変えていた。

おそらく、あの成獣の姿が彼ら本来のものなのだろう。仔虎たちの口から人間の言葉が聞こえてくることはなく、二頭は馬車の中でもいつもと変わらない無邪気さでじゃれ合っていた。

仔虎たちと高彪と共に戻ってきた琥珀を出迎えたのは、いつもの四人だった。彼らは琥珀と高彪の帰りを門の前で今か今かと待ち構えていたらしく、茜などは馬車の姿が見えた途端走り寄ってきて、号泣していた。

『おが……っ、おがえりなざいぃいいい！』

『お帰りなさい、琥珀様。ご無事でなによりでしたわ』

そう言った桔梗も、うんうんと頷く大文字も涙ぐんでいて、琥珀も思わずほろりとしてしまったけれど、大変だったのは柏木だった。

『……私の責任です』

燕尾服が汚れるのも構わず、地面に膝をついた柏木は、琥珀に脇差を差し出してきた。

『高彪様から留守をお預かりしたにもかかわらず、この体(てい)たらく……。本当に申し訳ありません。どうぞこちらで、私をお手打ちに』

『柏木さん!?』

深々と頭を下げて言う柏木に仰天した琥珀だったが、あとの三人は辛辣だった。

『柏木さん、バカなの？』

『責任を取るつもりなら、せめて自分で腹をかっさばいたらどうかしら』

『まったくだ！　奥方の手を煩わせるとはなあ！』

『皆さん……』

そこまで言わなくても、と困り果て、思わず助けを求めるように高彪を見上げた琥珀に、高彪は苦笑して頷き、柏木に告げた。

『柏木、俺も琥珀も、そんなことは望んでいない。それでも責任を取ると言うのなら、これから一層、俺たちのことを支えてほしい』

『高彪様……』

うるうる、と柏木の瞳が潤んだのを見て、琥珀は慌てて高彪の袖を引っ張った。

『か、屈んで下さい、高彪さん！』

『ん？』

ひょいと屈んだ高彪の丸い虎の耳をぱふっと両手で塞ぐ。ああ、と目を細めた高彪が、その大きな手でそっと琥珀の耳を塞ぐのと同時に、柏木の雄叫びがその場に轟いた。

『もちろん、命に代えましても!!』

『柏木さん、うるさーい』

ちゃっかり耳を塞いだ茜たちにぶうぶうと文句を言われる柏木を横目に、琥珀は高彪と顔を見合わせてこっそり笑い合った。

『……お帰り、琥珀』

『ただいま、高彪さん』

(——ここが僕の、帰る場所なんだ)

改めてそう思って、琥珀はフウとライを撫でながら眼下の庭を眺めた。

サワサワと耳をくすぐる、穏やかな風。

やわらかな月光が葉を照らし、夜空には無数の星が瞬いている。

ここでは自分は、あの空に手を伸ばすことをためらわなくていい。なにも、諦めなくていい。

大切な人と一緒にいる未来を、望んでいいのだ。

「琥珀様、よろしいですか？」

と、そこで、部屋の方から声がかけられる。フウとライが膝にいる琥珀は、上半身だけをひねって応えた。

「柏木さん？　はい、なんですか？」

「祐一郎様がお見えです。お通ししてもよろしいですか？」

「兄さんが？　は、はい」

十三年ぶりに再会した兄とは、数時間前に藤堂の屋敷で別れたばかりだ。また改めて会いに行くと言われたけれど、当日中に来てくれるとは思っていなかった。

少し緊張しながらも頷くと、柏木に案内されてスーツ姿の兄が姿を現す。

「兄さん！」

「ああ、そのままでいいぞ。オレがそっちに行く」

琥珀が膝からフウとライを降ろそうとしているのを見て、祐一郎がそれを制する。案内どうもな、と声をかけられて、柏木が去っていった。

テラスまで歩み寄ってきた祐一郎が、琥珀の隣に腰を下ろしながら言う。

「さっきはゆっくり話もできなかったからな。報告も兼ねて少しだけでもと思って、来てみたんだ」

「そうだったんですね。あ、でも高彪さんは今お風呂に……」

報告ということだったら高彪もいた方がいいだろうが、高彪は今琥珀と入れ替わりで入浴中だ。声をかけてきた方がいいだろうかと思った琥珀に、祐一郎が悪戯（いたずら）っぽく笑う。

「ああ、知ってる。さっきバスルームの前まで行って一方的に喋り倒してきたからな。こんなところでやめろと、随分嫌がられたが」

くくく、と笑う兄は、どうやらそれだけ高彪と親しい間柄らしい。琥珀は少し驚きながら聞いた。

「兄さんと高彪さんは、旧（ふる）くからの知り合いなんですか？　友人って言ってましたけど……」

「ん？　ああ、オレが留学させられる少し前からだから、十三年前からだぞ。というか、高彪からなにも聞いていないのか？」

「なにもって……？」

　含みのある言い方に首を傾げると、祐一郎は琥珀と同じ方向に首を傾げて言った。

「お前がずっとオレに送っていた手紙、あれは菊を通して高彪がオレに転送してくれていたんだぞ？　オレからの手紙も、高彪が菊に渡してくれていたんだ」

「……っ、え……？」

　予想もしなかったことを告げられて、琥珀は目を見開いたまま固まってしまう。

（高彪さんが、手紙を転送してくれてた……？）

　そんなこと、高彪はおろか菊からも一言も聞いていない。茫然とする琥珀だったが、祐一郎の口からは更に驚くような言葉が飛び出す。

「知らなかったのか？　今までお前が受け取っていた贈り物も、全部高彪からだったんだが……」

「……聞いて、ません……」

　寝耳に水とは、まさにこういうことを言うのだろう。琥珀は混乱して黙り込んだ。

（どういう……、え……、どういうこと……？　だって僕、確か高彪さんに兄さんからの手紙や贈り物の話、したよね……？）

　あの時高彪は、ただ黙って自分の話を聞いてくれていた。手紙の仲介をしていたとも、贈り物が自分からだったとも、なにも言っていなかった――。

　愕然としたままの琥珀に、祐一郎が問いかけてくる。

「まさかとは思うが、琥珀、十三年前のことも忘れてるのか？」

「……十三年、前？」

　まだなにかあるのかと身構えた琥珀だったが、兄はにやっと人の悪い笑みを浮かべると、腕を組んで頷き出した。

「そうかそうか。いや、仕方ないよな、お前はまだ小さかったんだから！」

うんうんと一人で納得している兄に、琥珀は慌てて聞く。

「に、兄さん、仕方ないってなにが？ 僕、なにを忘れてるんですか？」

「聞きたいか？ 実はなあ……」

にやにやと笑った兄が、身を乗り出して口を開きかけたその時、部屋のドアが勢いよく開かれた。

「……っ、そこまでだ、祐一郎！」

まるで悪役を追いつめるかのような台詞で現れた獣人姿の高彪に、兄がのんびりと声をかける。

「おっ、ようやく上がったか。案外長風呂だなあ、高彪」

「お前が話しかけてくるから手間取ったんだ！」

誰のせいだと言わんばかりに、高彪が吼える。高彪の大声で起きたフウとライが、琥珀の膝の上でくああ、と小さな口を大きく開けてあくびした。

「お、お帰りなさい、高彪さん」

「ああ、ただいま。祐一郎に変なことを吹き込まれてないか、琥珀？」

歩み寄ってきた高彪が、祐一郎をじろっと見やりつつ、琥珀を挟んだ反対側のイスに腰を下ろす。

琥珀の上からフウがもぞもぞと高彪の膝に移動するのを眺めつつ、祐一郎がぼやいた。

「変なこととは心外だなあ。仮にもお前のお義兄様だぞ、オレは。ま、義理の義理だが！」

「…………お前を兄と呼ばなきゃならんことが、人生最大の苦痛だ……」

はあ、とため息をついてフウを撫でる高彪に、琥珀は焦って兄を庇った。

「あっ、あの、兄さんは別に変なことなんて言ってないです。高彪さんが、今まで兄さんとの手紙をずっと仲介してたって教えてくれただけで……」

「…………」

ぴくっと震えた高彪が、フウを撫でる手をとめて固まる。黙り込んだ彼に、琥珀は緊張しながらも問いかけた。

「あの……、もしかして高彪さん、僕がずっと予知能力を失っていたこと、知ってましたか……？」

兄とこれだけ親しいということは、高彪はきっと自分の事情についても兄から詳しく聞いていただろう。予知能力を失っていたことも、知っていたに違いない。

琥珀の問いかけに、高彪はやはり頷いた。

「ああ、最初から知っていた。だが、君が必死に隠そうとしているようだったから、気づいていない振りをしていた。……すまない」

「そんな……、謝るのは僕の方です」

頭を下げる彼に、琥珀は慌てて言う。

「ずっと隠していて、すみませんでした。本当は何度も、……何度も打ち明けようと思ったんです。でも義父さんから、僕にもう予知能力がないことを高彪さんに知られたら、代わりに珠子を罰すると脅されて……。どうしても言えなかったんです」

本当にすみませんと頭を下げて謝った琥珀を、高彪が取りなす。

「いや、俺も君に隠し事をしていた。お互い様だ」

「それって、あの……、贈り物のこと、ですか？」

手紙の仲介をしていたこともそうだが、高彪は贈り物が自分からだったことも黙っていた。聞いてもいいだろうかと迷いながらも、どうしてもその理由が気になって、琥珀はおずおずと尋ねる。

「その……、さっき兄さんから、今までの贈り物も全部高彪さんからだって聞きました。でもどうして、そのことを隠してたんですか？」

悪いことをしたのなら黙っているのも分かるが、琥珀はあの贈り物でずっと救われていたのだ。贈り主が高彪だったと知っても感謝しかないのに、何故高彪は教えてくれなかったのか。

不思議に思った琥珀に、高彪は言いにくそうに幾度か視線を泳がせ、ぼそりと呟いた。

「……インクを……」

「え？　インク？」

インクとは一体どういうことだろうと当惑する琥珀の隣で、祐一郎がにやりと笑う。

「なるほど、そういうことだったのか。いや、この間の琥珀の手紙に、高彪からインクをもらったから万年筆で書いているとあったのが、ずっと引っかかっていてな」

「………」

「つまりお前、十三年前に万年筆だけ贈って、肝心のインクを添え忘れてたんだな？　で、贈り主が自分だと言い出せずに黙っていた、と。案外抜けてるよなあ、高彪」

「……うるさい」

兄の指摘はどうやら図星だったようで、高彪がそっぽを向いて唸る。

琥珀は啞然としつつも高彪に声をかけた。

「あの、高彪さん。僕は気にしてないですから……」

「君が気にしていなくても、俺にとっては大失敗なんだ」

ため息をついた高彪の丸い耳は、珍しくぺしゃんと倒れてしょげ返っていた。

「ただ、最初から自分が贈り主だと伝える気はなかった。君の心が少しでも慰められるなら、贈り主が誰かなどどうでもいいことだからな。……今となっては言い訳にしか聞こえないだろうが」

尻尾の先でぺちぺちと縁側を叩きながら拗ねたように言う高彪は、なんだかいつもの堂々とした彼とは打って変わってとても可愛らしく見える。

琥珀は思わず微笑んでしまった。

「そんな……、そんなことないです。高彪さんが僕を気遣ってくれてたのも嬉しいし、それに今までいただいたものは全部……、全部、僕の宝物です」

高彪が仲介してくれた兄からの手紙と贈り物があ

ったからこそ、自分は孤独に耐えられたのだ。

琥珀は改めて高彪に向き直ってお礼を言った。

「手紙のことも、贈り物のことも……、本当にありがとうございました、高彪さん」

「琥珀……、……いや」

いつもの穏やかな顔に戻った高彪が、微笑んで頷いてくれる。

だがその顔つきは、琥珀の後ろに視線が流れた途端、塩の固まりでも舐めたかのようなものに変わってしまった。

「……にやにやするな、祐一郎」

どうやら琥珀の背後で、兄がからかうような笑みを浮かべていたらしい。嘆息する高彪に、祐一郎が心底楽しそうに言う。

「いやあ、お前もそんな顔をするんだなと思ったらもう、おかしくてな。いやあ、愉快愉快」

「用が済んだなら帰ってくれ……」

頼むから、と半ば懇願するような口調で呻く高彪だったが、祐一郎は目を細めるとひょいと片方の眉を上げて言う。

「おや、そんなこと言っていいのか？　お前たちの縁談を取り持ったのは、なにを隠そう、このオレなんだぞ？」

「つ、え……？」

驚いた琥珀は思わず高彪を振り返るが、これは彼も初耳だったらしい。

「……なんだと？」

怪訝(けげん)な顔で聞き返した高彪に、祐一郎が自慢げに打ち明ける。

「実は以前からどうにか帰国の目処(めど)をつけようと、部下をこっちに潜り込ませていてな。それで数年前から父にそれとなく、琥珀を政略結婚させてどこかへやった方がいいと吹き込ませていたんだ。藤堂貿易を買収するには時間がかかりそうだったから、それより早く、高彪が琥珀を迎えられるようにな。まあ結局、思ったより時間がかかったが」

「待て。俺がお前に琥珀への気持ちを打ち明けたのは、藤堂が琥珀の結婚相手を探し始めたと聞いてからだぞ。それより前にお前が知っていたはずは……」

どうやら兄の話は、高彪が認識している順序と違っているらしい。混乱した様子の高彪に、祐一郎がにやっと人の悪い笑みを浮かべた。

「オレが何年お前の親友をやってると思ってるんだ？　お前がうちの可愛い弟のことが気になって気になって、それでいくつ縁談を蹴ったか知らないとでも？」

「………」

「なんのためにオレが菊に頼んで、毎年琥珀の写真をお前に送らせていたと思う？　四神の一族で性格は温厚で真面目、将来は当主の座を約束されてる男が、初恋を拗らせたあげく、囚われの身の弟にずっと想いを寄せてるんだぞ？　そんな優良物件、このオレが逃すわけないだろう！」

ふはははは、とまるきり悪役のような高笑いを上げる祐一郎に、高彪が呻く。

「なら、俺が琥珀の結婚相手に名乗りを上げると言った時、苦い顔をしていたのは……」

「演技に決まってるだろう！　いやあ、あの時はニヤけそうになるのを我慢するのに随分骨が折れた！」

どうやら兄は高彪も知らない水面下で、いろいろ画策していたらしい。

祐一郎の言葉に引っかかりを覚えた琥珀は、おずおずと口を挟んだ。

「あのう、高彪さん。今、初恋って……」

聞き違いでなければ、兄は確かにそう言った。

「まさか僕、十三年前に高彪さんに会ってるんですか……？」

これまで高彪が手紙を転送したり、贈り物をしてくれていたのは、単に兄から自分の事情を聞いたからだけではないということだろうか。

（そういえば兄さん、僕が十三年前のことを忘れてるって言ってた……）

兄の口振りからは、自分はその頃に高彪と会っていて、高彪はその時から自分のことを好きだったように思える。

だが十三年前となると、自分はまだ五歳、高彪は十七歳のはずだ。

（十七歳の高彪さんが、五歳の僕に初恋……？）

本当にそんなことがあるのだろうかと高彪の表情を窺った琥珀だったが、高彪は苦い顔つきで黙り込んだままだ。

どうしよう、と困惑した琥珀を見て、祐一郎が苦笑を浮かべて立ち上がった。

「仕方ない、邪魔者はそろそろ退散するか。オレがいたら、いつまで経っても高彪が口を割らないだろうしな」

話の種は十分蒔(ま)いたしと笑う兄に、高彪が唸る。

「……言っておくが、お前が余計なことをしなくても、琥珀にはいずれきちんと話すつもりだった」

「ああ、もちろんそうじゃなきゃ困る。大事な弟を任せるんだからな」

肩をすくめた兄が、改めて高彪に言う。

「琥珀のこと、頼むぞ、高彪」

「ああ」

短く頷いた高彪に、よし、と満足げに頷いて、兄は琥珀に向き直った。

「珠子たちのことは、オレに任せろ。藤堂の家も、オレが買収したからには、必ず経営を立て直してみせる」

「……はい」

海外の企業で辣腕(らつわん)をふるっていた兄だ。珠子の将来も含めて、きっと藤堂家をいい方へ導いてくれることだろう。

琥珀に力強く頷き返して、兄が続ける。

「お前には今までずっとつらい思いをさせて、すまなかった。特に今回の藤堂貿易の買収は、最終的な契約にはどうしてもオレが立ち会う必要があってな。多くの従業員を路頭に迷わせないためにも、正式に買収してから親父を引きずり下ろしたかったんだ。高彪にもそう言って、オレの帰国を待ってもらっていた。助けに向かうのが遅くなったのは、オレの責任だ。本当に悪かった」

「そんなこと……」

謝る兄に、琥珀は首を横に振った。膝の上でぷうぷうと寝息を立てているライの背を撫でて言う。

「兄さんの考えは正しいですし、僕もライも恨みになんて思ってません。助けに来てくれて、本当にありがとうございました、兄さん。……高彪さんも」

二人が来てくれなければ、ライはどうなっていたか分からない。

フウもね、と呟いて手を伸ばし、ちょいちょいとフウの背を撫でる琥珀を見つめて、兄は告げた。

「親父のことはこれから役員会議にかけることになるが、これまでさんざん他社に一方的な取引を強要したり、子会社に不正を指示してきた証拠は押さえてある。銃の不法所持もあるし、二度と日の目は見られないだろう」

「……はい」

義父に対して恨みがないと言ったら嘘になるが、だからといってひどい目に遭えばいいとまでは思えない。

「義父さんには、犯した罪をちゃんと、償ってもらえたらと思います」

それ以上も以下も望まないと、そう言う琥珀に、兄はやわらかく微笑んだ。

「琥珀は優しいなあ。高彪とは大違いだ。こいつときたら、お前が拉致されたと気づいてオレに電話してきた時、開口一番『今すぐ帰国しろ、さもなくば殺す』って……」

「言ってない」

しれっと嘘をつく祐一郎を、仏頂面の高彪がすかさず遮る。はは、と心底愉快そうに笑って、兄はひらりと手を振って言った。

「似たようなこと言ってただろう。ま、オレはもう帰るから、いい加減全部、琥珀にちゃんと話せよ」

「あ……、僕、見送りを……」

「ああ、いい、いい。今お前にそんなことさせたら、おっかない虎三匹分の恨みを買うことになるからな」

怖い怖いと、少しも怖がっていない顔で笑って、兄が言う。

「お前に相談もなく、勝手に縁談を仕組んで悪かったな、琥珀。だが、高彪ならお前のことを必ず幸せにしてくれる。お前もきっと、高彪なら心から愛することができるだろうと思ったんだ。お前には今までつらい思いをした分、誰よりも幸せになってほしかったからな」

「兄さん……、ありがとうございます」

確かに兄の言う通り、はじめは同性と政略結婚なんて自分には無理だとしか思えなかった。けれど今となっては、遠くからずっと自分を気遣ってくれていた兄には感謝しかない。

琥珀は兄を見上げて微笑んだ。

「僕、思うんです。僕がまた予知ができるようになったのは、高彪さんのことを心から愛することができたからなんじゃないかって。心から信じられて、守りたい相手ができたから、また未来が見られるようになったんじゃないかって」

藤堂の屋敷に軟禁されていた間、自分のそばには菊や珠子がいてくれた。二人のことはもちろん心から信頼していたし、親愛の情を抱いていたが、彼女たちにはそれぞれ家族がいて、帰る場所があった。

(僕には多分、家族が必要だったんだ。自分が帰れる場所……、守りたいと思える場所が)

高彪を、そして兄を見て、琥珀は改めてお礼を言った。

「高彪さんと会わせてくれて、本当にありがとうございます、兄さん」

「……オレはただ、可愛い弟に幸せになってほしかっただけだよ」

琥珀の言葉に目を細めて、祐一郎は優しく笑いかけけてきた。

「幸せになれよ、琥珀」

「……はい！」

力いっぱい頷いた琥珀に、また来ると微笑んで、兄が去っていく。

部屋のドアが閉まる音を聞きながら、琥珀は高彪を見上げた。

「高彪さん？」

「…………」

「あの、さっきの話ですけど……、本当ですか？」

話を蒸し返すようで悪いが、高彪の初恋が自分だったとはどういうことなのか、本当に自分たちは十三年前から面識があったのか、ちゃんと聞きたい。

じっと見つめて聞く琥珀に、高彪は一つ大きく息をついて唸った。

「……ああ、本当だ。俺の初恋は琥珀、君だ」

きっぱりと言い切られて、琥珀は思わず赤面してしまう。

じんわりと耳まで赤く染めた琥珀に、高彪が少し肩の力が抜けたような苦笑を浮かべて告げた。

「とはいえ、あの時はまだ君も幼くて、俺も初恋だという自覚はなかった。だが、初めて会った時から君が俺にとって特別な存在だったことは確かだ」

「特別……」

その言葉自体が、自分にとっても特別なものに思える。噛みしめるように高彪の言葉を繰り返して、琥珀は更に問いかけた。

「じゃ……、じゃあやっぱり、僕と高彪さんは十三年前に会ってたってことですか？」

当時高彪は十七歳で、今の自分よりも若い。人間姿の若い高彪を想像して記憶を辿ろうとした琥珀だったが、続く高彪の言葉は意外なものだった。

「ああ。覚えていないか？　あの時君は、俺のこの姿を見るなり、『とらさん』と歓声を上げて抱きついてきたんだが……」

「とらさん、って……」

まじまじと高彪を見つめて、琥珀は大きく目を見開いた。

「とらさんって、あの『とらさん』ですか⁉　大きな虎のぬいぐるみの……」

「……ぬいぐるみ……」

琥珀の言葉を繰り返した高彪が、苦笑を浮かべる。

「なるほど、それで思い出さなかったのか。君の記憶の中で、俺は虎のぬいぐるみだったわけだな？」

「あ……、ご、ごめんなさい……」

まさかあのぬいぐるみが高彪だったなんて、思ってもみなかった。幼い頃のあやふやな記憶の中で、いつの間にか高彪の獣人姿がぬいぐるみに置き換わってしまっていたのだろう。

恥ずかしさに俯いた琥珀に、高彪が優しく声をかけてくる。

「まあ、普通は獣人なんて現実だと思わないだろうからな。途中で記憶があやふやになっても、それは仕方のないことだ。そもそも君は、当時白い虎が出てくる絵本がお気に入りで、それで俺に懐いてくれたんだしな」

苦笑した高彪は目を細めて言った。

「だが俺はあの時とても、救われたんだ。あんなに小さな子供から、あれほどまっすぐな好意を向けられたことなんてなかったからな」

「……っ、もしかして前に言ってた、高彪さんのことを怖がらなかった人間って……」

以前高彪が、自分にとって今も大切な存在だと話してくれたその人とは、まさか——。

目を見開いて聞いた琥珀に、高彪がくすぐったそうにグルル、と喉を鳴らす。

「ああ。君だ、琥珀。俺はあの時、君のことを誰よりも大切だと思った。なにがあろうと、この子だけは必ず守ろうと誓ったんだ。だが、祐一郎が強制的に留学させられてからは、何度君を訪ねても門前払いだった。祐一郎と相談して、君を救い出す機会を待つことにしたが、その間もずっと君のことが気になって、成長した君の様子を菊さんから聞く度に会いたくてたまらなくなって……」

「……そうだったんですね」

高彪が何度も自分に会いに来てくれていた、会えなくなってからも気にしてくれていたと知って嬉しくなった琥珀だったが、高彪は金色の瞳を少し陰らせて聞いてくる。

「……失望したか？」

「失望……、ですか？　どうして？」

思いがけないことを問われてきょとんとした琥珀に、高彪は決まり悪そうにライを撫でながら言う。

「俺は十三年前、君の窮状を知りながらなにもできなかった。君のお母さんから君のことを頼まれたにもかかわらず、だ」

「……っ、お母さんに？」

高彪は母とも会っていたのか。

（しかも、僕のことを頼まれていたって……）

どんなことを話したのかと、急くような気持ちで見つめる琥珀に、高彪が打ち明ける。

「君のお母さんは俺と祐一郎に、君のことを見守ってほしいと言ったんだ。君の力は、自分よりも強い。だからできる限り悪用されないように、と」

「お母さん……」

自分の力は神様から授かったものだから、その力で周りの人を幸せにしなければと言っていた母。

いつも琥珀のそばにいてくれて、怪我をした時は何度もおまじないを唱えてくれた。

（お母さんは亡くなる直前まで、僕のことを心配してくれてたんだ……）

胸の奥があたたかくやわらかなもので満たされていくのを感じながら、琥珀は高彪に言った。

「……ありがとうございます、高彪さん。母の言葉通り、僕のことを見守って下さって」

「琥珀……、だが俺は……」

もどかしそうに言いかけた高彪に首を振って、琥珀は微笑んだ。

「高彪さんはなにもできなかったって言ってたけど、そんなことありません。だって高彪さん、僕の手紙を兄に届けてくれてた。僕のことをずっと気にかけて、忘れずにいてくれたじゃないですか」

そっと手を伸ばして、琥珀は高彪の大きな手に自分のそれを重ねた。想いが伝わるようにと、夜空に浮かぶ月のように美しい金色の瞳を見つめて言う。

「失望なんて、するはずないです。僕、高彪さんと結婚できてよかった。高彪さんに好きになってもらえて、よかった」

大好きですと、心からの言葉を高彪に告げる。

高彪は信じられないものを見るようにしばらく目を見開いて固まった後、かすれた声を押し出した。

「俺は……、俺は君を、独りぼっちにしてしまった。十三年間も、ずっと」

「でもこれからはずっと、一緒にいてくれるでしょう？」

首を傾げて聞くと、高彪が更に目を瞠る。

今まで見た中で一番驚いたその顔が愛おしくて、嬉しくて、琥珀はもう片方の手も伸ばして高彪の手を持ち上げた。

「一緒に、いて下さい。僕はあなたと一緒にいたいです」

なめらかな白銀の被毛に覆われた手は自分よりずっと大きくて、両手でも包み込み切れない。長い指も鋭い爪も、普通の人間とはまるで違う。

けれどこの手が、自分の選んだ人の手だ。

自分で望んで、自分で摑んだ、未来なのだ。

「好きです、高彪さん。僕とずっと、ずっと一緒にいて下さい」

すべて共有して、すべて分かち合って。そうやってこの人と一緒に歩いていきたい。

生きて、いきたい。

「……琥珀」

琥珀の手をそっと包み込んで、高彪が身を寄せてくる。

星よりも、月よりも美しい瞳は、蕩けるように優しい金色をしていた。

「愛している、琥珀。俺の方こそ、君に頼みたい。ずっと君のそばに、いさせてくれ。今度こそ俺が君を、何者からも守る」

ふわりと、羽根のようにやわらかなくちづけが降ってくる。

彼の想いそのもののようなその誓いに、琥珀は目を閉じて、はい、と微笑んだ——。


ランプのほのかな明かりが照らす寝室に、ん、ん、と甘い声が響く。

くちゅ、と時折上がる蜜音に頬を熱く火照らせながら、琥珀はやわらかなベッドの上で、大きさも感触もまるで異なる獣の舌を懸命に舐め返していた。

「ん……、琥珀……」

グルル、と喉を鳴らした高彪の逞しい腕は、琥珀を優しく、力強く包み込んでいる。すでに高彪に舐め溶かされた後孔は、先ほどからずっとなめらかな被毛に覆われた彼の指でくすぐられ続けていて、甘痒く熱く疼いていた。

「んぅ……、ん、あう、ん、ん……」

くちづけの合間に蕩け切った声で喘ぐ琥珀に、高彪が金色の目を細める。ちゅるりと音を立てて舌を引いた高彪は、琥珀のこめかみに鼻先を押しつけてぐるぐると喉を鳴らした。

「……いい匂いだ。この間よりもっと、甘い……」

「ん……っ、高彪、さ……っ、んん……っ」

こめかみに鼻先を擦りつけられながら、ぐっと尻たぶを押し開かれる。なにをと思う間もなく、ふわふわの感触にそこを覆われて、琥珀はたまらず高彪の胸元にぎゅっとしがみついた。

「あっ、や……っ、あっあっあっ」

とんでもないことをされていると、とめなきゃと思うのに、敏感な内側の粘膜をくすぐる尻尾が気持ちよすぎて喘ぐことしかできない。すりすりと擦りつけられるなめらかな被毛が、溢れ出た蜜でだんだん濡れていくのが分かって、琥珀は羞恥に目を潤ませて高彪を見上げた。

「た、かとら、さ……っ、ん……！」

「……琥珀」

こくり、と喉を鳴らした高彪の猛りが、琥珀の下腹をかすめる。火傷しそうなくらい熱いその滾りに、琥珀はためらいながらも手を伸ばした。

「っ、……こら」

息を詰めた高彪が、咎めるように琥珀の唇を軽く噛む。目を閉じ、は……、と熱い息を零す白銀の虎を見つめて、琥珀はおずおずと聞いた。

「これ……、つらい、ですよね……？」

こんなに熱くなっていたら、きっと相当苦しいはずだ。人間のそれよりずっと大きな先端を指先で撫でる琥珀に、高彪が押し殺した低い声で唸る。

「分かっているなら、あまり煽るな……」

そっと琥珀の手を取り、悪戯をやめさせようとする。しかし琥珀は、きゅっと高彪のそれを握って言った。

「ぼ……、僕も高彪さんのこと、気持ちよく、したい……」

「……っ、なにを……」

高彪が思わず手をとめた隙をついて、体を下にずらす。顔を近づけた琥珀は、初めて間近で見た獣人の雄茎にこくりと喉を鳴らした。

「おっきい……」

「……琥珀」

呻いた高彪が、琥珀をたしなめる。

「やめておけ。無理をすることはない」

「……無理じゃないです」

高彪を見上げて、琥珀は頭を振った。少し恥ずかしかったけれど、自分の気持ちが伝わるようにと、懸命に言葉を紡ぐ。

「最初の時、高彪さん、その……、たくさん気持ちよく、してくれました。すごく優しく、すごく大事に触れてくれて、すごく嬉しかった。高彪さんの気持ちが伝わってきたし、それまでよりもっと好きだって、高彪さんが大切だって、そう思いました。だから僕も……、僕も高彪さんに、好きって伝えたい。うまくできないかもしれないけど、少しでも高彪さんのこと、気持ちよくしたい」

「琥珀……」

まじまじと琥珀を見つめた高彪が、ふっとやわらかく微笑む。

「分かった。だが、俺も君に触れたい。足をこっちに向けてくれるか？」

「あ……、は、はい」

促されて体勢を変えた琥珀は、もうすっかり形を変えてしまっている自分の性器が高彪の目の前に行くことに気づいて顔を赤らめる。

「……っ、これ……」

「ああ、これなら一緒に愛し合えるだろう？」

くすりと笑った高彪が、ちゅ、と琥珀のそれにくちづけを落とす。じんっと走った快感に息を詰めた琥珀は、慌てて目の前の雄茎にぷちゅっと唇をくっつけた。

拙(つたな)い愛撫に小さく笑った高彪が、そっと問いかけてくる。

「……そのまま舐めてくれるか？」

「ん……、こう、ですか？」

ぺろ、と舌を出して舐めてみると、かすかに塩っぽい味がする。ぴくっと太茎が反応してくれたのが嬉しくて、琥珀は反り返る幹をぺろぺろと舌で舐め上げた。

「は……、琥珀……」

ぐるる、と熱っぽい唸り声を響かせた高彪が、優しくさりりん、と琥珀の花茎を舐め上げる。棘のある、しかし蜜をたっぷり湛えた大きな舌で性器全体を包み込まれて、琥珀は下肢が蕩けそうな快楽にあえかな声を漏らした。

「んう……っ、ふああ……」

「ふ……、可愛いな、琥珀……。もうこんなにここをひくつかせて……」

とろりと涙を零す先端を広げた舌でさりさりと可愛がられながら、被毛に覆われた指先で花弁をくすぐられる。きゅうきゅうと収縮するそこが、もう雄を欲しがっていることを知られて恥ずかしいのに、濡れた被毛がくちゅくちゅ擦れる度にもどかしい熱が内壁を疼かせて、もっともっとと体が彼を求めてしまう。

ひくん、ひくっと震えながら、押し当てられる太い指に吸いつく花襞を優しく甘やかすように乱されて、琥珀はたまらず目の前の雄にしゃぶりつこうとした。——けれど。

「ん……っ、んぐ、う……っ」

猛る熱茎を咥え込んだ途端、あまりの大きさに苦しくなってしまう。けほっとむせ込んだ琥珀に、高彪が慌てて腰を引いた。

「っ、大丈夫か？」

「あ……、ご、ごめんなさい。もう一回……」

高彪がしてくれるようにはいかないかもしれないが、それでも彼をちゃんと気持ちよくしたい。

もう一度、と手を伸ばした琥珀に、しかし高彪は渋い顔で唸った。

「いや、やはりいきなりは無理だろう。君の気持ちだけで、俺は十分嬉しかった。だから、今日のところはやめておこう。……な？」

「……っ、でも……」

なだめる声は優しく真摯だったけれど、だからこそ容易には頷けなくて、琥珀は黙り込んでしまう。

すると、ややあって高彪が苦笑した。

「なら、これでどうだ？」

「え……、っ、あ……」

言うなり、高彪が幾度か深呼吸をして、その姿を人間へと変える。被毛に覆われていた肌がなめらかな皮膚へと変わり、逞しさはそのままに、彼の体軀が一回り細身へと変化した。

そしてそれは、目の前の熱茎も同じで――。

「これなら、まだましなんじゃないか？」

「で……、でも、その姿だと高彪さん、つらいんじゃ……？」

欲情している状態で人間の姿でいるのは、きっと彼にとって本能に抗うようなものだろう。

心配になってしまった琥珀だったが、高彪は微笑んで言う。

「君に苦しい思いをさせる方がつらい。それに、君に口で愛してもらえるのは、俺も嬉しいからな。もちろん、気持ちだけでも十分嬉しいが……、俺も男だから、本音を言えばやはりしてもらいたい」

すまない、と苦笑した高彪が、黒に変わった瞳をすっと眇めて問いかけてくる。

「……できるか？」

漆黒の闇に咲く金色の花のような虹彩が、欲情に濡れ光る。

ただまっすぐに、君だけが欲しいのだと明確な意思を持った瞳でじっと見つめられた琥珀は、その強烈な雄の色香にくらくらと目眩を覚えながらも、かすれた声でどうにか頷き返した。

「……っ、で、きます……」

高彪が自分にしてほしいと思ってくれているというだけで嬉しいし、なんでもしたい、なんだってできると思う。

琥珀はもう一度高彪の雄茎に両手を伸ばすと、その丸い先端にそっと、唇を寄せた。

「ん……」

今度はむせたりしないようにと、注意してまず舌を這わせる。反り返る幹を丁寧に舐め上げると、目の前の高彪の腿が快感を堪えるように強ばった。

「は……、琥珀……」

「んぅ、ん……、気持ち、い、ですか……？」

高彪のやり方を懸命に思い出して、広げた舌で蜜を滲ませる鈴口を舐めてみる。ぬるぬるとぬめる舌で張り出した部分をくすぐると、高彪がわずかに息を乱して低く笑った。

「ああ。とても気持ちいいし、……可愛い」

琥珀が誰のやり方を真似ているか、すぐに察したのだろう。満たされたような笑みを零した高彪が、琥珀の性器に顔を寄せて言う。

「俺も、君に負けていられないな」

「ん……っ、は、んん……！」

ぺろ、と先端を舐める舌は、獣人特有の棘もなくてなめらかだった。けれどその触れ方は変わらず優しくて、いやらしい。

れろれろと舐め転がすように細茎を愛撫され、根元まで含んだままちゅうっと吸い上げられて、琥珀はすぐに体のどこもかしこも力が入らなくなってしまった。

「ふあ……、あ、んん、う……」

自分もしなければと、必死に目の前の太竿に舌を這わせるのに、尖らせた舌先で蜜口をくすぐられるともうそれだけで達してしまいそうで、快楽の波を堪えるだけでいっぱいいっぱいになってしまう。

結局唇を押し当て、淫らな喘ぎを零しながら時折震える舌を這わせることしかできないのがもどかしくて、琥珀は懸命に高彪に訴えた。

「た、かとら、さ……っ、それ、……っ、それ、だ、め……っ」

「ん……？」

「ちゃ……、ちゃんと、したい、から……っ」

自分もきちんと高彪を愛したいから、少し手加減してほしい。泣きそうになりながら訴えた琥珀に、高彪が笑みを零す。

「俺としては、今の君も可愛くて十分興奮したんだが……」

「……っ、もっと、ちゃんと、したいです……」

すん、と鼻を鳴らした琥珀に、高彪が苦笑混じりに言う。

「ああ、分かった、分かった。……なら、こっちを愛してもいいか？」

する、と忍び込んできた指が、琥珀の濡れた後孔に触れてくる。押し当てた指の腹で、すでにぐずぐずに蕩けているそこをぷちゅぷちゅと弄りながら、高彪が囁きかけてきた。

「この姿でなら、君の中をじっくり可愛がってやれる……。手加減するから、……いいか？」

「あ……、……っ」

なにをされるのか、想像だけで腰の奥を甘く疼かせてしまった琥珀の蜜口が、唇より早くきゅうっと高彪の指に吸いついて答えを返してしまう。真っ赤になった琥珀に、高彪が微笑んだ。

「上手にねだれていい子だな、琥珀」

「う……」

なんとか弁明したいのに、したところで答えは同じだからなにも言えなくて。

黙り込んだ琥珀にくすくすと笑って、高彪が内腿にちゅ、とくちづけを落とす。

「……入れるぞ」

「っ、あ……っ、んんっ」

花弁を押し込むようにして、高彪の指が琥珀の中に入ってくる。熱く潤んだ内壁を、獣人のそれよりは細い、けれど十分に太い指で押し開かれて、琥珀は思わず息を詰めた。

「ー……っ」

「ん……、琥珀、息を吐け」

内腿をやわらかく噛んで、高彪が促してくる。

「絶対に痛くしない……。君を傷つけるようなことはなに一つ、誓ってしないから」

「は……、高彪、さ……」

真摯な低い声に、考えるより早く体から力が抜けていく。

とろんと包み込むような感触に変わったのを指先で感じ取ったのだろう。高彪が、は……、と熱い吐息を零しながら言う。

「続きをしてくれるか、琥珀」

「あ……、は、はい、……ん」

欲の滲む低い声に、琥珀は頷いて高彪の雄茎に再び唇を寄せた。大きすぎてとても全部は収まらないそれを、それでもできる限り深く咥え込んで、高彪がしてくれたように舌を使って愛撫する。

「ん、ん……っ、んぅ、ん……っ」

「ああ、琥珀。俺も……」

は……、とたまらないように吐息を零した高彪が、ゆっくりと琥珀の中に埋めた指を抜いていく。ぬるう、と抜け出ていった指をまたすぐ奥まで押し込まれ、ぐちぐちと深い場所を捏ねるように広げられて、琥珀は高彪の雄に懸命にしゃぶりつきながらも堪え切れない嬌声を零した。

「んう……っ、ん、んっ、ふあ、あ……っ」

「ん……、琥珀、……気持ちいい、か？」

獣人の姿の時と違って鼻がきかないからだろう。少し不安げに、高彪が聞いてくる。

琥珀はきゅうきゅうと彼の指を締めつけながら、切れ切れに答えた。

「き……、もち、い……っ、あん、ん……っ、よくて、へん、なる……っ」

「なっていい。俺もう、とっくになっている」

嬉しげに言った高彪が、一度琥珀の中から指を引き抜く。揃えた二本の指でゆっくりと隘路を押し開かれて、琥珀は思わず咥え込んだ熱杭に思い切り吸いついてしまった。

「んー……っ！」

「……っ、は……」

どくりと雄茎を脈打たせた高彪が、苦しそうに、しかし楽しそうに笑いながら、琥珀の内腿を咎めるように噛む。

「そんなに求められたら、獣に戻ってしまいそうだ」

その言葉は苦し紛れの冗談ではないようで、はあ、と息を乱す高彪の喉からは、ぐるぐると獣のような唸りが小さく響いている。

「も……、もう、戻って、も……」

少しは口での愛撫にも慣れたし、高彪につらい思いはしてほしくない。おずおずと申し出た琥珀だったが、高彪は微笑んで琥珀の中からそっと指を引き抜く。

「いや、まだ君の中を馴らしたいし、それにせっかくこの姿だから、君とたくさんくちづけがしたい。……してくれるか、琥珀？」

優しいその言葉はもちろん本心もあるだろうが、琥珀がこれ以上口淫を続けるのは無理だと見越して気遣ってくれたものだろう。

あえて琥珀に主導権を渡すような言い方をしてくれた高彪に、琥珀は身を起こして彼と向き合いながら言った。

「次はもうちょっと長く、頑張ります」

「ああ、期待している」

やわらかく微笑んだ高彪が、おいでと手を広げて琥珀を呼び込む。身を横たえた琥珀は、その広い胸にすっぽりと収まって、高彪を見上げた。

「虎さんじゃない高彪さんとこうするの、なんだか変な感じです」

背中に回された腕も、逞しい胸元も、当たり前ながらすべすべとなめらかな人間の肌で、ふわふわの被毛はどこにもない。改めて不思議だなと思いながらぺたぺたと触れていると、高彪が苦笑して言った。

「普通はこの姿の方が違和感がないものなんだが。俺のせいで君の感覚を歪めてしまったようで、なんだか罪悪感を覚えるな」

すまない、と詫びる高彪に、しかし琥珀は首を傾げた。

「どうして謝るんですか？」

「ん？」

「だって僕、この先高彪さんとしかこういうこと、しないのに」

高彪としかしないのだから、たとえ普通とは感覚が違っていても、別に困ることはないのではないだろうか。

そう思った琥珀に、高彪が大きく目を見開く。

「琥珀……」

「……？　僕、なにか変なこと言いましたか？」

驚いたような顔をする高彪に首を傾げた琥珀だったが、高彪は瞳を優しく細めて微笑む。

「いや、なにも変じゃない。……なにも」

愛している、と囁いた高彪が、琥珀を抱きしめたまま顔を寄せてくる。広い肩に縋りついて、琥珀はその唇に心からのくちづけを贈った。

「ん……、大好き、高彪さん……」

匂いで伝わらない分、言葉にして伝えたくて、幾度も囁きながら、彼が望むくちづけを繰り返す。

いつもと違う唇はやわらかくて、あたたかくて、でも触れるだけで幸せになれるのはいつもと同じだった。

「……っ、琥珀」

ぐるる、と人間の姿のまま獣の唸り声を発した高彪が、琥珀の後孔にそっと触れてくる。濡れそぼった花襞に揃えた指を二本押し当てられて、琥珀は深く息を吐いて体の力を抜いた。

「は……、ん……っ、んん……、ん……」

琥珀の呼吸が落ち着くのを見計らって、高彪がゆっくりと指を押し込んでくる。息を詰める唇をくちづけで解き、零れる甘やかな吐息を熱い舌先で搦め捕って、高彪は琥珀の深くへと入り込んできた。

「ふあ……、あ、んう……」

くちゅり、くちゅりと舌を舐めくすぐられながら、同じ動きでまだ狭い場所を可愛がられる。弱い粘膜を同時に蕩かされながら、空いた手で耳元や首筋を、指のつけ根まで全部埋め込んだ手のひらで蜜袋を優しく撫で擦られて、琥珀はたちまち快楽に身を震わせてしまった。

「んん……っ、ん、ん……」

高彪に触れられている全部が気持ちよくて、嬉しくて、もっともっと触れてほしくなってしまう。

熱くて、もどかしくて、満たされているのに足りなくて、溢れそうなのにまだ欲しくて。

くぷくぷと奥を弄っていた指の動きが、少しずつ大胆になってくる。根元まで全部押し込まれたまま、ぐっぐっと奥を突き上げられ、くぱぁ、と中から押し開かれて、琥珀はたまらずくちづけを解いて喘いだ。

「んぅあ……っ、あ、あ……っ、そ、こ……っ、そこ……っ」

これから入るものの大きさを教え込むように隘路を広げられながら、初めての時に舌で暴かれた快楽の源のような膨らみを、ぬるぬると指の腹で弄られる。あとちょっとでも強くされたらと思うと怖いのに、その快感を知ってしまっている体がねだるように揺れて、雄を誘ってしまう。

「ん……、ここ、だな？」

くす、と笑った高彪が、琥珀の濡れた唇を啄みながら、ぐりぐりとそこを押し揉んでくる。望む悦楽を与えられた琥珀は、力強い肩にしがみついてあられもない声を放った。

「ひぁ……っ、あぁあ……っ、あっあっあ……！」

ぴゅうっと押し出されるようにして、白蜜が溢れてしまう。取り繕うこともできず、息を荒らげてきゅうきゅうと高彪の指を吸いしゃぶる琥珀に、高彪がかすれた声を発した。

「……っ、琥珀……」

甘える内壁をなだめるようにかき混ぜた高彪が、ゆっくりと指を引き抜く。ぐるる、と押し殺した唸り声を発した彼は、しかし獣人の姿に戻ることなく、琥珀をうつ伏せにした。

「高彪、さ……？」

「この方が、君の負担が少ない」

「で、でも……」

まさかこのままするのか。獣人に戻らなくていいのかと戸惑う琥珀のうなじに、高彪がくちづけを落とす。

「柏木から聞いた。前回、俺が出かけた後に君が寝込んでしまったと」

「あ……」

確かにあの後、琥珀はしばらく体調を崩してしまっていた。黙っていたことが後ろめたくて、琥珀はついうろうろと視線を泳がせてしまう。

「あれは、その……、予知夢のことを思い出そうとしたからで……」

「それだけじゃないだろう？」

は……、と苦しげに息を乱した高彪が、琥珀の背を抱きしめて謝る。

「仕方のないことだったとはいえ、君がつらい時にそばにいてやれずすまなかった。君の負担が大きいと分かっていたのに、最初からあの姿で交わるべきじゃなかった」

ぐるる、とどうしても鳴ってしまう喉を堪えるように唸って、高彪が雄茎をあてがう。

「……だから、今日はこの姿で君を抱く」

「だ……、駄目です、高虎さん……っ」

ぐ、と押し当てられた熱に、琥珀は慌てて身をよじる。

「僕は大丈夫ですから、……っ、あ……！」

しかし、皆まで言うより早く、高彪が琥珀の背に覆い被さって腰を進めてくる。つい先ほどまで指でさんざん馴らされていた花襞は、番の雄刀を拒むことなく受け入れていった。

「は……っ、あ、んんん、あ……っ、め……っ、だ、め……っ」

高彪に無理をさせたくない。そう思うのに、指よりも大きなそれで隘路を開かれていく快感に、目の前がくらくらと眩んでしまう。

少しずつゆっくりと、しかし決して抗わせない強さで深くまで貫かれて、琥珀はぎゅっとシーツを握りしめて目を瞑った。

「や……っ、高彪、さ……っ、あ、あ、あ……！」

もっとちゃんと高彪をとめないといけないのに、

前も後ろも逃げ場がなくて、ただ快楽に溺れることしかできない。背中に覆い被さる圧倒的な雄が怖いのに愛おしくて、熱いなめらかな肌が気持ちいいのに切なくて。

「は、あ……っ、んっ、んんっ、んー……！」

ぐぷっと最奥を熱杭に穿たれ、開き切った花弁に高彪の下生えが擦りつけられる。その感触でさえ、一度抱かれた時と違うと思わずにはいられなくて、琥珀はシーツにしがみついて必死に声を堪えた。

身を強ばらせる琥珀に気づいた高彪が、かすれた声で問いかけてくる。

「……っ、大丈夫か、琥珀……？」

「たか、とらさ……っ」

振り返った琥珀の目に涙が滲んでいるのを見て、苦しんでいると思ったのだろう。高彪がぐっと眉間を寄せて呻く。

「っ、すまない……、だが……、……っ」

グルルッと唸った高彪が、琥珀の肩口に顔を埋める。

理性と本能がせめぎ合っているのだろう。懸命に押し殺した熱い吐息が、フーッとフーッと琥珀のうなじで弾ける。

ぽたぽたと滴り落ちてくる汗、本当は思い切り摑んで揺さぶってしまいたいだろうに、衝動を堪えて強ばった指先、びくびくと脈打つ熱い滾り、狂おしく響き続ける、獣の唸り――。

彼がどれだけの忍耐で自分を大事に、大切に抱こうとしているのか、顔が見えなくても、言葉がなくても分かって、だからこそ胸の奥がぐちゃぐちゃになる。

愛おしくてもどかしくて、好きで好きでたまらない――……。

「た、かとら、さ……」

懸命に上半身をひねって、琥珀は高彪に手を伸ばした。金色の野性をギラギラと光らせている番の頬を、そっと撫でる。

「僕の匂い……、ちゃんと、嗅いで下さい」

言葉よりもきっと、その方が彼には伝わるはずだ。

自分が今なにを感じて、なにを想っているのか、あますところなく全部、知ってほしい。

「元の姿に、戻って下さい。……このまま」

「こ、はく……、……っ、だが」

「あなたが欲しいんです」

大きく目を見開いて拒もうとする高彪を遮って、琥珀は告げた。

「高彪さんの全部が欲しい。……僕の全部をあげるから、僕にもあなたの全部を、下さい」

「……っ」

言い切った途端、高彪の瞳がきつく眇められる。

グルルルルッと一際低い唸り声を上げた彼の金色の虹彩が、闇を晴らす暁(あかつき)の光のように美しく、強く煌めいて──。

「琥珀……!」

唸った高彪の肌が、瞬く間に艶やかな白銀の被毛に覆われる。

精悍(せいかん)な顔が虎へと変わり、腰を摑む手も、覆い被さるその体も、なにもかもが大きさを増して──。

「──……っ！ っ、──……！」

最奥まで埋められたままの雄茎が、ドクンッと脈動するなり、一気に膨れ上がる。獰猛(どうもう)な形に変化した熱杭に中から隘路を押し広げられ、これ以上ないと思っていた奥の奥をこじ開けられて、琥珀は声も出せないほどの快楽に頭の中が真っ白になってしまった。

「……っ、は……っ、あ……、あ、あ……！」

人間のそれでもいっぱいいっぱいだったそこが、それより大きな獣の熱の形にみっちりと開かれていく。自分の体が彼のための鞘(さや)に作り替えられていくのが怖くて、それなのにもうどうしようもないくらい気持ちよくて、──嬉しくて。

「は……、琥珀……」

低く呻いた高彪が、琥珀の耳元に鼻先を埋めてくる。すう、と深く琥珀の匂いを吸い込み、肺いっぱいに満たしてそのすべてを味わった高彪は、グルルルル、と大きく喉を鳴らして琥珀のうなじにやわらかく、強く、牙を立てた。

「……俺も、君を愛している」

心から、と囁いた高彪の熱情が、ビクビクッと脈打つ。琥珀の奥にとろりとした蜜を零した高彪は、そこを自分だけの場所にするため、ゆっくりと腰を送り込み始めた。

「ふあ……っ、ああっ、んうっ、高彪さ……っ、あんっ、あ、あっ、い……っ、気持ち、い……っ」

きゅんきゅんと締まる蜜路を太竿でじっくりと広げられながら、奥のやわらかい場所を逞しい先端で幾度も捏ねられる。上から体重をかけられているせいで、強制的にシーツに花茎が擦りつけられて、苦しいのにそれが気持ちよくてたまらない。

先ほどまでより重いその大きな体が嬉しい。うなじを咬む太い牙が、揺さぶる強い力が、肌に擦れる被毛のやわらかさが、この人の全部が、愛おしい。

「ああ……っ、あう、ん……っ、好き……っ、たか、とらさ……っ、あああっ、好き……！」

シーツに顔を押しつけながら、喘ぎ混じりに必死に伝える琥珀に、高彪が荒く息を乱す。

「琥珀……」

そっと琥珀の顔を自分の方へ傾けさせた高彪が、覗き込むようにしてくちづけてくる。

「は……っ、ん……、俺も、好きだ。俺も君を、君のすべてを、愛している」

体勢のせいもあってうまくは交わらない、けれど気持ちはしっかりと重なっているくちづけに、琥珀は夢中で応えた。

「高彪、さ……っ、あ、ん、ん……っ」

腰を摑んだ高彪が、ゆったりと琥珀を突き上げてくる。とろんとした蜜に包まれるような快楽に、琥珀は素直に溺れていった。

「あ……っ、ん、あんん、は、あ、あ……」

ねっとりとした獣の蜜を性器の裏側の弱い膨らみに、高彪しか知らない全部に塗り込められて、彼のものだとしっかり印をつけられていく。

彼の匂いをつけられ、全部を彼のものにされる気持ちよさを覚え込まされていく――……。

「ん、ん、ん……っ、ああっ、んあぅ……っ、そ、れ……っ、そこ……っ」

「ん……、ここ、だな？」

「あああ……！　あ、あ、あ！」

疼きを堪え切れず、ゆらゆらと腰を揺らすと、快感に膨らんだ凝りを望み通り、ぬめる切っ先でぐりゅぐりゅと優しく押し潰される。

いつの間にか前に回された手であやすように幹を扱かれ、いいところを全部擦り立てられて、琥珀はあっという間に限界へと押し上げられた。

「た、かとら、さ……っ、あ、んんっ、も……っ」

「……っ、琥珀……」

雄の精をねだって、きゅうっと引き絞るようにうねった隘路に、高彪が瞳を眇める。

グルルッと短く唸った高彪は、ぐううっと己の雄刀を深くまで納めると、は……、と息をついた。呼吸を整えてから琥珀の最奥をトントンと突いて、そっと問いかけてくる。

「琥珀……。俺の子供を、産んでくれるか？」

「っ、あ……」

かすれた低い声を発した高彪が、じっとこちらを見つめてくる。

獣欲に濡れながらも決して優しさを失わない、そのやわらかな金色を見つめ返して、琥珀はふんわりと微笑んだ。

「……はい」

高彪と、……この人と一緒に、命を育てたい。

高彪の赤ちゃんが、欲しい。

「……琥珀」

宝物を呼ぶようにそっと琥珀の名を口にした高彪が、嬉しそうに目を細めて首筋に甘く牙を立てる。

グルグルと喉を鳴らしながら、長いその尻尾を琥珀の足に絡ませた高彪は、深くまで貫いたままゆったりと腰を揺らし出した。

「あ……っ、あんっ、ああっ、ああ……！」

膨らみ切った獣のそれが、己の番を孕ませようと奥襞に求愛のくちづけを繰り返す。

奪われて、与えられて、全部を高彪の色に染められて、もう彼のことしか考えられなくて。

「高彪、さ……っ、あああああ……っ！」

「……っ、く……！」

絶頂の瞬間、琥珀の肌に牙を食い込ませた高彪が、ぶるりとその被毛を逆立てる。

愛おしい熱が最奥で弾けるのを感じながら、琥珀は明滅する白い光にその意識を委ねた――。

◆

――キラキラと、透けた手が光っている。

晴れた青空に伸ばしたその手を引っ込めて、琥珀は辺りを見回した。

（ここは……）

穏やかな陽光が照らすそこは、屋敷の庭先だった。目の前には小さな池があり、すぐそばの桜の木からひらひらと薄桃が散っている。

（春？　もしかして、少し先の未来なのかな……）

ここはいつで、これからなにが起きるのか。この予知夢から得られるものは、と慌てて周囲を観察しようとした琥珀は、そこで長イスに腰かけた自分の傍らに小さな人影があるのに気づく。

自分のもう片方の手は、その人影――、子供と、繋がれていて――。

『おいしーい！　おいしいねえ、とと！』

足をぱたぱたさせながら大福を頬張るその小さな手は、白銀の被毛に覆われている。もっちもっちと、稲妻のような模様が走る頬を幸せそうに膨らませて大福を食べるその獣人の子供の膝には、仔虎が二頭、丸くなっていた。

『んんん、ごちそうさまあ！』

口の周りに白い粉をたくさんつけたその子が、ぱっとこちらを見上げて言う。

『とと！　あのね、きょうね、ととのつくったぎょーざ、たべたい』

「……っ」

『だめ？』

小首を傾げた子供を、低く穏やかな声が諭す。

『こら、あまりととに無理を言うな』

庭を横切ってこちらに歩み寄ってくる長身の男の顔もまた、子供と同じ白銀の被毛に覆われている。

純白の軍服を纏う、逞しい体軀。穏やかであたたかい、ちょうど今降り注いでいる春の日差しのような、金色の瞳――。

『ととは今、大事な体なんだ。代わりに俺が作ってやるから』

『ほんと!?　わーい、ぎょーざ！』

大歓声を上げた子供の膝の上で、二頭の仔虎たちが迷惑そうに目を開ける。

と、揃ってこちらを向いた仔虎たちの目が、キラリと七色に光って――。

「……っ!?」

「……琥珀？」

息を吞んで目を瞠った琥珀のすぐそばで、驚いたような声が上がる。耳に馴染んだその低い声に、琥珀はそちらを振り返った。

「高彪、さん……」

「大丈夫か？　ぼうっとしていたが……」

見上げると、心配そうな顔をした高彪がこちらを覗き込んでいた。

予知夢の中と同じ、純白の軍服を身に纏った彼は、今は人間の姿をしている。広い畳敷きの部屋の中、自分の隣で正座した彼に、琥珀はまだ少し戸惑いつつも答えた。

「……大丈夫、です。ちょっとその……、予知夢を、見て」

「そうか……、体調は？　なんともないか？」

真っ先に体調の心配をしてくれる高彪に、琥珀はかすれた声でどうにか平気です、と頷いた。

――この日、琥珀は高彪に連れられて、宮中を訪れていた。あの大嵐からひと月が経ち、復興の目処もついてきたため、帝からどうしても予知を知らせてくれた礼を直接言いたいと招きがあったのだ。

高彪からその話を聞いた時は帝から直接言葉をかけられるなんて、と緊張してしまった琥珀だったが、話はそれだけにとどまらなかった。帝は琥珀に、今後国政で困難な局面に当たった時に予知の力を借りたい、定期的に宮中に出仕してくれないかと打診してきたのだ。

「……やはり、出仕の件は断った方がいいんじゃないか？」

黙り込んだままの琥珀に、高彪がそっと声をかけてくる。

最終的な返事は今日することになっているが、琥珀自身の希望もあり、出仕の要請は受ける方向で話が進んでいる。しかし高彪は、いつどこで予知をするか分からない琥珀のことを心配して、最後まで渋っていた。

「大嵐の予知夢を見た時も、知り得た情報をすべて思い出そうとして、だいぶ根を詰めていただろう。琥珀は真面目だから、出仕するようになってまたあんな予知をしたら、もっと自分を追いつめてしまうんじゃないか？」

「高彪さん……」

国政に関わるということがどういうことか、よく承知しているからこそ心配なのだろう。

瞳を陰らせる高彪に、琥珀は微笑んで言った。

「心配してくれて、ありがとうございます。でも、大丈夫です。僕、自分のこの力を人の役に立てたいんです」

未然に防ぐことのできない災害でも、自分の力で前もって知ることで、被害を最小限に抑えることができる。

きっと災害以外の予知でも、同じように人の役に立つことができるはずだ。

「出仕を決めたのは、その方がよりたくさんの人の役に立てるんじゃないかって思ったからです。あの大嵐の時、僕はただ予知をしただけで、あとは全部高彪さんに任せ切りだったから……」

軍を統括している高彪と同じことはできないだろうが、それでも定期的に出仕するようになれば、またあのような予知をした時に自分でできることも増える。

なにより、自分の発言にちゃんと、自分で責任を持ちたかった。

（この十三年間、僕はしてもいない予知を利用され続けてきたし、自分でもそのことを利用して生きてきた。でもこれからは、誰に利用されるでも、強制されるでもなく、周りの人を幸せにするためにこの力を使いたい。……僕自身の、意思で）

やっと見つけた、自分のやりたいこと。それを叶えるためなのだと笑う琥珀に、高彪が微笑む。

「そうか。それで、今のはどんな予知だったんだ？」

「えっと……」

問いかけられて、琥珀ははにかんだ。

「……内緒です」

「なんだ、気になるな」

笑った高彪が、琥珀に聞く。

「だが、少し安心した。そんな顔をするってことは、いい予知だったんだな？」

「はい、すごく」

予知夢の中で、あの子と繋いでいた手をそっと宙に翳（かざ）して言う。

「予知夢の中だと、いつも自分の手がうっすら透けてキラキラ輝いてるんです。さっきの予知夢は、今まで見た中で一番綺麗に光ってました」

「キラキラ……」

琥珀の言葉を繰り返した高彪が、茫然と呟く。

「まさか、あの時……」

「高彪さん?」

なにか思い当たった様子の彼に、琥珀はどうかしたのかと首を傾げる。しかし高彪はまじまじと琥珀を見つめた後、ふっと微笑みを浮かべて言った。

「……いや。君の予知能力はやはりすごいなと思ったんだ」

「そう……、ですか? でも、僕の見る未来は必ずしも確定したものではないので……」

先ほど予知夢の中で自分を『とと』と呼んでいたあの子とも、おそらくもう一つ、自分に宿るであろう命とも、本当に会えるかどうかは分からない。

そう思った琥珀だったが、高彪は穏やかに微笑むと、琥珀の手に自分の手を重ねて告げた。

「君にとっていい予知だったなら、俺が必ず叶えてみせる。俺は君の夫、だからな」

「高彪さん……」

――始まりは政略結婚で、彼に言えないこともあって。

けれど、人ならざるこの人を、知れば知るほど好きになった。愛するようになった。

今はもう、他の誰とも比べられない、唯一無二の大切な存在――、人生の伴侶だ。

「はい。二人で、叶えましょう」

高彪とならきっと、幸せな未来を切り拓ける。

(ううん、切り拓いて、みせる)

琥珀が微笑んだその時、帝の到着が告げられる。

重なった大きなあたたかい手をしっかりと繋いで、琥珀はまっすぐ前を向いた。

その琥珀色の瞳に、確かな希望を浮かべて。

後書き

こんにちは、櫛野ゆいです。この度はお手に取って下さり、ありがとうございます。

今回は今までの獣人攻め作品とは違う世界観でのお話となりましたが、いかがでしたでしょうか。今までより少し人間成分が多めなので、お手にとっていただきやすいかな。お楽しみいただけていたら嬉しいです。

さて、このお話は政略結婚がテーマですが、最初に決めたのは、結婚したい男一位になりそうな攻めにしよう、ということでした。今までつらい目に遭ってきた主人公が自分の意思とは関係なく結婚を強いられるのなら、せめてその相手は理想の旦那様がいいな、と。おかげで高彪さんは、穏やかで真面目で包容力があって、地位も実力もある優しくて一途で嫁溺愛の夫という、理想をてんこ盛りに盛った、まさに優良物件になりました。祐一郎じゃないですが、こんな優良物件逃すわけないですね。

受けの琥珀も健気で優しい、頑張り屋さんな子なので、頑張れ頑張れと心の中で応援しながら書いていました。自分の生き方や能力にまっすぐ向き合える強さを持っている琥珀は、これから先どんな困難にも立ち向かっていけるんじゃないかなと思っています。これまで諦めなければならなかったたくさんのことを、これからは高彪さんと一緒に楽しんでいってほしいです。

脇役の中では、やはり屋敷の四人組がお気に入りです。今までほとんど一人きりで過ごしてきた琥珀には、これから賑やかで楽しい毎日を送ってほしいなと思ってはいたのですが、こんなにも賑やかな面々になるとは予想外でした。フウとライも当面居座りそうなので、皆で仲良く暮らしてくれたらいいなと思います。蛇足ですが、当初神獣を二頭にするか三頭にするかで迷ったのですが、シリアスな場面で「芋ー！」と叫んでいる琥珀を思い浮かべてしまって、三頭は却下し二頭にしました。名前って大事ですね。

さて、お礼を。挿し絵をご担当下さった笹原先生、この度はありがとうございました。獣人姿の高彪さんはもちろんですが、人間姿も素敵で、こんなに色気のある人だったんだ、と見惚れてしまいました。軍服姿に着流し姿と、欲望のままにあれこれお願いしてしまって申し訳ありませんでした。琥珀やフウ、ライも可愛く描いて下さってとても嬉しかったです。

毎回お世話になりっぱなしの担当様も、ありがとうございます。今回は狙い通り、「高彪は攻めの位が高い」と言っていただけて嬉しかったです。技術も萌えも更に磨きをかけていきたいと思います。

最後までお読み下さった方も、ありがとうございました。一時でも楽しんでいただけたら幸いです。よろしければ是非ご感想もお聞かせ下さい。

それではまた、お目にかかれますように。

櫛野ゆい　拝

◆初出一覧◆
白虎と政略結婚　　　　　　／書き下ろし

ビーボーイノベルズをお買い上げいただきありがとうございます。
この本を読んでのご意見・ご感想をお待ちしております。

〒162-0825 東京都新宿区神楽坂6-46
ローベル神楽坂ビル4F
株式会社リブレ内 編集部

アンケート受付中
リブレ公式サイト　https://libre-inc.co.jp
TOPページの「アンケート」からお入りください。

白虎と政略結婚

2021年5月20日　第1刷発行

著　者――――櫛野ゆい

発行者――――太田歳子

発行所――――株式会社リブレ

〒162-0825
東京都新宿区神楽坂6-46ローベル神楽坂ビル
営業　電話03(3235)7405　FAX 03(3235)0342
編集　電話03(3235)0317

印刷所――――株式会社光邦

定価はカバーに明記してあります。
乱丁・落丁本はおとりかえいたします。

この書籍の用紙は全て日本製紙株式会社の製品を使用しております。

Printed in Japan
ISBN978-4-7997-5253-1